佳代のキッチン

原 宏一

祥伝社文庫

佳代のキッチン

目次

第1話

キャベツの子

店開きは午後二時と決めている。

営業場所は、東京中野区にきてからは新井薬師梅照院《あらいやくしばいしょういん》の裏道。白いエプロンの紐をキュッと締め、軽ワンボックスカーのサイドミラーに、

『いかようにも調理します』

と手書きした木札を掛けたら、それが営業中の合図になる。食材を持参してくればどんな料理でも作る。それが佳代《かよ》の商売だ。

屋号は〝佳代のキッチン〟。運転席の後ろの荷室には、コンロ、流し台、冷蔵庫などの厨房《ちゅうぼう》機器が据えつけられ、コンパクトな調理場になっている。営業開始時刻には、そのコンロにかけた寸胴鍋《ずんどうなべ》に調理用のお湯がたっぷりと沸き上がっている。

お湯に沸かす水は、新井薬師梅照院の井戸に湧《わ》いている白龍権現水《はくりゅうごんげんすい》。住職のはからいで自由に汲《く》ませてもらえるこの名水をポリタンクに満たし、百メートルほどの距離をよいしょよいしょと厨房車まで運んでくる。これがけっこうな重労働で当初は難儀したものだが、新井薬師で営業をはじめて二か月、多少は筋力がついたのか、途中で休むことなく一気に運べるようになった。

木札を掛けたら、ついでに、お団子《だんご》にまとめた髪とすっぴん顔をサイドミラーに映してチェックする。今年三十路《みそじ》に突入したわりには、まだまだお肌は二十代だよな。毎度の儀式のように独りごちていると、早くもお客さんがやってくる。

「あらカミナガさん、今日はずいぶん早いですね」

新井薬師で営業をはじめて真っ先についた常連さんだった。大根、玉葱、人参、かぼちゃ、ごぼう、里芋、椎茸《しいたけ》といった野菜をどっさり入れた大きな鍋を抱えている。

「今日も亭主が勝手に出掛けちゃったもんだから、あたし一人で店番なのよ。佳代ちゃんのけんちん汁、家族に大好評だったから冷蔵庫の野菜を全部持ってきちゃった。あ、けどお肉がないから別の料理のほうがいいかな？」

「いいえ、大丈夫です。けんちん汁って本来は肉なしで作るものらしいんですよ」

「え、そうなの？」

「そもそもは北鎌倉の建長寺《けんちょうじ》の修行僧が作っていた精進料理だったらしいんです。建長が訛《なま》ってけんちんになったみたいで」

「だったらよかった。けんちん汁でお願い」

「この鍋一杯ぶん作っていいんですよね」

「いいの？　そんなにたくさん」

「もちろんです」

「ありがと。あ、そうだ、日高《ひだか》の昆布《こんぶ》も持ってきたからこれ使って」

大きな昆布が何枚も入っているビニール袋を差しだしてくる。

「こんなに？」

佳代は声を上げた。調味料や出汁《だし》は、砂糖、塩、醬油、酢、鰹節《かつおぶし》といった基本的なものからハーブ類まで大方用意してある。それ以外の調味料や出汁を使ってほしいときは持参が原則になっているのだけれど、こんな上等な日高昆布を持ってきた人は初めてだった。

「いいのいいの、たくさん貰ったやつだから、残ったぶんはほかのお客さんや佳代ちゃんが食べるぶんに使ってちょうだい。野菜も使い切れなかったらそうしていいし」

「いつもすいません」

「ほんとにいいのよ。けんちん汁だけだと一品になっちゃうから申し訳なくて」

「そんなことないですよ」

佳代は首を左右に振った。

調理代は料理一品五百円。二品だと六百円、三品だと七百円。ただし、一人前でも五人前でも一品は一品だから調理代は変わらない。十人前二十人前ともなれば、さすがに割り増し料金をお願いするけれど、そんなことはめったにないし、この料金設定だからこそお客さんがきてくれると思っている。

実際、新井薬師前駅の近くで文房具店をやっているカミナガさんも、店番が忙しいときに気軽に頼めるし、料理屋さんみたいにおいしいから、と大喜びで、新井薬師にきて以来の常連になってくれている。

「けど佳代ちゃんほどの腕前だったら、人気のお店が開けるのに、もったいない」

何人前でも五百円じゃ商売にならないでしょうに、とカミナガさんは心配してくれる。

「これで十分なんです。大好きな料理ができるし、カミナガさんみたいなお客さんに会えて楽しいし」

佳代はにっこり微笑《ほほえ》んでみせた。

「けど、ちっちゃい車に寝泊まりしながらじゃ大変でしょう」

「全然。逆に気楽でいいんですよ。家賃はタダだし、いつでも家ごと移動できるし、一人だからだれに気兼ねすることもないし」

「それはそうだけど、いつも一人だと彼氏と出会うチャンスだってないんじゃない？　よかったらだれか紹介するわよ」

「ありがとうございます。でも、まだまだ一人でいたいんですよ。当分は料理がパートナーっていうか」

もう一度微笑んでみせてから、

「じゃ、カミナガさんがお店を閉める時間までに作っておきますね」

さらりと話を打ち切ってお辞儀をした。女一人で一風変わった商売をしていると、何かと事情を詮索されることが多いから、こういう流し方も自然と身についてきた。

それでカミナガさんも追及を諦《あきら》めてくれたようで、それじゃよろしくね、と踵《きびす》を返しかけて、あら、と足をとめた。

「佳代ちゃん、かわいいお客さんがきてる」

見ると、厨房車の陰に隠れるようにして男の子が立っていた。胸元には大きなキャベツを入れた鍋を抱えている。

この商売をはじめて半年、お客さんの注文に応えられなかったことはまずない。

主な客層は、カミナガさんのように自営業で忙しいおかみさん、子育てに追われている主婦、一人暮らしのお年寄り、夫婦共働きの奥さん、家庭の味を求める独身男性、といったところだから注文される料理は大きく三つに分けられる。肉ジャガ、筑前煮《ちくぜんに》、白和《しらあ》えなどのおふくろの味系。揚げ物、焼き魚、グラタンなど家で作ると大変系。夫が釣ってきた魚、お裾分けされた野菜、お歳暮の新巻鮭など処理に困った食材系。早い話が調理の面倒を引き受ける商売なのだけれど、注文を聞き間違えたり、料理を渡す時間を失念したりした失敗はあっても、注文された料理を断ったことは一度もないし、また意地でも作るようにしている。

これでも調理には自信がある。メニューが浮かばない、というお客さんに冷蔵庫に残っている食材を持ってきてもらって即興料理を作ることだって難なくできる。なのに、今日に限っては困ってしまった。なにしろ半ズボン姿の男の子が持ってきたのは、キャベツ丸ごと一個。それだけだったからだ。

「ほんとに、ほかには何もないの？」

腰を屈めて尋ねた。男の子は大きな目を見開いて首を縦に振り、

「ママがこれでおいしいもの作ってもらってきなさいって」

年の頃は五、六歳だと思うのだが、キャベツしか持たされなかったと言い張る。ひょっとしたら、ぼんやり屋の子で、ほかの食材は来る途中で落としてしまったのかもしれない。そうも思ったが、あっさり追い返すのもかわいそうな気がして、

「どんな料理が食べたいのかな？」

ＮＨＫの歌のお姉さんみたいな口調で聞いてみた。

「おいしいもの」

お尻をモゾモゾ掻《か》きながら答える。

「おいしいものかあ」

カミナガさんが余分に持ってきてくれた野菜もあることだし、この際、それを足して作っちゃえばいいか。

「わかった、じゃあ何かおいしいものを作っとくね。何人前？」

男の子が指を三本立てた。

「了解。じゃ、夕方になったらまたきて」

頭を撫《な》でてやると、男の子は半ズボンのポケットから小銭を取りだし、

「いくら?」

またお尻を掻きながら聞く。どうやら照れ臭いとお尻を掻くらしい。

「お料理と引き換えに五百円いただきます」

そう答えると男の子はひょいと小銭を引っ込め、じゃね、と背中を向けて駆け戻っていった。

かわいいもんだ。

くすくす笑いながら小さな背中を見送ったところで、よし、頑張ろう、と調理に取りかかった。午後三時を回ると急にお客さんが増えることはわかっているから、手間のかかるものから先に進めていく。それがいつものやり方だ。

理想としては出来立てを食べてもらうのが一番だけれど、お客さんの都合と調理の手順もあるから理想通りにいかない場合が多い。それならば、下ごしらえや煮炊きが長くかかるものは早めにスタートして、手渡す直前に再加熱してもおいしいように整えておく。揚げ物は下ごしらえだけ先にすませて手渡す直前に揚げられるようにしておく。これなら、より出来立てに近いかたちで食べてもらえる。

まずはけんちん汁からだ。佳代は荷室の厨房に入ると、カミナガさんが持ってきた大鍋に水を注ぎ、そこにカミナガさんから貰った昆布を入れた。佳代の料理がおいしいと褒《ほ》められるのには、どの料理にも天然の湧き水を使っていることも大きい。営業場所は湧き水が汲める土地、と決めたのもそのためで、新井薬師のやわらかい味わいの水もとても気に入っている。

コンロに点火して鍋の水を弱火でゆっくり沸かしていく。水から沸かすのが昆布から旨《うま》みを引きだすコツだから、そのままじっと鍋の中を見つめて待つ。

そのとき、ふと思った。

試されているんじゃないか。

男の子が持ってきたキャベツのことだ。男の子の母親は、あえてキャベツ一個だけ持たせてあたしの腕を試そうとしているんじゃないか。

ありえない話じゃない。初めて佳代に調理を頼んでくるお客さんは、だれもが、ほんとにおいしくできるの？　という顔をしている。だから調理代はいつも後払いにして、出来た料理を味見して納得がいかないお客さんからは代金を貰わないことにしている。

おかげでこの仕事をはじめた当初は、代金を貰えないことが何度かあった。当時はまだ不慣れだったため、注文を受け過ぎて味にばらつきがでてしまったのだ。これには落ち込んだ。子どもの頃から包丁を握ってきた佳代にとって、キャパシティオーバーのためとはいえ、ちゃんと味を維持できなかったことは屈辱といってもいい。

それならばと、あるときからキャパを超えそうになったら思いきって『いかようにも調理します』の木札を引っ込めることにした。以来、味がばらつくことはまずなくなったのだが、それでもたまに、この味じゃ納得できない、と言い張るお客さんがいる。男の子の母親は、その手のうるさ型ではないのか。もしそうだとしたら、腕試しの挑戦を受けて立ち、キャベツだけでおいしい料理を作ってみせるべきではないのか。

鍋の中に小さな泡が立ちはじめた。佳代はじっと鍋の中を見つめ、ここぞというタイミングで火を止めた。その瞬間、心が決まった。

やっぱキャベツだけで作ろう。うるさ型には真正面からぶつかるにかぎる。

いつになく好戦的な気分になっていると、携帯電話が鳴った。着信を見ると弟の和馬《かずま》からだった。

「あら久しぶり。ちゃんと生きてた？」

しばらく音信が途絶えていたことを皮肉ると、

「もちろん、ちゃんと生きてたよ。ちゃんと生きてたら、すげえ朗報に突き当たっちまってさ」

いつになく興奮した声だった。

翌朝、佳代は西新宿へ向かった。中野通りから程近い中古車販売店の脇道で起床して、近くの平和の森公園のトイレで洗面をすませ、午前九時に出発した。

ちなみに、夜は厨房の狭い床に細長いマットレスを敷いて寝ているのだが、駐車場所は日によって微妙に変えている。住宅地に朝まで駐車していると、しばしば警察に通報される。といって中野通りなど幹線道路の路肩に駐車していると車の騒音に悩まされる。そこでいろいろ試した結果、住宅地と商業地との境目に、通りがかりの商用車がたまたま停めてある、といった風情《ふぜい》で駐車するようになった。これなら苦情も騒音も辛抱できるレベルに抑えられる。

新井薬師を出発してすぐに、今日は五十日《ごとおび》だったと気づいた。五分と走らないうちに激しい渋滞に巻き込まれたからだ。西新宿ならそう遠くない距離だから、午前九時に出れば午後二時の営業開始時刻までには十分戻ってこられると踏んでいたのだが、甘かった。五十日の朝のラッシュに事故が重なったおかげで大渋滞に嵌《は》まってしまった。

「西新宿八丁目のウィークリーマンションに、似たような二人連れがいたらしいんだ。姉ちゃんが新宿駅で配ったチラシを見たっていうおばさんから、だいぶ前の話なんですけど、って電話があってさ」

昨日、和馬から貰った朗報を受けて、急遽、西新宿を聞き込むことにしたのだが、思いのほか時間がかかりそうだ。

二人が新宿区のどこかにいたらしい。和馬からそう知らされたのはいまから二か月前、埼玉県和光《わこう》市でのことだった。その頃は和光市内の清龍寺不動院《せいりゅうじふどういん》の湧き水を使って営業していたのだが、そうと聞くなり和光市は撤収し、新宿区周辺で唯一湧き水が汲める新井薬師に移動してきた。

以来、仕事の合間を見ては新宿駅、四ツ谷駅、高田馬場《たかだのばば》駅、新大久保駅などの主要駅でチラシを撒《ま》いたり聞き込みをしたりしてきたものの、これといった手がかりは見つからなかった。そう簡単には見つからないと覚悟してはいたけれど、思った通り捜索は難航している。が、今回の情報はかなり具体的だ。葛飾《かつしか》区の花火大会を見物していたらしい、埼玉県の東上線沿線の駅で見かけた人がいる、といった雲をつかむような情報と比べれば、「西新宿八丁目のウィークリーマンション」と場所が特定されているだけに期待は大きい。

ただ、この大渋滞ではかなり時間がかかりそうだ。今日は営業をやめて丸一日かけて聞き込みに集中したほうがいいかもしれない。遅々として進まない車列の中で、そう思いはじめたとき、ふと男の子の顔が浮かんだ。キャベツの子だ。

あれから佳代はキャベツだけを使った料理に挑戦した。けんちん汁を作っているとき、せっかくおいしい昆布出汁が引けたのだから、出汁の旨みをたっぷり煮含ませてはどうかと閃《ひらめ》いた。

まずはキャベツの葉を一枚一枚剝《は》がして、芯と太い葉脈を拍子木に切る。剝がした葉とともに下茹《したゆ》でしたら冷水にとって水気を拭きとる。つぎに下茹でした葉をまな板に広げて接着剤がわりに片栗粉を軽く振り、下茹でした芯と葉脈には軽く塩胡椒。隠し味の柚子《ゆず》胡椒をサッと塗りつけたら、ロールキャベツの要領で葉を巻いていく。子ども用にカレー粉を振ったロールも巻いたら、男の子が持ってきた鍋に並べて昆布出汁を注ぐ。砂糖、味《み》醂《りん》、酒、薄口醤油でさらっと味つけして、あとはコトコト弱火で煮込んでいき、しっかり出汁がしみた頃合いに、水溶き片栗粉で薄くとろみをつける。

念のために一個味見してみた。ひと口嚙みしめると、しっかり煮込まれたキャベツの葉はとろりとした口当たりで、昆布出汁の旨みがじんわりと口の中に広がった。中身の芯と葉脈はアスパラガスのような食感で隠し味の柚子胡椒がぴりりと舌を刺激する。キャベツだけの料理にしてはまずまずだ。というより、キャベツだけだから逆においしい気がした。

夕方になって再びやってきた男の子に、〝キャベツのみロール〟とつけた料理名を伝えて鍋ごと渡した。温め直しても、そのまま食べてもおいしいからね、と言い含めておいたけれど、彼の母親はどう評価したろう。

やっぱ今日も営業しよう。佳代は思い直した。ひょっとしたら男の子の母親がやってくるかもしれない。車列は相変わらず進まないし、こうして無駄に時間を過ごしているよりこの際、どんな母親か会ってみたいと思った。

もともと一朝一夕で二人の行方がわかるとは思っていない。長期戦を覚悟したからこそ、この商売をはじめたのだ。聞き込みは明日にまわせばいい。明日はラッシュ前に西新宿に直行して丸一日頑張ることにして、今日のところは引き返して厨房車の掃除でもして男の子の母親を待とう。

佳代は脇道に向けてウィンカーを出した。

新井薬師へ戻る途中、ガソリンスタンドに立ち寄った。給油のついでに片隅の洗車コーナーを拝借することにした。

外回りの汚れをざっと水洗いしてから車内の掃除にかかった。ダッシュボード回りの汚れを拭き清め、運転席に屈み込んで足元のフロアマットを引きずり出す。すると、フロアマットと一緒にチラシが落ちてきた。このところ駅で配っていた尋ね人のチラシが一枚、床とマットの間に挟まっていたらしい。

拾い上げてチラシの汚れを払った。その紙面には、若い男女のモノクロ写真が印刷されている。二人とも肩まで伸びたロングヘア。チェックのシャツに、ダメージというよりは小汚いジーンズを穿《は》き、売れないロックミュージシャンのごとくぼんやりと佇《たたず》んでいる。

二人は佳代の両親だ。ただし、佳代が生まれる前の両親。ほかに写真は残っていないから、この写真を使うしかなかった。家族揃って写真を撮る機会などほとんどなかったし、あったとしても引っ越しのどさくさでどこかにいってしまった。

佳代の記憶によれば、物心ついたとき、父親はもじゃもじゃの髭《ひげ》を生やしていたが、母親はこの写真とほぼ変わらなかった。こんな風体《ふうてい》の両親がいったいどんな仕事をしていたのか、それはいまもよくわからないのだけれど、佳代が中学三年生になるまで二人の風体はずっと同じままだった。

それ以降、二人がどんな格好をしていたかはわからない。佳代が中学を卒業する間際のある日、家を出たきり帰ってこなくなったからだ。

いまにして思えば、帰ってこなくなった日の朝、母親から何の脈絡もなく、

「頼んだよ」

と言われた気もするのだが、それも定かな記憶ではない。

ほかに身寄りはなかった。おそらく両親は祝福されない結婚をしたのだろう。幼い頃から祖父母や親戚といった身内には会ったことがないから、両親が忽然《こつぜん》と姿を消してしまって以来、佳代は五歳下の和馬と二人で頑張るよりほか道がなかった。ただ、これを不幸中の幸いと言っていいのかどうかはわからないが、和馬との二人暮らしには慣れていた。両親は姿を消す前からいつも留守がちで、帰ってきたとしても真夜中だったり早朝だったりしたからだ。

おかげで佳代は、子どもの頃から毎日のように包丁を握らざるを得なかった。最初は半ばおままごとのようなものだったけれど、幼稚園の頃にはタコさんウインナーや目玉焼きを詰めたお弁当を作って持っていくようになっていたし、小学校に入ってからはハンバーグやカレーといったメインの食事も作れるようになっていた。もちろん、掃除や洗濯などの家事もやらざるを得なかったから、そうした意味で二人暮らしは昔から慣れっこといっ

てよかった。

ただし問題はお金だった。当時、佳代はすでに高校進学が決まっていたのだが、当然ながらそれどころではなく、慌てて就職先を探しはじめた。が、捨てる神あらば拾う神というやつで、佳代の窮状を知った中学の先生が、料理が得意ならばと給食センターの仕事を世話してくれた。昨日まで食べていた給食を作る側にまわるのは妙な気分だったけれど、おかげで経済的な基盤ができた。

それからは無我夢中だった。自分が進学できなかったぶん和馬は高校に行かせたかったから、それを目標に頑張った。そして和馬は無事高校に入学。放課後に牛丼屋でバイトしながらの高校生活を経てストレートで四年制の大学に進んだ。姉の目から見てもまったくもって素晴らしい弟だった。その大学も奨学金とバイトの給料だけでやりくりして四年で卒業。就職活動も見事に乗りきって都内の経済新聞社に就職した。

そして、就職を祝ってやった日に佳代は新たな目標を立てた。これまではろくに貯金もできないまま突っ走ってきたけれど、今日からは頑張って貯金しよう。目標は五百万円。五百万円貯めたら、中学三年のあの日以来会っていない両親を捜し出そう。

もちろん、それまでも幾度となく両親を捜すことは考えた。が、経済的にも時間的にも無理な相談だった。でも、和馬が自立を果たしたいまなら大丈夫だ。五百万円貯めれば、それを元手に両親捜しの旅に出られるじゃないか。と、そこまで考えたときに思いついたのが〝移動調理屋〟という商売だった。

幼い頃から料理の腕だけで生きてきた佳代にとって料理なしの自分は考えられなかった。調理屋商売であれば、唯一の取り柄ともいうべき能力を生かせるばかりか、厨房車ごと気ままに移動できるから日本全国どこへでも両親を捜しに行ける。

「けど姉ちゃん、その気持ちはおれにもわからないじゃないけど、そんな調理屋なんてもんが商売になるのか？」

和馬からは反対された。一品五百円では、どれだけ頑張ったところで商売として成り立つわけがない、と。

それでも佳代の気持ちは変わらなかった。この商売で儲けようと思ったら、確かに和馬の言う通りだ。でも、目的は商売で儲けることではなく人捜しだ。おいしい、と喜んでもらえる仕事をやっていれば、どんなに辛い目に遭っても捜し続けられる気がした。

佳代は給食センターの仕事と居酒屋の夜バイトを掛け持ちしはじめた。寝る間も惜しんで三年頑張り続け、本当に五百万円きっちり貯めてしまった。その通帳を和馬に見せた。すると一転、そこまで姉ちゃんが本気なら、と賛成してくれた。そればかりか、和馬が社会人生活三年間で貯めたお金をはたいて中古車を買い、厨房車に改造してプレゼントしてくれた。

それから六か月、この商売を続けてきた。売上げは多くて一日に五、六千円といったところだろうか。その五、六千円から調味料代やらガソリン代やら経費を差し引いたら、ほとんど残らない。一日の締めに余裕があるときは銭湯、厳しいときはコインシャワーを浴び、大好きな日本酒で晩酌するぐらいしかできない。

といって、それ以上の注文を受けてしまえばキャパをオーバーするから、今後も売上げが伸びることはない。しかも、聞き込みに出掛けて営業を休めば売上げはゼロだから、生活費は五百万円から持ち出しになる。逆にいえば、その五百万円がなくなった時点で両親捜しはできなくなる。

でも、いまのペースだったらまず五年は続けられる計算だ。だから五年捜しても見つからなかったら諦めよう、と佳代は決めている。そこまでやってもだめなら諦めもつこうというものじゃないか。

改めて若き日の両親の写真を見た。いまの佳代よりも若かったはずのこの頃の両親は、いったい何を考えていたんだろう。

ふと思いに耽《ふけ》りながら写真を眺めていると、

「お客さん、洗車終わりました？」

ガソリンスタンドの店員に声をかけられた。油を売ってるなら場所を空けてくれ、ということらしい。そっちも油売ってるじゃない、なんていう突っ込みはもちろん入れることなく、

「あ、すいません、あとちょっとなので」

佳代は慌ててチラシを折りたたみ、厨房車の掃除を再開した。


新井薬師に戻ったときには午後一時を回っていた。掃除を終えてからスーパーに立ち寄り、もうじき切れそうな調味料や洗剤類をあれこれ買い込んできたものだから、思いのほか時間がかかってしまった。

とりあえず水を汲んどかなきゃ。

ポリタンクを手に新井薬師梅照院の境内へ向かった。湧き水の井戸には先客がいた。ペットボトルに何本も水を汲んだおばさんに続いて、ポリタンクを満杯にしてキャップを締めた。そして、いつも水を汲ませてもらっているお礼に本堂の賽銭《さいせん》箱に百円玉を投じ、手を合わせてから厨房車に引き返してくると、

「すみません、まだ早いですかね」

もうお客さんが待っていた。二、三日前に初めてきてくれたお婆《ばあ》さんだった。

「あ、いえ、すぐはじめます」

佳代は急いで厨房車から木札を取りだしてサイドミラーに掛けた。

「おとついの胡麻《ごま》よごしがえらくおいしかったもんだから、今日は白和えをこさえてもらってきてくれって爺《じい》さんに言われちゃってね」

照れ笑いしながら木綿豆腐、ほうれん草、干し椎茸、人参、蒟蒻《こんにゃく》といった食材を差しだしてくる。

「ありがとうございます」

深々と頭を下げて食材を受け取り、お婆さんを見送ったところで、早速、調理に取りかかろうとポリタンクを厨房に運び上げる。そのとき、厨房車の陰にキャベツの子がいることに気づいた。

母親はいなかった。昨日の今日だから、やってくるとしたら母親も一緒だろうと踏んでいたのだが、男の子だけが鍋を抱えて路肩にしゃがみ込んでいた。

「キャベツのお料理、おいしかった？」

笑みを浮かべて尋ねてみた。男の子が大きな目を見開いてこくりとうなずいた。

「ママも喜んでくれた？」

同じようにうなずいている。

ほっとした。再び注文してくれるということは、うるさ型も満足してくれたに違いない。そう判断して、今日は何を作ればいいのかな？　と男の子が抱えている鍋を指さした。

男の子が立ち上がって蓋《ふた》を開けた。卵がワンパック入っていた。ほかには何の食材も入っていない。

また試すわけ？

思わずため息をついて佳代は男の子の傍《かたわ》らにしゃがみ込み、

「ぼく、名前は？」

顔を覗《のぞ》き込んだ。この子に怒ってもしょうがないとわかっていても、つい詰問《きつもん》口調になってしまう。

「ユウヤ」

男の子がお尻を掻きながら答えた。

「ユウヤくんか。いくつ？」

今度は意識してやさしく尋ねた。ユウヤが指を六本立てた。

「幼稚園？　小学生？」

「小学生」

この春、入学したばかりの一年坊主らしい。

「今日は卵でお料理を作ってもらってきなさいって言われたの？」

改めて卵のパックを指さしながら問うと、うん、と首を縦に振る。

「けどユウヤくんのママって、いつもどんなお料理を作ってくれるのかな。きっとお料理上手なんだろうなあ」

皮肉も込めて探りを入れてみた。が、もちろんそんな皮肉が伝わるわけもなく、ユウヤはひょいと小首をかしげ、

「ハンバーグ」

と答えた。

「ほかには？」

「カレーと、卵焼きと、あと、タコさんウインナー」

拍子抜けした。二日続きで挑発してくるわりには、意外とふつうの料理ばかり作っているらしい。あるいは、子どもには子どもメニューを食べさせて、大人のぶんだけ手の込んだ料理を作るパターンだろうか。

「じゃあ、今日は卵焼きを作ってもらってきてって言われたのかな」

まさかとは思ったが念のために聞いてみた。

「わかんない」

ユウヤは眉《まゆ》を寄せ、また首を横に振る。結局のところ、卵で何か作ってもらってきなさい、としか言われてこなかったらしい。

それはないだろう。急に腹立たしくなった。

この商売をはじめてからというもの、世の中にはいろんな人がいる、と何かにつけて思い知らされてきた。そのたびに、お客さんにはお客さんの考えがあるんだから、と自分に言い聞かせてきた。いかようにも調理します、と標榜《ひょうぼう》しているからには、キャベツだけだろうが卵だけだろうが黙って調理するのが筋だろうと。

それでも、今回ばかりは腹が立ってならなかった。試すなら試すで自分で持ってこい、と言ってやりたかった。佳代の腕を試そうが試すまいが、それは向こうの勝手だけれど、ただ、ユウヤを使ってやることはないだろう。子どもをいいように使っている。それが許せなかった。

佳代には、親にいいように使われてきた、という思いがある。あの頃、親が何をやっていたのか、それはいまもってわからないけれど、とにかく料理も家事も和馬の世話もすべて佳代まかせで、佳代はいいように使われ続けてきた。

もちろん、佳代とユウヤでは置かれた境遇がまるで違うことはわかっている。わかってはいるけれど、こういう使われ方をしているユウヤが不憫《ふびん》になった。

「わかった。じゃあユウヤくん、今日は夕方の六時ちょうどにきてくれるかな」

指を六本立てて時間を指定した。ユウヤはこくりとうなずき、卵のパックが入っている鍋を佳代に押しつけ、じゃあね、と戻っていった。

こっそり後をつけて母親の顔を見てやろうか。ユウヤの背中を見送りながら思った。が、その思いつきを牽制《けんせい》するかのように携帯電話が鳴った。仕方なく尾行を思いとどまり電話に出ると、

「姉ちゃん、どんな感じ？」

和馬からだった。

「何が？」

「西新宿だよ。聞き込んでるんだろ？」

「今日は行かなかった」

「行かなかった？」

「渋滞がひどかったし、今日は営業を休めないし」

和馬がため息をついた。

「姉ちゃん、それはないだろう」

入社三年半の駆けだし取材記者が、上司の目を盗んでやっと朗報をつかんだ。なのに肝心の姉ちゃんがサボってどうすんだよ、と怒られた。

「べつにいいじゃない、一日ぐらい遅れたって。どっちにしても長期戦なんだから」

言い返した途端、

「何が長期戦だよ。今日明日にでも決着つけるくらいの気合いでやんなきゃ、見つかるもんも見つかんないだろう。おれだって頑張って情報集めてるんだぜ」

また怒られた。これにはかちんときて、

「はいはい、ご立派な新聞記者さまのおかげです」

憎まれ口を投げ返した。

「姉ちゃん、そういう言い方はやめようよ。おれだって、いつまでも姉ちゃんに厨房車暮らしなんかさせたくないんだよ。そりゃいろいろと毎日大変だろうけど、聞き込みは頑張ろうよ。なんなら、おれも仕事サボッて行ってもいいし」

「そんなのだめだよ。せっかく新聞社に入れたのにクビになる」

「その程度じゃクビにならないって」

「けど、とにかくそれはだめ。明日はちゃんと聞き込みに行くから、あなたは仕事して」

最後は母親のように諭《さと》してやると、

「はいはい、わかりました」

和馬は小さく嘆息してから電話を切った。


それから夕方までは、いつにない忙しさになった。

お客さんが続くときは不思議なもので、お客さんがお客さんを連れてきてくれるがごとく途切れることがない。あれよあれよという間にキャパシティぎりぎりの全十九品を受注してしまい、包丁を振るい、フライパンを煽《あお》り、鍋をかき混ぜ、火加減に注意を払い、息つく暇もなく調理に没頭しているうちに夕方の五時半を回っていた。

ヤバっ。

時間に気づいた佳代は慌ててボウルを取りだし、パック入りの卵十個を黄身と白身に分けながら割りはじめた。それから黄身を溶きほぐし、つなぎの米粉と塩胡椒、マデラ酒、蜂蜜《はちみつ》、隠し味に醤油をポタポタ垂らして味つけをする。続いて白身を泡立て、ツノが立つくらいのメレンゲをつくったら素早く黄身を混ぜ込み、クリーム状にする。あとはバターを溶かした鍋に卵クリームを流し入れ、鍋底をトントン揺すってならしたら、ひたすら弱火で焦《こ》がさないように焼き上げていく。

そこにユウヤがやってきた。

「ごめんね、あとちょっとだから」

ユウヤと二人で焼き上がりを待った。ほどなくして鍋から甘い香りが立ちのぼり、卵クリームがふくらみはじめる。ユウヤがぺろりと舌なめずりした。そのタイミングを逃さずにコンロの火を止め、ユウヤに笑いかけた。

「できたよ」

ふんわりとふくらんだスフレのような焼き上がりになった〝ふわたま〟。表面には香ばしい焼き目がついているものの、中はふわふわ。一見、お菓子のようだけれど、でも、あくまでも卵料理だ。

「熱いからお姉ちゃんが持ってってあげよっか?」

念のため尋ねたが首を横に振られた。それならばと鍋を新聞紙でぐるぐる巻きにして、さらにタオルで包んで持ちやすくしてやった。

ユウヤが大きな目を細めて微笑むと約束の五百円を佳代に手渡し、大切そうに鍋を携《たずさ》えて帰っていく。その背中を見やりながら佳代は急いでエプロンを外した。木札を引っ込め厨房車に鍵をかけると、足音を忍ばせてユウヤを追いはじめた。

ママに会わせて、と頼む手もないではない。が、拒《こば》まれると面倒なことになる。不本意ではあるけれど、こっそり尾行してユウヤの母親に一言忠告してやろうと思った。

ユウヤは新井薬師前駅とは反対側、中野方面に向かって歩いていた。公園前の路地を左に曲がり、そのまま住宅街の奥へ進んでいく。一定の距離を保ちながら慎重に後をつける。戸建て住宅が並ぶ路地を五分ほど歩いたところでユウヤが右に曲がった。足を速めて続くと古い四階建てマンションがあった。一階にはイタリアンレストランとインテリアの店が入っている。

ユウヤが一階左端のエントランスを入っていく。マンションに入ると尾行しにくいけれど、運よく各階の外廊下が路地から見える。電柱の陰でしばらく待っていると、やがてユウヤが三階の外廊下に現れた。奥から一つ手前のドアの鍵を自分で開けて家の中に消えていく。

すかさず佳代も三階に上がった。奥から一つ手前のドアの前で深呼吸して、ドアチャイムを押した。

ほどなくしてドアが開き、顔を覗かせたユウヤが目を見開いた。

「ごめんね、ちょっとママとお話ししたいんだ」

ユウヤが首を横に振る。

「お買い物かな？」

たたみかけると、一瞬、目を泳がせてからぽつりと言った。

「ママ、いなくなっちゃったんだ」


食卓には佳代が作ったふわたまの鍋が置かれていた。帰宅してすぐに包みを開けて食べはじめたところらしく、鍋の中にスプーンが一本突っ込んである。

「おいしかった？」

ユウヤがこくりとうなずいた。

「あたしも味見させてもらっていいかな？」

すぐに食器棚からスプーンを持ってきてくれた。

二人でふわたまを食べた。途中でまた、おいしい？　と確認した。ユウヤは、またこくりとうなずき、お尻を掻いた。そんないつもの仕草がかわいくて、つい何度も、おいしい？　と聞いているうちに、二人でぺろりと鍋を空にしてしまった。

卵十個分といっても、こうして食べると瞬《また》く間だった。二人でにっこり笑って、ごちそうさまでした、と両手を合わせ、お腹がふくれたところで初めて佳代は尋ねた。

「いつからいなくなったのかな？」

母親のことだ。

「『サザエさん』の日から、これだけ」

両手の指を広げてみせる。テレビでサザエさんをやっていた日曜日から十日経っている、と言いたいらしい。

「パパは?」

「会社」

父親はいるようだ。ちょっとだけ、ほっとした。

「じゃあ今日もそろそろ帰ってくるのかな」

「わかんない」

朝は一緒に家を出て小学校の近くで別れる。帰りはいつも遅いから、何か買ってきて食べてなさい、とお金を置いていってくれている。

「じゃあ学校には行ってるんだね」

「うん」

ただ、行ってはいるけれど一年生の授業は昼には終わってしまう。まっすぐ家に帰ってくると、いなくなった母親がいつ帰宅するとも知れないから、だれもいない家でぼんやりと過ごし、夕方になると近所のお店で適当なものを買ってきて一人で食べる。

そんな毎日を繰り返していたある日、食べ物を買いにいくとき、〝佳代のキッチン〟に目がとまった。最初は変わった車に興味を引かれたのだが、しばらく観察していると、どうやらお姉ちゃんが料理を作ってくれるらしい。

早速ユウヤは、いつも母親が買い物していたスーパーに行って店頭に山積みされていたキャベツを買って持っていった。すると、佳代が笑顔でおいしい料理を作ってくれた。それが嬉しくて今日もスーパーに行ったところ卵のパックが山積みされていたから、それを買った。

そういうことだったのか。佳代は唇を噛んだ。そうとも知らずに姿の見えない母親に対して意地になっていた自分が恥ずかしくなった。

食べ物は、ただお腹を満たせばいいというものではない。どんな状況で、どうやって食べるかで、同じものがまるで違う味になってしまう。

「姉ちゃん、ぼく母ちゃんと食べたい」

幼い頃の和馬からそう言われたことを思い出した。

「なに言ってんの、姉ちゃんがいるでしょ」

小学校の高学年だった佳代は、即座に叱りつけた記憶がある。

当時、両親はまだ家に帰ってきていたが、帰宅時間は佳代たちが寝静まってからがほとんどだったから、佳代が母親の代わりに毎日料理を作って食べさせていた。にもかかわらず、和馬の一言は、母ちゃんと食べたい。佳代は自分が否定された気がしてつい叱りつけたのだが、実のところは佳代も和馬と同じ気持ちだった。

母親が作った料理を家族みんなで食べたい。そう願いつつも、忙しい両親に代わってお姉ちゃんのあたしが頑張らなきゃ、という健気な責任感から黙って母親代わりを務めている状況に、ますます苛《いら》ついて和馬に当たる。そんな哀しい悪循環に陥《おちい》っていた。

食べるという行為って、なんて不思議なものだろう。ユウヤの両親に何があったのかは知らない。が、キャベツ一個を抱えて佳代のところにやってきたユウヤの気持ちを察するほどに胸が締めつけられた。

「またお料理作ってあげるから、一緒に食べようね」

マンションを後にするとき、佳代はそう告げて手を振った。

一階のエントランスまで見送りにきたユウヤは、いつものようにお尻に手を伸ばしながら、またね、と消え入りそうな声で呟《つぶや》いた。


翌朝は久しぶりに梅雨《つゆ》らしい雨になった。

今日も道が混むかもしれない。ちょっと心配しながら佳代は西新宿へ向かった。が、いざ走りだしてみると思ったよりスムーズに車が流れている。朝のラッシュには巻き込まれたものの、昨日ほど激しい渋滞ではなく、午前十時過ぎには西新宿八丁目に着いてしまった。

それはそれでよかったのだけれど、しかし、佳代は迷っていた。やはり今日は新橋へ行くべきじゃないのか。ユウヤを放っておいてはいけないんじゃないのか。そんな思いが拭《ぬぐ》えなかった。

自分の両親を捜すことも、もちろん大切だ。でも、それが一朝一夕に解決しないこともわかっている。ここまでユウヤの事情を知ってしまったのに、黙殺したままでいいのだろうか。ユウヤだって親が帰ってこない子じゃないか。

ジーンズのポケットから名刺を取りだした。ユウヤから借りたその名刺には新橋三丁目と記されている。佳代は再びアクセルを踏み込み、新橋を目指した。新宿から四谷、半蔵《はんぞう》門《もん》、霞《かすみ》が関《せき》と東南に進み、何度も道を間違えた末に一時間半ほどもかかってようやく新橋三丁目に辿《たど》り着いた。

大通り沿いに見つけたコイン駐車場に厨房車を駐め、ビニール傘を差してそのビルを探した。すぐに見つかった。大きなビルが立ち並ぶこの界隈《かいわい》でもひときわ大きなビルだった。ひとつ深呼吸してビルに入ろうとしたそのとき、携帯電話が震《ふる》えた。和馬からだった。一瞬、ためらったが無視するわけにもいかない。

「ごめん、今日は午後から行くことにした」

先手をとって謝った。

「午後から？」

憮然《ぶぜん》とした声が返ってきた。

「大事な用事ができたの」

「大事な用事って、なんだよ姉ちゃ」

和馬の声を封じ込めるように携帯を切り、意を決してビルに入った。

「野島《のじま》さんはいらっしゃいますか」

一階の受付で告げると、

「お約束でしょうか？」

にこやかに問い返された。

「息子さんのユウヤくんの件でお訪ねしたんですが」

正直に答えると、受付嬢はかすかな戸惑《とまど》いを浮かべながらも取り次いでくれた。

しばらくして現れた野島さんも戸惑っていた。銀縁眼鏡《めがね》の奥の目を曇らせ、息子の名前を口にした知らない女を警戒している。受付嬢の耳を意識して小声で事情を説明した。外で話そう、と野島さんが呟いた。

雨の中、二人で近くのコーヒーショップまで歩いた。傘を持っていない野島さんにビニール傘を差しかけたら拒まれた。

店に入るなり野島さんは周囲の様子をうかがい、コーヒーを二つ買って喫煙席に座った。佳代も向かいに腰を下ろすと、

「困るんだよなあ、勝手に会社に押しかけてもらっちゃ。お金はちゃんと支払ったわけでしょ？」

眉を寄せて煙草《たばこ》に火をつけた。

「もちろん、お代はいただきました。でも、このままじゃいけないと思ったものですから」

佳代が率直に告げると、野島さんは煙を盛大に吐きだし、

「ユウヤはほかの小一と違って、しっかりした子だ。ちゃんと一人で買い物して、ちゃんと代金を払って、ちゃんと一人で留守番できる息子でね。それを父親として信頼しているからこそ、すべてまかせているわけで、あんたに四の五の言われる筋合いはない」

息子を放りだして勝手に実家に帰ったのは妻のほうだ。文句があるなら妻のところに押しかけろ、と言うのだった。

子育てに無関心な夫。それを非難する妻。諍《いさか》いが高じて妻は実家に帰ってしまい、たがいに意地を張り合っているうちに十日が過ぎてしまった。早い話がそういった経緯らしいが、この言い草には呆《あき》れ返った。

「あなたたち夫婦の意地の張り合いが、どれだけユウヤくんを追いつめていると思ってるんですか。なのにユウヤくんは一言たりとも、パパとママを悪く言ったりしてないんですよっ」

野島さんの目を覗き込んだ。煙草をくわえたまま目を逸《そ》らされた。

「お金を渡していればいいんですか？　黙っていい子にしていればそれでいいんですか？

ユウヤくんの気持ちはどうなるんですか？」

勢い込んでたたみかけると、野島さんが煙草を灰皿に押しつけた。

「あんた、何の権利があってうちのプライバシーに踏み込むんだ」

銀縁眼鏡の奥から睨《にら》みつけてきた。

「料理の作り手は、食べ手の命を預かっているからです」

睨み返して言葉を継いだ。

「おいしく食べて元気になってもらうために、食べ手の体にも心にも気づかって調理する。それが作り手の良心だから、あたしはここにきました。一生懸命作る。一緒に食べる。そんな当たり前の気持ちが、あなたにも奥さんにもまるで欠けていると思います。料理は餌《えさ》じゃないんですっ！」

野島さんが押し黙った。周囲のお客も静まり返っている。最後はつい涙声になってしまったものだから、佳代がつぎにどう出るのか、みんなが息を詰めて見守っている。

が、佳代は口を閉ざした。これ以上言葉を発したらもっと取り乱してしまう気がして、
ユウヤに借りた名刺とコーヒー代をテーブルに置くなり無言で席を立った。

コイン駐車場に戻ってからも、しばらく発車できなかった。昂《たか》ぶった気持ちを抱えたま

ま、雨に濡《ぬ》れたフロントガラスをぼんやりと見つめながら運転席に座っていた。

余計なお世話だったのかもしれない。余計なお世話だったのかもしれないけれど、言わずにはいられなかった。

子どもの頃、和馬の母親役となって世話に追われていた佳代は、いつも思っていた。毎日毎日、母親に甘えたり父親と笑い合ったりしながらご飯を食べたい。

そんな佳代たちの状況を察してくれたのか、友だちのお母さんが夕食に呼んでくれたことがあった。メニューはふつうのカレーライスだった。けれど、あのときのカレーのなんとおいしかったことか。友だちのお父さんとお母さんに学校での出来事を話して聞かせたり、くだらない冗談を飛ばし合ったりしながら食べたあのカレーの味はいまも忘れられない。と同時に、翌日、再び両親のいない食卓についたときの切なさも佳代の記憶の底に刻《きざ》みつけられている。

あのときの思いがユウヤの父親の前で噴出した。おそらくはそういうことだったのだろうが、ユウヤの父親にその思いは伝わらなかった。そう思うと、あたしは何のためにわざわざ新橋まで遠出してきたのか、と無力感を覚える。といって、わざわざ新橋まで遠出しなかったとしたら、それはそれで自分が後悔したろうし、考えれば考えるほどわからなくなった。

厨房車のエンジンをかけた。もう考えるのはよそうと思った。

新橋から西新宿までは朝よりずっとスムーズだった。ちょうど午後の空いている時間帯だったからか、行きの半分ほどの時間で着いてしまった。

いつのまにか雨は上がっていた。薄日も差しはじめた西新宿の街には、のんびりとした午後の空気が漂《ただよ》っていた。

西新宿、と最初に聞いたときは高層ビルが林立するビジネス街をイメージした。が、同じ西新宿でも八丁目あたりになると、ふつうの商業地兼住宅地になっている。レストランや居酒屋が並ぶ合間にマンションや個人住宅も多く、学校、病院、児童公園、お寺なども当たり前にある。

まずはお寺の裏道に駐車して遅い昼食をとった。昨日の残り野菜とご飯を炒めてナシゴレン風に味つけし、最後に目玉焼きをのせた。厨房車で移動していると、こういうところが便利だ。厨房の中でしっかり腹ごしらえしたところで、さて、と佳代は新聞販売店を探しはじめた。

知らない街を訪れたらまず新聞販売店を訪ねる。それが一番効率がいいんだよな、と以前和馬から教わった。新聞配達員のお兄ちゃんは街の情報に詳しいから、例のウィークリーマンションの場所ぐらいすぐわかるに違いない。もちろん、プライバシーの問題があるから簡単には教えてくれないと思うが、そんなとき、〝佳代のキッチン〟と記した厨房車に乗っていると都合がいい。商用車に乗った女が、

「ウィークリーマンションを探してるんですけど」

と途方に暮れた顔をすれば、たいがい教えてくれる。仕事で知らない街にやってきて道に迷った方向音痴の女。この設定はけっこう効き目がある。

ほどなくして新聞販売店が見つかった。厨房車から降り、道路に面したガラス戸越しに店の中を覗いてみた。ちょうど夕刊の配達準備をはじめたところらしく、配達員のお兄ちゃんたちが仕分け作業をしている。忙しい時間帯にきてしまったらしい。声をかけて大丈夫だろうか。躊躇《ちゅうちょ》していると、不意に肩を叩かれた。

驚いて振り返った。スーツ姿の男が面長の顔を綻《ほころ》ばせている。

「やだ、どうしたの？」

和馬だった。

あれほど仕事はサボるなと言っておいたのに、朝の電話で心配になって無理やり新宿に仕事をつくってきたという。そして和馬もセオリー通り新聞販売店を探していたら、佳代と鉢合わせした。そんな経緯だったらしく、そこまでされては追い返すわけにもいかない。

仕方なく今日は姉弟二人で聞き込むことにして、まずは目の前の新聞販売店の主人に尋ねたところ、

「ウィークリーマンションなら八丁目に三棟あるけど」

即答してくれた。この販売店では一般紙のほかに和馬の会社の経済新聞も取り扱っていたことから、和馬の名刺が威力を発揮した。

ただ、そこまではよかったのだが、それからの聞き込みは難航した。ウィークリーマンションの住人は、仮住まいとして入居している人が大半だからだ。とりわけ西新宿八丁目は新宿の大歓楽街、歌舞伎町《かぶきちょう》に近いため、さまざまな事情を抱えてふらりとやってきてふらりと去っていく人が多いだけに、過去のことを掘り起こすのは並大抵ではない。

それでも和馬は怯《ひる》まなかった。取材記者歴はまだ三年とはいえ、日々現場を飛び回っているだけに簡単には諦めない。最初に訪れたのは管理人のいない小さなウィークリーマンションだったが、和馬は臆《おく》することなく建物に入っていき、一軒一軒インターホンを押してまわった。午後の遅い時間とあって留守宅が多く、運よくいても快《こころよ》く応じてくれる人は少ない。無視されたり追い払われたり、ときに怒鳴りつけられることもあったが、しかし和馬はめげることなく聞き込みを続けた。

結果的に最初のウィークリーマンションでは何の収穫もなかったが、佳代は誇らしい気分になった。佳代にとって和馬は、弟というより幼い頃から面倒を見てきたわが子のような存在だ。たくましく成長した息子を見守る母親のごとく目を細めてしまった。

二棟目のウィークリーマンションにも管理人はいなかった。ここでも同様に聞き込んでまわったものの、やはり収穫はなし。この時点で日が暮れてきたため、今日はだめかも、と佳代は諦めはじめていた。だが和馬は粘り強く三棟目を探し歩き、その粘りが奏功した。三棟目は大規模なウィークリーマンションでオーナーが住み込んでいたのだ。

「ああ、この奥さんなら覚えてるよ」

六十がらみのオーナーからそんな言葉が返ってきた。このクリッとした目が印象的だったんだよねえ、とチラシの写真を指さされたときは舞い上がった。

「初めて会ったのは十五年前の七月だったかな。月まで覚えてるのは、このマンションが完成したときだったからでさ」

それ以前は賃貸アパートを営んでいたのだが、時代に即してウィークリーマンションに建て替えたのだという。以来、オーナー兼管理人として住み込んでいるのだが、建て替え後、最初に入居したのが佳代たちの両親だったそうで、それが十五年前となると、二人が姿を消した直後だったことになる。

「あの奥さん、けっこう話好きでね。よく世間話をしたもんだよ」

「たとえばどんな話を?」

すかさず和馬が記者っぽく問い返した。

「たとえば、そうだなあ、都内に店を開くつもりだとか、そんなこと言ってたな」

「店というと?」

「さあ、何の店だったたか。音楽を聴かせて飲み食いさせる店とか、そんなこと言ってた気がするな。昔は西新宿にも何軒かそうした店があったんだが、似たような店を中央線の沿線につくりたいってことで、旦那さんと二人で物件を探してたみたいでね。店が見つかったらその近所に住むつもりだから、まずはウィークリーに仮住まいすることにしたって」

「じゃあ、その後は中央線のどこかへ？」

これは佳代が聞いた。ところがねえ、と管理人は腕を組んだ。

「一年もしないうちに、突然、荷物をまとめて引っ越していっちゃってね」

「中央線の沿線ですか？」

「いや、それが確か三浦半島の三崎だったか横須賀《よこすか》だったか、そんなふうに聞いた気がするんだけど」

管理人は首をひねって考え込み、そこで話は終わった。仕方なく、もし思い出したら連絡してください、と丁重にお願いしてウィークリーマンションを後にした。

「せっかく光が見えたのに」

佳代は嘆息した。つかまえかけた蝶が、ひらりと舞っていってしまった気分だった。

「三崎だか横須賀だかで、音楽を聴かせて飲み食いさせる店を開くことにした。そういうことなのかなあ」

和馬が天を仰いだ。

「だとしたら、あたし、明日から三浦半島に行こうかな」

「明日からって、新井薬師は大丈夫なわけ？」

せっかく常連がついたと喜んでいたのに、そんな急でいいのか、と心配している。

「何言ってんのよ、今日明日にでも決着つける気でやれって言ったの、あなたじゃない」

佳代は言い返した。が、そう言いながらも、逆に佳代としては明日すぐのほうが助かると思った。

これ以上ユウヤとその家族に深入りしないためにも、新井薬師を離れたほうが踏ん切りがつく。そう考えたからだ。これ以上深入りしたところで、たがいにいいことなど何もない。できるだけのことはやったのだ。もっと何かしてやれると考えるのはおこがましい気がしたし、その意味でも、さっさと三浦半島に行くべきだ、と。

翌朝、佳代は九時ちょうどに木札をサイドミラーに掛けた。午後には出発したかったから短時間ではあるけれど、常連さんに暇《いとま》を告げようと店開きした。

いつもより早い時間なのに、意外にも多くのお客さんから声をかけられた。文房具店のカミナガさんも偶然、近くを通りかかり、

「あら、朝の営業もはじめたの？　やっぱり一品五百円っていう調理代、見直したほうがいいんじゃない？」

見当違いのことを言われた。

「いえ、そうじゃないんです」

実は営業場所を変えるのだと説明すると、

「あらそうなの、ごめんなさいね。毎日でもけんちん汁を頼めたらよかったんだけど、なかなかそうもいかなくて」

と謝るなり、わざわざ家に戻って食材を持ってきて餞別《せんべつ》代わりにけんちん汁を注文してくれた。その後も何人もの常連さんがやってきては同じように注文してくれ、開店早々、最後の調理に追われた。

ただ、そうした中、ひとつだけ気がかりがあった。もちろん、ユウヤのことだ。

今日も食材を手にやってくるかもしれない。でも、いつもの営業時間には、もう佳代はこの街を離れてしまっている。そうと知ったとき、ユウヤはどんな顔をするだろう。想像するほどに胸が痛んだが、でも、それはもう仕方ない。割り切るしかない。

正午過ぎには注文の品を作り終え、店仕舞いにかかった。サイドミラーの木札を引っ込め、ポリタンクの残り水で調理道具を洗い、後ろ髪を引かれつつ運転席に乗り込んだ。

そのとき、サイドミラーに子どもの姿が映った。路地の向こうからこっちに駆けてくる。

ユウヤだ。

小さな右手に大きく膨らんだスーパーのレジ袋を提げている。いつもと違ってたくさんの食材が入っているようだ。

どうしよう。

佳代は狼狽《うろた》えた。あんなに食材を買い込んできてくれたのに、もう湧き水は使いきってしまったし、いまから調理している時間はない。狼狽えているうちにもみるみるユウヤは近づき、厨房車の傍らまできてしまった。

こうなったら仕方ない。佳代は腹を決めて運転席から降りた。

「ごめんね、今日はもう作れないんだ」

やさしく告げた。正確には明日も明後日《あさって》もその後もずっと作れないのだが、それは口にできなかった。

するとユウヤが息を切らせながらにっこり微笑み、

「大丈夫、今日はママが作ってくれるから」

誇らしげに背後を振り返った。髪をポニーテールに結んだ女性が立っていた。女性も大きく膨らんだレジ袋を提げていて、佳代と目が合うなり照れ臭そうに頭を下げた。

「よかったね」

思わずユウヤを引き寄せ、ぎゅっと抱きしめた。腕の中にユウヤの温もりを感じた。その瞬間、熱いものが込み上げた。

「くるしいよ、お姉ちゃん」

ユウヤが腕の中でもがいている。が、佳代はそのまましばらくユウヤを抱きしめ続け、最後にぐりぐりっと頭を乱暴に撫でてから抱擁《ほうよう》を解いた。

「ふう、くるしかった」

ユウヤがお尻を掻きながら照れ笑いした。手の甲で目頭を拭いながら佳代も微笑み返し、

「今夜は世界一の晩ごはんになるね」

そう告げるなり運転席に乗り込んだ。

「またね」

ユウヤが車窓に向かって手を振っている。

「うん、また」

佳代もウインドー越しに手をひらひらさせながらエンジンキーをひねると、未練を断ち切るようにアクセルを踏み込んだ。

第2話

ベア五郎

こんなクレームをつけられたのは初めてだった。

料理の好みは人それぞれだから、もっと甘くして、とか、ちょっと塩辛いよ、といった注文には快く応えることにしている。口に合わないから作り直して、と言われれば素直に作り直すし、おいしくない、と突き返されれば調理代を貰わないことだってある。

お客さんが持参した食材で、お客さんの望み通りの料理をこしらえる。それが〝佳代のキッチン〟だから、そんなことは当然だと思っているし、それでも佳代の料理が気に入らなければお客になってもらわなくてもかまわない。百人が百人おいしい料理なんてありえないわけで、それくらいの覚悟がなければ調理屋なんて商売はやっていられない。

ところが、そこまで腹を括《くく》っている佳代も今日のクレームには面喰らった。

「おやきを作ってほしい」

そう注文されておやきを作ったのに、

「これはおやきじゃない」

と言い張るのだ。

おやきというのは言うまでもなく、小麦粉や蕎麦《そば》粉で作った皮で茄子《なす》や野沢菜などを入れた野菜あんを包んで焼いた食べ物だ。もともとは長野県の山村で主食として食べられていたらしいが、いまではどこのスーパーでも手軽なおやつとして売られている。

ただ、スーパーのおやきには焼かずに蒸したものもあるから、ひょっとしたら蒸したほうがよかったんだろうか。そう思って尋ねてみたものの、よくわからない。というより、そう尋ねてもまるで通じない。

相手はアメリカの黒人さんだからだ。

考えてみれば、注文されたときも面喰らったものだった。いや、別に黒人さんだから面喰らったわけではない。横須賀の街にきて早くも二週間が経つけれど、ベースと呼ばれるアメリカ軍基地に駐留している白人や黒人の米兵がうろついているのはこの街では当たり前のことだ。しかも佳代が営業場所に選んだのは、どぶ板通りと呼ばれる米兵相手の飲食店が多い繁華街の裏通り。小さな児童公園の前に厨房車を駐めて営業しはじめた当初から、米兵たちの好奇の視線にさらされたものだった。

が、最初は近寄ってこなかった。『いかようにも調理します』と日本語で書かれた木札をサイドミラーに掛けているだけだったから、近寄りがたかったのかもしれない。

最初にお客さんになってくれたのは、どぶ板通りのダイニングバー『ケンズダイナー』のマスターだった。仕入れの帰りにたまたま通りかかり、おもしろい姉ちゃんじゃないか、と仕入れたばかりの食材で店の賄《まかな》いめしを注文された。それをきっかけにマスターの口コミでどぶ板通りに軒を並べる飲食店の店主や従業員が顔を見せるようになり、やがて店の常連の米兵たちもちらほらとやってくるようになった。

おやきの黒人さんがやってきたのも、そうした流れの中だったからさほどの違和感はな

かった。ところが、その熊のごとく大きな体を屈め、白目がくっきりとした目をぎょろりと剝《む》いて、

「おやき、作る、おやき」

片言の日本語を口にして米と鶏肉を差しだしてきたことから、変わった米兵がいるものだと面喰らったのだった。

それまで訪れた米兵の大半は佳代の商売を面白がり、大きな牛肉の塊《かたまり》を持ってきては、ハンバーガーは作れるか？　ステーキは焼けるか？　と興味本位で注文してきた。それなのに黒人さんは、日本人でもめずらしいおやきを作れというのだから、よほど日本の食文化を勉強してきたのだろうと思った。

ところが、どこで勉強したのか、米と鶏肉を持ってきたところがご愛嬌だった。といって食材が違うと無下《むげ》に断るのも大人げない気がした。小麦粉も野菜も余り物があったし、野菜あんの中に鶏肉を入れてもおいしいかもしれないと思い、佳代も面白がって正統派の焼きおやきに仕上げたのだった。

「これも、おやきなの。ジス・イズ・ジャパニーズ・リアルおやき。蒸したやつ、えーと、スチームね、スチームしたおやきもオーケー、バット、焼いたやつ、えー、グリルね、グリルが本物のおやき、リアルおやき、グリル・イズ・リアル、オーケー？」

佳代は知っている限りの英単語を並べ立てて黒人さんに説明した。

それでも黒人さんは納得しない様子だった。ジェスチャーまじりに筆記用具はないかと言われてボールペンとメモ用紙を渡すと、大きな背中を丸めて絵を描きはじめた。かわいい、と思った。もともとが熊みたいな姿なのだが、背中を丸めるとサーカスの熊みたいな愛嬌が生まれる。佳代は思わず頬をゆるめて、黒人さんに〝ベア五郎〟とニックネームをつけた。アメリカの熊五郎だから英語まじりのベア五郎。自分の考えた愛称に内心にやにやしながら眺めていると、やがて絵が描き上がった。

茶碗の絵だった。花柄模様がついた茶碗の絵を佳代に見せて、

「おやき、おやき」

再びベア五郎が訴えてきた。おやきを茶碗に入れてほしいというのだろうか。ますますわけがわからなかったが、

「それはノーなの。おやきにお茶碗はノーサンキューなの、アンダースタン？」

たしなめるように言ってやると、ベア五郎はもう一度、

「おやき」

と呟いてから肩をすくめ、ポケットからコインを取りだした。釈然としないながらも諦めてお金を払ってくれるつもりらしい。

「ノー・マネー。ユー・ドント・ライク・マイおやきだったらノー・マネーでオーケー」

出鱈目《でたらめ》英語を駆使して受けとりを拒んだ。意に添わなかったのならお金は貰えない。そ

れでもベア五郎は大きな手のひらにコインをのせて差しだしてくる。

「いいこと、これはサービスしてあげるからノー・マネーでいいの。アイ・アム・サービス、フォー・ユー、オーケー？　プリーズ！」

強い調子で告げると、それでようやく観念したらしい。ベア五郎は首を左右に振りながらおやきの袋を掲げ上げ、サンキュー、と言い残して帰っていった。


佳代にとって横須賀は初めての土地になる。

中学三年のときに姿を消した両親が、三浦半島の三崎だか横須賀だかに引っ越したらしい。そんな情報を頼りに三浦半島までやってきたのだが、道すがら、横須賀市の走水《はしりみず》という町においしい湧き水があると聞いて、横須賀に腰を落ち着けることにした。調理屋の仕事においしい水は欠かせない。しかも横須賀から三崎までは二十キロほどの距離というから、両親の消息を追うには打ってつけだと思った。

走水の湧き水は、横須賀市街から車で十五分ほど東南に走った国道沿いにある。そこは横須賀の水道の取水場にもなっていて、だれでも自由に湧き水が汲めるように駐車場つきの水汲み場が併設されていると聞き、朝起きたら一番で走水まで調理用の水を汲みに行くことを日課にした。ついでにその場で厨房をきれいに掃除して、再び横須賀市街に舞い戻る。どぶ板通り裏の児童公園前に厨房車を駐めて営業準備を整えたら、午後二時ちょうどに店を開く。このパターンでとりあえず二週間頑張ってきた。

だが、両親捜しはまだ何も進展していない。念のために三崎と横須賀の市役所と警察署には行ってみたものの、公的機関に記録が残っているぐらいなら、こんな苦労はしない。予想通り何の手がかりも得られなかったことから、調理屋商売が軌道に乗りはじめたら本腰を入れて捜すことにした。

ただ、季節はもうじき初夏になる。調理屋になって初めての夏場を迎えるわけだが、これからの営業は厳しくなると思う。年代物の中古車を改造した佳代の厨房車には、冷房がついていない。そんな中で煮炊きするのだから厨房はかなりの高温になる。冬場はありがたかったものの、夏場は地獄になると言ってもいい。

弟の和馬からも十日ほど前に電話がかかってきて、

「姉ちゃん、こまめに水分を取るんだぞ。ぼんやりしてると熱中症になっちまうから」

と注意された。その後、和馬も仕事の合間に三崎と横須賀のことを調べてくれている。が、なにせ十五年も前の話なだけに、早くも夏場の心配をしてくれているということは、和馬も調べが難航しているのだろう。

そうこうしているうちに、また一週間が過ぎた。この一週間は大忙しだった。港に大きな軍艦が入港したため、どぶ板通りにはいつにも増して米兵が溢《あふ》れ返り、佳代もその煽りを受けてしまったからだ。

ベースに駐留している米兵と違い、航海途中に一時寄港した米兵はストレスの塊だ。鬱《うっ》憤《ぷん》晴らしに大挙してどぶ板通りに繰りだしてくるから、飲食店はどこも大入り満員の大盛況になる。なのに、そんな最中にケンズダイナーの厨房スタッフが一人辞めてしまった。

これにはマスターも困り果てたらしく、店の料理の下ごしらえを手伝ってくれないかと佳代に泣きついてきた。それを二つ返事で請け負ってしまったおかげで、佳代も突如、てんてこ舞いの忙しさになったのだった。

ハンバーガー、バーベキューチキン、エンチラーダ、フレンチフライ、シーザーサラダなど、米兵好みのメニューの下ごしらえに追われた。ほどなくして噂《うわさ》を聞きつけたほかの店からも声がかかりはじめたものだから、結局、この一週間はどぶ板通りの飲食店の下請け状態になってしまった。しかも、そんなときに限って邪魔が入るもので、ハンバーガーのパテを大量に焼いているときに、すっかり忘れていたお客さんがやってきた。

ベア五郎だ。

最初はベア五郎と気づかなかった。まだ宵《よい》の口の午後七時頃だったから、どうせまた昼間から飲んでいた寄港兵がふらふらと見物にきたのだろうと無視していたのだが、不意に厨房車の中に身を乗りだし、

「ハーイ！」

と紙袋を差しだされた。

顔を上げると、縮れた髪をネイビー仕様に刈り上げたベア五郎がにんまりと笑い、紙袋の中を見てほしいと言う。仕方なく開けてみると丼が入っていた。

「食材は？」

日本語で尋ねた。もちろん通じるわけはなくベア五郎はきょとんとしている。

「食材を持ってきてくれないと作れないの。ミートとかベジタブルとかテークアウトじゃなくて、えーと、テークインしてくれないと作れないの。テークイン・プリーズ、アンダースタン？」

途端にベア五郎が丼を指さし、

「おやき、おやき」

と繰り返してペラペラ捲《まく》し立てはじめた。

それでやっと気づいた。この前、ベア五郎が描いた絵は茶碗ではなく丼だったのだ。その丼を持ってきたからおやきをなんとかしてくれ、と言っているらしいが、そんなことを言われても困ってしまう。

まったくもう、と思わずため息をついた瞬間、

「いけない！」

パテを焦がしそうになった。

「ごめんね、アイム・ビジーなの、またにしてくれない？　明日の午後はどう？　日曜だ

し、トモロウ・サンデー・アフタヌーン、ユー・カム、オーケー？」

明日には一時寄港の軍艦が出港すると聞いているから、ゆっくり相手をしてあげられる。だから明日きてほしい、となだめるように言い聞かせると、それでようやく理解してくれたらしい。

ベア五郎は大きな肩をすくめてうなずき、紙袋を手に帰っていった。


翌日はめずらしく朝寝坊した。

〝佳代のキッチン〟の営業時間は通常午後八時までと決めているのだが、昨夜のどぶ板通りは寄港艦の出港前夜とあって大盛り上がり。佳代も結局、夜十時過ぎまで下ごしらえに追われ、くたくたに疲れてしまった。

おかげで起床してからもなかなか動きはじめる気になれず、走水まで出向いて水を汲み終えたのが正午近く。それからガソリンスタンドで給油して、スーパーに立ち寄って買い物してどぶ板通り裏に到着したときには、営業開始時刻を大幅に超過した午後二時半過ぎになっていた。

厨房車を降りると、児童公園のベンチに大きな男が腰かけていた。ベア五郎だった。佳代に気づくと、ハーイ、と笑顔で挨拶してきた。その手には昨夜と同じ紙袋が握られている。佳代に言われた通り、またやってきたのだった。今日はきちんと対応しなければならない。佳代は覚悟を決めて児童公園に入り、ベア五郎の隣に腰を下ろした。

園内には幼子を連れた母親が三組ほどいて、シーソーやジャングルジムで遊ばせている。キャッキャとはしゃぎまわる子どもたちを横目に佳代は食べる仕草をしながら尋ねた。

「おやき、グッド？」

ベア五郎が困ったような顔で、グッド、バット、ノットおやき、と単語を並べてくれた。とてもおいしい食べ物だったが、おれが食べたいおやきじゃない、と言っている。

「だけど」

佳代が言い返そうとすると、ベア五郎は手で制して紙袋から丼を取りだした。

改めて太陽の下で見たその丼は、店屋物の丼の定番ともいうべき白地に金糸と藍色の模様が入った丼だった。それを指さしながらベア五郎は、ライス、チキン、イン・ザ・ボウル、と一語一語を発音練習のように区切りながら発して、ディス・イズ・マイおやき、と付け加えた。

それでようやく、あ、と気づいた。

「それってライスとチキンのほかにエッグも入ってるんじゃない？　エッグ、イン？」

問われたベア五郎が不意に何かを思い出したように、オー・イエースとうなずいた。

それですべてが氷解した。おやき、と言っていたのは、おやこ、だったのだ。わかってみれば何のことはない。親子丼のおやこが、おやきと訛っていた。

「そうか、親子丼が食べたかったんだ。ほんとに変わった黒人さんだね」

佳代はくすくす笑いながらベンチを立つと、ベア五郎を近くの食品スーパーに連れていった。

大きな体のベア五郎を従えて、スーパーの中をひとめぐりして食材を集めた。鶏肉、お米、玉葱、卵、ついでに三つ葉もカゴに入れてレジへ向かうと、ベア五郎が慌てて財布を取りだしてお金を払った。まだ日本円に慣れていないのか、太い指で端数のコインを一個一個つまんでは確認している姿がまたかわいい。

早速、厨房車に戻って親子丼を作りはじめた。まずはさっき汲んできた湧き水でお米を研いでご飯を炊き、その間に鰹節を削って出汁をとった。ご飯が蒸らしに入ったところで、鰹出汁に砂糖と味醂、醬油で味つけして、そこに一口大に切った鶏肉とスライスした玉葱を入れてしばらく煮る。ほどよく火が入ったところで溶き卵を流し入れ、蓋を閉めて半熟状態になったところで火を止める。あとは炊き上がったご飯をベア五郎が持参した丼によそい、具をのせたらパラリと三つ葉を振る。

「お待ちどおさま」

湯気が立ちのぼる親子丼を差しだすと、ベア五郎がにっこり微笑み、すぐ食べていいか、と聞く。どうやら今度は合格らしい。

「いいよ、箸もあるし」

割り箸を割って渡すと、待ちきれない様子で、その場に立ったまま食べはじめた。

体が大きいだけあって見事な食べっぷりだった。箸使いは不器用ながらも、息つく間もなく口に運んでぺろりと平らげてしまった。

「どう？　グッド？」

佳代が尋ねると、グーッド、とベア五郎が親指を立てた。

「そう、よかった」

ほっとしていると、バット、とベア五郎が首をかしげた。おいしいとは思うが、何かが違う、と言った面持ちで申し訳なさそうにしている。

「これでも気に入らないの？」

ちょっと傷ついて頰を膨らませていると、ベア五郎が弁明するようにペラペラしゃべりだした。なぜこれが違うのか、と懸命に説明しているらしいのだが、こうなるとますますわからない。

仕方なくベア五郎の大きな手を取り、

「ちょっと一緒にきて」

再び二人で厨房車を離れた。

どぶ板通りの中程あたりに、白いペンキが塗り立てられたアメリカ調の店がある。

店頭の大きなガラス窓にはチーズバーガーやバーベキューチキンといったメニューが横文字でずらずらと書き連ねられ、その脇のガラス格子のドアには横文字と片仮名で『ケンズダイナー』と店名が記されている。ここが、横須賀にきて以来佳代を贔屓《ひいき》にしてくれているマスター、ケンの店だった。

ベア五郎を促《うなが》してドアを開けるとジャズが流れていた。夜になるとヒップホップが鳴り響いているのだが、昼間は打って変わって大人の雰囲気に包まれている。

店に入って左手にはダーツボードとビリヤード台が置かれ、奥には洋酒のボトルが並んだバーカウンターがある。右手には十卓ほどのテーブル、その真ん中のテーブルには若い白人女性が一人、端のテーブルには中年の日本人男性が一人。二人とも新聞を手にコーヒーを啜《すす》っている。

「ゆうべはお疲れさん」

ベア五郎と二人、カウンターに腰を落ち着けると、マスターがコーヒーを淹《い》れてくれた。忙しさがひと段落した今日は二人の従業員に臨時休暇を取らせたそうで、

「また辞められても困ると思ってさ」

白いものが目立つ髭面をくしゃくしゃにして笑う。

来年には還暦を迎えるマスターは、敗戦直後に開店したこの店の〝二代目のケン〟で、いまは独身だという。結婚歴があるかどうか聞けるほど打ち解けてはいないが、それで

も、この一週間の佳代の奮闘もあってかなり親しくなれたこともあり、コーヒーを啜ったところで思いきって切りだした。

「マスター、ちょっと通訳をお願いできませんか」

「恋の通訳か？」

とぼけた顔で切り返された。

「そんなんじゃないですよ。この人、あたしの親子丼が気に食わないらしくて」

「親子丼？」

不思議そうにベア五郎を見る。ベア五郎は神妙な顔で押し黙っている。

佳代は、おやきと親子丼の一件をかいつまんで話した。

「つまり親子丼をめぐって異文化対立が起きてるわけだ」

マスターが、はっはっはと笑った。

「そんな大袈裟《おおげさ》な話じゃないんですけど、このままだと納得できないんです。これでも調理屋として意地があるし」

そう説明すると、なるほど、とマスターはうなずき、

「これでもベースの連中は大方知ってるつもりなんだが、彼は見かけない顔だから、まだ日本に慣れてないのかもな」

ベア五郎に向き直って話しかけた。流暢《りゅうちょう》な英語だった。それにほっとしてかベア五郎

も沈黙を解き、しばらく二人の会話が続いた。

こうなると佳代にはさっぱりわからないから、聞いているふりをしながら考え事をしていた。十日ほど前に電話をくれた和馬から言われたことをふと思い出したからだ。

そのとき佳代は両親捜しの現状を報告した。

「とりあえず横須賀と三崎の警察と市役所に当たったけど、やっぱ収穫はゼロだった」

途端に和馬に笑われた。

「姉ちゃん、そんなところを当たるより、まずは音楽を聴かせて飲み食いさせる店を探さなきゃだめじゃん」

先日の聞き込みでは、十五年前に西新宿で暮らしていた両親は、中央線沿線に音楽を聴かせて飲み食いさせる店を開こうとしていたが、ある日突然、三崎だか横須賀だかに引っ越してしまったという。となれば、三崎か横須賀に店を開いた可能性は高い。しかも、三崎よりはベースがある横須賀のほうがより可能性が高いから、まずは横須賀の店を探したほうが早いじゃん、と諭された。

ところが急遽、下請け仕事が忙しくなったために店探しどころではなくなってしまった。が、よくよく考えてみれば、店のことならマスターじゃないか。この土地で長く店を営んでいるマスターに聞くのが一番だというのに、ああ、なんでそれに気づかなかったんだろう。今日だっていつものチラシを持ってくればよかったのに、なんて迂闊《うかつ》だったんだ

ろう、と思わず自分に呆れていると、

「佳代ちゃん、聞いてる？」

マスターに声をかけられた。

「あ、はい、なんでしょう？」

我に返って顔を上げると、マスターが苦笑しながら続けた。

「うちの厨房で作ってやったらどうだ、って言ったんだよ。たまたま材料も揃ってることだし、ジェイクが食いたがってる親子丼、食わせてやろうじゃないか」

ベア五郎の本名はジェイクというらしい。

「でもレシピは？」

「いやそれが、笑っちまうほど簡単なレシピなんだよ。大丈夫、いますぐ作れる」

マスターはにやりと笑った。


ケンズダイナーのエプロンを借りてカウンターの奥の厨房に入った。

大きな厨房だと思った。店の規模からすればふつうなのだろうが、佳代の狭い厨房から比べればはるかに広く、大きな業務用冷蔵庫やグリルコンロやフライヤーなど厨房機器も充実している。こんな厨房があったらと、つくづく羨《うらや》ましくなる。

「あの、食材は？」

マスターに聞いた。

「ここにある」

業務用冷蔵庫からフライドチキンとフレンチフライを出してくれた。佳代が昨日、下ごしらえした骨つきチキンの半身と拍子切りポテトを揚げたものだった。

ゆうべは大入り満員の忙しさの中、揚げたはいいが注文間違いやキャンセルがあってけっこう残ってしまった。とりあえず賄いで食べようと取っておいたのだが、これで作ってくれという。

「これで？」

「そう、これでジェイクが食いたい親子丼が作れる」

マスターがようやくレシピを教えてくれた。

まずは残り物のフライドチキンを手で裂いていく。骨を丁寧に取り除き、あまり細かくしすぎないように注意しながら一口大にする。フレンチフライもチキンと同じぐらいの大きさに切る。

「あとはソースだけだ」

マスターが小鍋にステーキ用のテリヤキソースを入れてブイヨンで薄めている。そこに一口大のフライドチキンとフレンチフライを投入し、しばらく煮てから卵でとじる。

「で、最後にチーズだ」

「うん、仕上げにパルミジャーノを振って丼めしにのせたら出来上がり」

「チーズですか」

確かに簡単だった。笑っちまうほど、かどうかはわからないけれど、とりあえずこの厨房にあるものだけですぐ作れてしまった。

湯気の立つ親子丼をカウンターへ運んだ。見た目はふつうの親子丼とさほど変わらないが、その匂いをかいだジェイクが顔を綻ばせた。待ちかねたようにフォークを手にして、大きな背中を丸めて食べはじめる。一口、二口、三口とフォークを器用に使ってどんどん食べ進めていく。

「おいしい?」

日本語で尋ねた。それで意味が通じたらしく、ジェイクは口を動かしながら力強く親指を立て、さらに食べ続ける。

佳代もマスターと一緒に試食することにした。丼は一個しかないからサラダボウルに盛りつけた。ジェイクを真似《まね》て匂いを確認すると、テリヤキソースの甘じょっぱさにフライドチキンの香ばしさが加わり、なるほど、匂いだけでふつうの親子丼ではない。

フォークを使って口に運んだ。おいしい、と思った。もちろん、使った材料からしても作り方からしてもおいしくないわけがないのだけれど、でも、ふつうの親子丼とは明らかに違うおいしさだった。

揚げたチキンとポテトがまとっている脂《あぶら》がブイヨン風味のテリヤキソースにしっとりと馴染《なじ》んで、和風にはないコクが生まれている。そのコクをとろりとした卵がやわらげて、最後にパルミジャーノの熟成したミルクの旨みと塩分が丼全体の味をきっちりまとめてくれている。

ジャンクフードと言えばジャンクフードかもしれない。でも、これはこれで立派なジャンクフードとして成立している。

気がつけば、もうジェイクが食べ終えている。ジェイクが持ってきた丼は典型的な日本人仕様だから、食べる量が違うアメリカ人には小さかったのか、瞬く間に空になった丼の中をじっと見つめている。

「ワンモア、おやこ?」

くすくす笑いながら佳代は聞いた。が、まだジェイクは丼の中を見つめている。どうしたんだろう。不思議に思ってジェイクの顔を覗き込んで驚いた。ぎょろりと大きなその目に涙が光っていた。

ジェイクが横須賀の駐留部隊に配属されたのは一か月前のことだった。ロサンゼルスの高校を卒業と同時に、USネイビーに志願入隊して以来、横須賀駐留を希望し続けてきたのだが、六年目にしてようやく念願が叶ったのだという。

なぜそれほど横須賀にこだわったのかといえば、実は、ジェイクはかつて横須賀に住んでいたことがあった。いまから十年以上も前の子どもの頃。当時ネイビーの軍人だった父親とともに来日して、一年半ほど横須賀市内の借り上げ住宅で暮らしていた。

横須賀に駐留する米軍関係者は、最初の一、二か月はベース内のネイビーロッジという宿泊施設で寝泊まりする規則になっている。が、長期駐留が決まっている場合は、上官の許可を得れば市内の借り上げ住宅での生活が許される。ジェイクの父親もその対象者だったことからベースの外の借家を斡旋《あっせん》してもらったのだった。

借家といっても、そこは米軍の借り上げ住宅。部屋が六つもある大きな家だったが、その家にジェイクは父親と二人で暮らしていた。母親はジェイクが三歳のときに不慮の事故で他界していたから必然的にそうなった。

生まれて初めて異国で暮らしたジェイクにとって、その毎日は驚きの連続だった。だれもがわけのわからない言葉を話す。やたらとペコペコお辞儀をする。眼鏡をかけた人ばかりいる。とまあ挙げはじめたらきりがないが、とりわけ驚いたのが、黒人だからといっていじめられないことだった。いや、いまにして思えばまったくなかったわけではないのかもしれない。それでも、黒人というだけで理由もなく殴られたり、店に入れてくれなかったり、せせら笑われたりといったことは一度としてなかった。

当時のアメリカなら黒人差別は撤廃されていたと佳代は思っていた。が、うわべはともかく陰湿な黒人差別は根強く、それは横須賀のベースの中でも同じだった。それなのに、一歩、日本の領域に足を踏み入れた途端、アメリカ人の子としてやさしくされたりかわいがられたりすることにジェイク少年は感激した。

とりわけジェイク少年の心に響いたのが、ケイティという女性のやさしさだった。ケイティといっても実は生粋《きっすい》の日本人女性。母親がいないジェイクのために父親が雇ったハウスキーパーで、平日の五日間、借り上げ住宅に毎日通ってきて家事をやってくれていた。掃除洗濯炊事はもちろんのこと、アメリカンスクールから帰宅したジェイクのためにおやつを作ってくれたり、遊び相手になってくれたりしたことから、ジェイク少年は本物の母親のように甘えたものだった。

そのケイティが、なにかにつけて作ってくれたのが親子丼だった。ただしケイティの親子丼は、前夜に食べ残したフライドチキンとフレンチフライが冷蔵庫にあるときしか作ってもらえなかった。早い話が、食べ残しの処理に困ったケイティが考えだした苦肉の料理だったわけだが、そのアメリカと日本の味を融合させたおいしさにジェイク少年は魅せられた。自分のためにケイティが作ってくれる喜びとも相まって、フライドチキンとフレンチフライをわざわざ食べ残して作ってもらうほどの好物になった。

ところが、ケイティの親子丼はわずか一年半しか食べられなかった。父親が急遽本国に呼び戻されたため、慌ただしく横須賀を後にしたからだ。

以来、ジェイクは本国を離れることなく成長し、耳で覚えた日本語もすっかり忘れてしまった。でも、ケイティの親子丼の味だけは忘れなかった。ケイティのやさしさとともにジェイクの記憶にしっかり刻み込まれていた。その記憶を頼りに自分で作ったこともあったが、何かが違った。ケイティと同じようにやったつもりでも、なぜか違う。

また横須賀に行きたい。ジェイクはそう願うようになった。黒人の子にやさしかった街、ケイティがいた街、そしてケイティの親子丼を食べた街に、いつかまた行きたい。それが心からの願いになった。

「で、ケイティには会えたの？」

ジェイクの思いを通訳してくれたマスターに尋ねた。

「いや、その願いはまだ叶っていないそうだ。昔住んでいた借家の場所は、かすかな記憶を頼りに探し当てたらしいんだが、ケイティの居所まではわからないみたいで」

ジェイクが父親から聞いた話では、軍に紹介された家政婦紹介所の仲介でケイティを雇ったらしい。が、その家政婦紹介所の名称がわからない。そこで軍を通じて横須賀周辺に五軒ある家政婦紹介所に問い合わせてみたが、個人情報保護の観点から、そうした女性を派遣したかしなかったかも含めてお答えできない、という回答だった。

「だからジェイクにとって、いま食った親子丼は夢の味だったんだと思う。あの丼鉢にしても、当時、ケイティが自宅から持ってきてくれた丼鉢とそっくりな柄のやつを横須賀中を探し回って買ってきたっていうし」

健気な話だよな、とマスターはジェイクを見やった。つられて佳代も目線をやると、ジェイクが静かに微笑みかけてきた。

なんとかしてやれないものだろうか。佳代は思った。なんとかして本物のケイティの親子丼を食べさせてやれないものか。

「ねえジェイク、ほかにケイティの手がかりはないの？」

マスターに通訳してもらった。ジェイクはしばらく唇を噛んでから、

「キヨト」

と言った。

「キヨト？」

「京都ってことだろうな」

マスターが補足する。

「ケイティは京都出身だってこと？」

それはわからないが、京都で学生時代を過ごした、とケイティがよく話していたようだ。それがジェイクの説明だったが、学生時代の話では、あまり手がかりにはならない。

「京都かあ」

佳代は小さくため息をついた。

その日は結局、仕事にならなかった。

ジェイクと別れてから調理屋の営業を再開したものの、寄港艦が出港した直後のどぶ板通りはいつになく閑散としていて、どの店も開店休業状態。一般のお客はもとより調理の下請けを頼みにくる店もほとんどなかった。

マスターも早仕舞いするって言ってたし、あたしも今日はそうしよう。

早々に見切りをつけて午後四時過ぎには営業を切り上げ、市内の魚屋で真鯛《まだい》とメジ鮪《まぐろ》の刺し身、ついでに酒屋に寄って純米酒の五合瓶《びん》も買った。この一週間はかなり頑張ったし、今日ぐらいはごほうびで贅沢《ぜいたく》しようと思った。

厨房車はコイン駐車場に入れた。路上駐車して飲んでしまうと万一のときに車を移動できなくなる。ついでに近くの銭湯に二日ぶりに入り、厨房の窓にカーテンを引いて一人で飲みはじめた。

一人酒は侘《わび》しいという人もいるけれど、佳代は大好きだ。ゆるゆると酒を口に運んで肴《さかな》をつまみ、本を読んだり、音楽を聴いたり、物思いに耽ったりしながら酔いに身をまかせているときほどくつろげる時間はない。そして今夜もそうして静かな時間を愉しもうと思っていたのだが、しかし、いまひとつ、くつろげなかった。ジェイクの涙が瞼《まぶた》に焼きついていたからだ。彼の願いを叶える方法はないものか。それが喉の奥の小骨のようにずっと引っかかっていた。

和馬に相談してみようか。ふと思いついた。経済新聞社の記者と名乗れば、家政婦紹介所の対応も違ってくるのではないか。

携帯電話を取りだし、十回ほどコールしたところで和馬が出た。

「実の姉だけど。まだ仕事中？」

周囲がざわついているのが聞こえる。

「実の弟は記事が書けなくて苦悩してるところなんで、手短によろしく」

そう言って急《せ》かす。が、かまわず詳しく事情を話して、ケイティを派遣した家政婦紹介所と、その後のケイティについて調べてほしい、と頼んだ。

「姉ちゃん、新聞記者は私立探偵じゃないんだぜ」

すかさず怒られた。

「けど、あんなに会いたがってるんだから協力してあげようよ。日米関係にひびが入ったって知らないから」

「なに言ってんだよ。姉ちゃん、飲んでんだろ。そりゃわかるよ、その声で。まあ気持ちはわからなくはないけど、捜す人間、間違えてないか？　まずは自分の親捜しだろう。調理屋の仕事が忙しいのはわかるけど、尋ね人のチラシくらい撒いたらどうだよ」

「それは明日やるつもり。とにかく放っとけないのよ。電話一本してくれるだけでいいから、お願い」

電話しながら頭を下げたものの、

「そんなの無理無理」

あっさり却下された。

なんて冷たい弟なんだ。佳代は酒を呷《あお》った。ジェイクだって異国で母親がわりになってくれた人を捜してるんじゃないか。あたしたちと同じような気持ちでいるんじゃないか。飲むほどに腹が立ってきて、いつになくペースが上がり、気がつくと五合瓶が空いていた。そういえば厨房に調理に使うワインがあった。そう思い出してワインに切り替えた頃には急激に酔いが回ってきて、結局、それから先の記憶はまるで残っていない。


あたしって、なんてみっともない酒飲みなんだろう。

翌朝、目覚めると同時に自己嫌悪に陥った。佳代にしてはめずらしくひどい二日酔いで、起き上がるのも辛いほど飲んでしまった自分が情けなかった。

それでも、顔を洗って走水の水汲み場へ出掛けた。二日酔いだからといって営業は休みたくなかった。意地でも営業して、その合間に尋ね人のチラシも配って、これでも姉ちゃんはちゃんとやってるんだぞ、と和馬に言ってやりたかった。

まばゆい朝の陽射しを浴びながらポリタンクに水を汲んだ。満タンのポリタンクを厨房車に運び込んだだけで息が切れたが、休むことなく厨房内の掃除をすませ、どぶ板通り裏へ向かった。

朝十時過ぎ、いつもの児童公園前に厨房車を駐めてから、ケンズダイナーに顔を出した。マスターはカウンターの中でグラスを磨《みが》いていた。佳代に気づくと、おう、と片手を挙げて笑顔を向けてきた。店内は昨日よりお客の入りがいいようで、テーブルが五つも埋まっている。

昨日と同じカウンターに腰を下ろした。とりあえずコーヒーを注文し、

「マスターって、このあたりじゃ古株ですよね」

と切りだした。

「まあ二代目だしな」

マスターはコーヒーサイホンをセットしながら答えた。

「だったら同業者のことも詳しいですよね」

言いながら両親の写真を載せたチラシを差しだし、こんな二人がやってるお店、知りませんか？　と尋ねた。

「なんだい、佳代ちゃんも人捜しか」

マスターは苦笑いすると、どれどれ、と老眼鏡をかけてチラシを手にした。

「いやなつかしいねえ。おれも若い頃はこんな格好してたもんだった」

目を細めたマスターに、

「あたしの両親なんです」

と告げた。マスターはちょっと驚いた様子で、

「ああ、確かにこの女性の目、クリッとしたところが佳代ちゃんに似てるな」

佳代の顔と見比べている。

「実は十五年ほど前に、音楽を聴かせるお店を開きたがってたらしいんです。だからひょっとしたらと思って」

「十五年前に音楽を聴かせる店ねえ」

首をひねったきり黙ってしまった。佳代の両親だと聞いているから、あっさり知らないと言えないのかもしれない。

「ご存知ないならいいんです。あたしも時間をかけて捜そうと思ってるし」

笑顔をつくってチラシを引き上げようとすると、

「このチラシ、置いてってよ。ベースの連中にも聞いてみる。連中も、けっこういろんな店に出入りしてるから知ってるかもしれないし」

マスターはそう言ってカウンターの壁にピンでとめ、サイホンで落としたコーヒーを出してくれた。

そこで会話が途切れた。マスターとしては、これ以上立ち入ったことを聞いてはいけな

いと思ったのだろう。再びグラスを手にして磨きはじめた。

コーヒーを飲み終えたところでケンズダイナーを後にした。思ったほどの収穫はなかったが、まあそう簡単にいくものでもない。コーヒーを飲んだおかげで多少気分が持ち直してきたことだし、今日も頑張って営業しよう。

自分に気合いを入れながら厨房車に戻り、早速、お湯を沸かしたり調味料を補充したりしていると、早くもお客さんがやってきた。

「営業時間前に悪いんだけれど、昼めしを作ってもらえないかな」

どぶ板通りでスカジャンを売っているタツヤさんだった。スカジャンの店は何軒かあるが、横須賀ジャンパーをスカジャンと呼びはじめたのはうちの親父だ、と言い張っている老舗《しにせ》の店主だ。

「なにを作りましょう」

「今日から店の改装がはじまったんで、内装職人用に大盛り焼きそばを五人前」

蒸し麵《めん》と豚小間《ぶたこま》と野菜を手渡された。

「味は塩味でよかったんですよね」

「うん。職人は汗かいてるからきつめの塩で」

そう言い添えるとタツヤさんはそそくさと帰っていった。その直後に携帯電話が鳴った。和馬からだった。

「なに？」

わざと無愛想に応答した。ゆうべのことがまだ腹立たしかった。

「なにって言い方はないだろう」

憮然とした声が返ってきた。

「いま忙しいの。用があるならさっさと言って」

手を動かしながら言い返すと、和馬は聞こえよがしにため息をつき、

「サエグサだって」

「サエグサ？」

意味がわからなかった。

「三本の枝って書いて三枝、三枝家政婦紹介所。木挽町《こびきちょう》三丁目にあるらしい」

「やだ、調べてくれたの？」

「やだって言い方はないだろう」

和馬は不満そうに言うと、

「うちの読者が恩人を捜してるからって電話したら、直接お越し願えるなら記録を調べてみるってさ」

「ありがとう！　さすが実の弟！」

佳代は自分でも恥ずかしくなるほど甲高い声を上げていた。

横須賀市木挽町は、どぶ板通りがある本町から車で十分ほどの距離にあった。せっかく和馬が連絡をとってくれたのだ。すぐ行かないと申し訳ない気がして、大量の焼きそばをスカジャンの店に届けたその足で駆けつけた。

住宅街に隣接した小さな商店街の中に佇むモルタル二階建て。一階が八百屋《やおや》だったことから最初は通り過ぎてしまったが、引き返してきて小さな看板に気づいた。

赤錆びた鉄製の外階段を上がって引き戸を開けると、デスクを五つ並べただけの小さな事務所があった。事務員は二人だけで、入口近くのデスクで書き物をしていたチリチリパーマ頭のおばさんが応対に出てくれた。

「ケイティさんっていう方を捜してるんですが」

和馬の名前を告げてから尋ねた。

「ああ、新聞記者さんね」

奥の応接セットに通してくれた。あたしは新聞記者じゃないんですけど、と説明しながらすすめられたソファに腰を下ろすと、

「十五年前のケイティだったよね、ちょっと調べてみる」

おばさんは棚から分厚いファイルを取ってきてめくりはじめた。

拍子抜けした。ジェイクは個人情報保護を理由に拒まれたというから、素性を問い質《ただ》さ

れるだろうと覚悟してきたのにあっけないものだった。

「ああ、これだこれだ」

すぐにおばさんは声を上げ、

「その頃のケイティは、ヨシミさんだったみたいね」

と言った。これには驚いた。

「あの、その頃のって、ケイティさんは一人じゃないんですか？」

「うちの家政婦には全員、ネイビーが呼びやすい愛称をつけてるのよ。ホステスさんの源氏名みたいなもので、そのほうがトラブルも避けやすいし」

そういうことか、と思った。米兵相手に商売していると、いろいろとあるのだろう。ジェイクが軍を通じて問い合わせたときに応じてもらえなかったのも、そんな警戒心が働いたからなのかもしれない。

「で、その後、ヨシミさんは？」

「その後はどうしたんだろうねえ。タチバナさん、ヨシミさんって覚えてる？」

もう一人の事務員のおばさんに尋ねた。

「ヨシミさんって、山のほうで共同生活してた人じゃない？　だからよく覚えてるんだけど、三年もしないうちにやめちゃったと思うけど」

「ああ、そうだそうだ、思い出した。なんでも仲間割れしたとかで散っちゃったんだよね」

「散っちゃったって、いなくなったってことですか？」

佳代が口を挟むと、タチバナさんがほつれた髪を直しながら答えた。

「早い話が夜逃げだよね。確か夫婦が何組か集まって助け合って生活してるって言ってたんだけど、そんなもの、うまくいくわけないじゃない。おかげで、親切でつけ払いにしてやってたのに取りはぐれたって怒ってた人も、けっこういたみたいよ」

困ったもんだよねえ、とチリチリパーマのおばさんとうなずき合い、

「あ、けど、ヨシミさんはいい人だったよね」

「そうそう、とってもいい人だった」

二人で慌ててフォローした。ケイティは佳代の恩人という触れ込みになっている。それを思い出したらしい。

「どっちにしても、二年ほど家政婦さんをやっていて、その後はわからない。そういうことですね」

佳代が念押しすると、

「うん、そういうことだね。家政婦やってる人って訳ありが多いから、あたしらもあんまり詮索しないようにしてるし。あ、でも、昔は京都にいたみたいだよ。あの頃あたし、京都旅行に行ったんだけど、清水寺の裏手に陶器を焼かせてくれる工房があるとか、二条城の近くのライブハウスは覗いてみると面白いとか、いかにもヨシミさんらしい変わった情

報ばっかり教えてくれた」

くすくす笑う。

やっぱヨシミさんがケイティだ。そう確信した、ジェイクも京都にいたと言っていたし、帳簿に記録されていた派遣先の住所もジェイクの記憶と一致している。

「お忙しいところありがとうございました」

丁重に礼を告げて三枝家政婦紹介所を後にした。

結果的にはそれ以上のことはわからなかったけれど、でも、ケイティが当時どんな生活をしていたか、それがわかっただけでもジェイクに喜んでもらえる気がした。


今日二度目のケンズダイナーへ向かった。ジェイクの連絡先は知らないから、まずはマスターに報告しておこうと思った。

夕暮れどきのどぶ板通りは、昨日よりは多少はましといった程度の人出で、どの店も暇そうな気配が漂っている。そのせいか、ケンズダイナーに入るとマスターはいなかった。従業員の女の子に尋ねてみると、さっきどこかへ飛びだしていったという。

仕方なく店で待つことにした。できればバーボンソーダでも飲みたい気分だったが、今日は運転がある。ビールの小瓶をラッパ飲みしながら早くも盛り上がっているネイビーたちを横目にコーヒーを頼んだ。

三十分ほどそうしていたろうか。そろそろ二杯めのコーヒーを頼もうか、という頃合いに、ようやくマスターが帰ってきた。息を弾ませ、乱れた髪に手櫛《てぐし》を入れながらカウンターのほうにやってくる。

「マスター」

佳代が声をかけると、マスターは一瞬、きょとんとしてから、

「おお、捜してたんだよ」

安堵の表情を浮かべている。佳代が営業している児童公園前に行ったらいなかった。ひょっとして今日は場所を変えたのかと周辺を捜し回っていたのだという。

「そんなに急ぎの注文なんですか？」

「いや、そうじゃなくて、さっきジェイクがきたんだ」

息を整えながらマスターが言った。

「やだ、あたし、ジェイクに会いたくてきたんですよ。ケイティのことで話があって」

「ケイティの？」

「彼女が派遣された家政婦紹介所がわかったんです」

勢い込んで今日の午後の出来事を話して聞かせた。

マスターは最初、佳代の傍らに立って話を聞いていた。が、すぐに隣の席に腰を下ろして真剣な顔で耳を傾けていたかと思うと、

「じゃあ結局、その後の行方はわからないままなんだね」

佳代の目を覗き込みながら確認する。残念ながら、と佳代はうなずき、

「それでも、当時のケイティの暮らしぶりとか京都にいたことも確認できたから、それだけでもジェイクに伝えようと思って。もうベースに戻っちゃいました?」

と問い返すと、マスターはふと言葉を呑み込み、口髭を撫でつけはじめた。言葉を選んでいるようにも困っているようにも見えたが、すぐに腹を決めたらしく、

「さっきジェイクがここにきたって言ったよね」

改めて佳代の目を見据えて言葉を繋《つな》ぐ。

「彼にはまだ昨日の余韻が残ってるみたいで、おれと話したくてきたらしいんだけど、すぐそのチラシに気づいてね」

壁に留めてある両親捜しのチラシのことだった。見せてほしい、とジェイクに乞《こ》われて壁から外して手渡したところ、ケイティ、とジェイクが呟いた。

え、と佳代は身を乗りだした。

「チラシに載ってる女性がケイティだって言うんだよ」

「そんな」

絶句した。

「この目なんだ、ってジェイクは言ってた。やさしいケイティのクリッとした目だけは忘

れたことがないって」

佳代はまだ茫然《ぼうぜん》としていた。思いがけない展開を消化しきれないでいた。マスターが続ける。

「佳代ちゃんに親子丼を注文したのも、いまにして思えば目だったそうだ。たまたま厨房車の前を通りかかったときに見た佳代ちゃんの目に、ケイティの面影を感じた。それがきっかけだったらしい」

「で、ジェイクはどこへ？」

やっとそれだけ口にできた。

「この人は佳代ちゃんのママだって教えたら、血相を変えて飛びだしていった。それっきり戻ってこないんで、おれも佳代ちゃんを捜しに出たわけ」

そう言われるなり佳代も弾かれたように席を立ち、ケンズダイナーを飛びだした。

結局、その日、ジェイクは見つからなかった。

どぶ板通りの店はくまなく捜して回った。途中、念のために立ち寄ったスカジャンの店のタツヤさんに事情を話したところ、

「今日は改装で店番しなくていいから手伝うよ」

とタツヤさんも一緒に捜してくれた。が、どぶ板通りの周辺はもちろん、ベースの正門

付近や山側にある諏訪《すわ》公園のあたりまで足を延ばしたものの、やはりジェイクの姿は見当たらなかった。

連絡先、聞いておけばよかった。後悔したところであとの祭りというやつだった。夕方まで捜し歩いたところで、仕方なく児童公園前に戻って営業を再開した。やたら捜し回るより厨房車で待ち続けているほうがいいことに、ようやく気づいた。

粘りに粘って深夜零《れい》時過ぎまで待った。今日は日曜とあって、午後七時以降、お客さんは一人もこなかったけれど、それでもじっと待ち続けた。ジェイクはきっともう一度、ここにやってくるはずだと信じて。

でも、こなかった。もうベースに帰ってしまったのかもしれない。明日は月曜だからジェイクも仕事だろうし、今夜は諦めよう。未練を引きずりつつ店仕舞いして、そのまま児童公園前で一夜を明かすことにした。

この手の場所は深夜に警官のパトロールがあるから、駐禁キップを切られる可能性がある。が、ここから移動したくなかった。パトロールがあったらあったでしょうがない。そう割りきって、厨房車の床にマットレスを敷き、車窓のカーテンを引いたところで和馬に電話を入れた。

「どうしてたんだよ。何度も電話したのに」

受話口の奥から怒られた。が、それも当然だった。和馬にはジェイクと話してから報告したほうがいいと思い、ずっと着信を無視していた。

「ごめんね、いろいろ大変なことがあったもんだから」

素直に詫びて、今日の午後に起きたことを話して聞かせた。そして最後に、ケイティは自分たちが捜している母親だった、と穏やかに告げた。

佳代と同じように和馬もしばらく絶句してから、

「こんな偶然ってあるんだなあ」

呻《うめ》くように言った。姉に気を利かせて家政婦紹介所に渡りをつけた和馬は、結果的に母親の過去に渡りをつけたことになる。これはもうだれだって縁の不思議を感じないではいられない。

「だけど、うちの母ちゃん、親子丼なんて作ってくれたっけ？」

ひとしきり驚きを分かち合ったところで和馬に聞かれた。

「そんなもの、一度だって作ってくれなかった。親子丼どころかご飯だってろくに炊いてくれない母親だったし」

よく家政婦がつとまったもんよね、と佳代が苦笑すると、

「やっぱ姉ちゃんと同じで、変わった女だったんだろうな。おれたちを見捨ててアメリカの子の面倒を見てたんだからさ」

和馬も笑い声を漏らした。

「やだ、あたしは変わった女じゃないよ」

「まあ本人はそう思ってるだろうけどさ」

まだくすくす笑っている。

「けど、お母さんもそうだけど、お父さんだって変わってるよね。子どもを放りだして、女房に家政婦をやらせて、お父さんは何やってたんだろ」

佳代が幼かった頃から子どもには積極的に関与しない父親だったけれど、いまさらながら、あの父親はどういう人間だったんだろうとわからなくなる。

「どっちにしても、これでまた二人の行方を見失っちゃったなあ」

和馬がため息をついた。めずらしく弱気な声だった。

「大丈夫だよ。今日みたいな幸運もあるんだから、また何か手がかりが見つかる」

いつもと逆に佳代が励ました。

が、佳代だって不安な気持ちでいることに変わりはなかった。和馬との長電話を終えた深夜一時過ぎ、厨房車の床のマットレスに横たわってからも、さまざまな思いが交錯してなかなか眠りにつけなかった。

何度となく寝返りを打った。そのたびにまた違う感慨に駆られて思いをめぐらせていると、さらに得体の知れない不安に襲われて睡魔が遠ざかる。

どれくらいそうしていたろう。

一向に眠りにつけないまま時間だけが過ぎていき、今夜はもう寝るのは諦めようか、と思いはじめた頃になって、コンコン、と車の窓ガラスを叩かれた。

パトロールだ、と跳ね起きた。

また点数が減ってしまう。うんざりしながらカーテンを開けると、外はすでに白々と明けかけていた。その薄明かりの中に、熊のごとく大きな体が佇んでいた。

ジェイクだった。


不思議なもので、いざジェイクを前にすると、なんと言葉をかけていいかわからなくなった。

英語がわからないからではない。ジェイクにとっての日本のママ、ケイティは、佳代のママだった。でも、その二人にとってのママはいまだ行方知れずのままで、三人の絆を確認し合える手立てはない。

この奇妙な状況でケイティの娘である佳代は、ジェイクにどんな言葉をかけたらいいのか。厨房車を降りてジェイクと対面したものの、佳代は急にわからなくなってもじもじしていた。

そんなもどかしい空気をジェイクが打ち破ってくれた。

「おやき、プリーズ」

笑顔でそう言うなりフライドチキンとフレンチフライと丼を差しだしてきたのだ。

もちろん、おやきを食べたいと言っているわけじゃない。改めて、ケイティの娘のおやこ丼が食べたい、と言っている。しかも差しだされたフライドチキンとフレンチフライは、一目見てゆうべの残り物とわかるものだった。ジェイクがどんな思いでわざわざ残り物を持ってきたのか、言葉など通じなくても伝わってくる。

「わかった、作ったげる」

佳代はすぐにエプロンを着けて調理に取りかかった。昨日はまともに営業できなかったから、走水で汲んできた湧き水はたっぷり残っている。米と卵も佳代の賄い用がある。

まずは米を研いで土鍋に入れて火にかけた。続いて、残り物のフライドチキンの骨を丁寧に取り除きながら一口大の大きさに裂く。さらにフレンチフライも同じ大きさに切ったら、テリヤキソース味のブイヨンスープで煮る。

佳代の調理姿をジェイクがじっと見つめている。大きな背中を丸めて厨房の隅っこに座り、ぎょろりとした目を子どものように輝かせている。

かつてケイティが作ってくれているときも、ジェイクはこんな目をしていたのかもしれない。そう思うと、なんだかいとおしい気持ちになってきて、

「ホワット・タイム、トゥデイ、ユア・ワーキング？」

今日の仕事は何時からなの？　と聞いたつもりだった。

ジェイクが身振り手振りを交えながら答えた。ベースの仕事は朝八時半からはじまる。でも、なんとしてもケイティの娘の親子丼を食べたくて、きっと佳代はいる、と信じて早起きしてきた。ベースの規則は破ってしまったけれど、そんなことは気にしていない。そう言っているらしかった。

「あら、規則を破ったの？　バッドボーイねえ」

わざと叱ってやった。するとジェイクが、ソーリー・ママ、としゅんとしてみせる。

そんな咄嗟《とっさ》のやりとりが二人とも気に入って、片言英語のママと息子ごっこがはじまった。歯はちゃんと磨いた？　爪《つめ》も伸びてるんじゃない？　とママが小言を言えば、ぼく、歯も爪もちゃんときれいにしてきたもん、ほんとだよ、ほら、とジェイク少年が歯と爪を見せてくる。

おたがいすっかりママと息子になりきって、たわいないやりとりを楽しんでいるうちに調理は進み、やがてジェイク少年が待ちにまった〝ケイティの娘の親子丼〟が完成した。

「さ、召し上がれ」

佳代も厨房の床に腰を下ろし、親子丼とフォークをジェイクに手渡した。早速、ジェイクが食べはじめる。それはもう息もつかずにかっ込む豪快な食べっぷりで、思わず佳代は見惚《みと》れた。

「おいしい？」

そう尋ねても黙って親指を立てて見せるだけで食べる手をとめようとしない。

瞬く間に丼が空になった。米粒を最後の一粒まですくって食べ終えたジェイクは、フォークを置くなり居住まいを正し、

「サンキュー・ソーマッチ、カヨ」

大人の口調に戻って合掌した。

「いいのよ、そんなにかしこまらなくたって、ユー・アー・ウェルカムよ」

照れ笑いで応じると、ジェイクはふと宙を見やってから、再び身振り手振りを交え、これまでにない真剣な眼差しで話しはじめた。

それは、かつてジェイク少年がケイティから教わった言葉らしかった。難しい英語ばかりだったけれど、佳代は一生懸命ヒヤリングした。わからないところは何度となく聞き返し、ジェイクもまた繰り返し嚙み砕いて言い直してくれて、それでようやく理解できた。

『チキンとエッグは親子なの。ふだんは離れていても、いざこうしてひとつになれば、おいしい関係になれる。そういうものなのよ』

驚いた。ケイティが、いや、かつて佳代たちを見捨てた母親が、そんなことを言っていたなんて思いもよらなかった。と同時に、その言葉が佳代たちにも向けられているようにも思えて胸が熱くなった。

「ジェイクのママ、いいこと言うじゃない」

こみ上げるものを堪《こら》えながらジェイクに笑いかけた。その瞬間、ジェイクが両手を広げ、

「ママ」

子どものように抱きついてきた。

大きな体を黙って受けとめた。肩が少年のように震えている。うっうっと小さな嗚咽《おえつ》も漏れはじめている。

佳代は奥歯を嚙み締めた。そして、その広くて分厚い背中に両手をまわし、いつまでもさすり続けた。

第3話

板前カレー

カレーを煮込んでいるとドアをノックされた。

厨房車に出入りするスライド式のドア。最初に聞こえたときは、通りすがりのだれかの荷物がコツンと車体にぶつかったのかと思った。京都市街、烏丸御池《からすまおいけ》から程近い衣棚《ころものたな》通に路上駐車している。闇も深まった夜九時過ぎに狭い通りに路駐しているほうが悪いのだから、ちょっとぐらいぶつかられても仕方ない。そう思っていた。

ところが、それから二度三度、コンコン、コンコンと遠慮がちな音が聞こえる。それでようやくノックされているんだと気づいた。

鍋の火を弱めてスライドドアを引き開けると、着物姿の女性が立っていた。

薄茶の小紋に黒地の帯を合わせ、さらりと巻き上げたまとめ髪。厨房車の明かりに照らされた装いはかなり大人びていたが、細面のその顔つきからして佳代と同年代か、ちょい下の二十代後半といったところか。

「申し訳ありません、今夜はもう店仕舞いしちゃいまして」

佳代は丁重に詫びた。

閉店は通常、午後八時。ふだんは『いかようにも調理します』の木札をサイドミラーから外したら、すぐに衣棚通から撤収する。この狭い通りで夜を明かすわけにはいかないから、大文字山《だいもんじ》を望む南禅寺《なんぜんじ》の裏手まで移動してゆっくりと一夜を過ごす。

が、今夜に限っては、最後のお客さんの注文で作った鍋用の鶏出汁が余っている。せっかくだからこの鶏出汁で夕飯用のカレーを作ってから撤収しよう。そう思い立って作りはじめたのだけれど、それがいけなかった。

「明日も昼二時から夜八時までやってますので、またよろしくお願いします」

そう言い添えてお辞儀をすると、

「あの、カレーを作ってらっしゃいますよね」

着物の女性が湯気が立っている鍋を指さす。

「ああ、これはあたしの賄い用なんです。つぎにお越しになるときは、お好きな食材をお持ちになってってください。いかようにも調理しますので」

ドアを閉めようとしたが、

「すいません、大変不躾《ぶしつけ》なんですけど、分けていただけないでしょうか」

上目遣いに佳代を見つめる。丁寧な言葉遣いだったけれど京都人のイントネーションではない。

「いえ、ですからこれは」

「二人前で結構です、二人前だけ分けていただければ結構ですので、どうかこれで」

懐《ふところ》から財布を取りだし、お札を一枚差しだす。

五千円札だった。賄いカレー二人前を五千円で買い取ろうというのか。これには困惑《こんわく》していると、

「足りないようでしたら、こちらで」

今度は一万円札を差しだし、懇願《こんがん》の目を向けてくる。やけに疲れた目をしていた。すっと切れ長に伸びた目元がくすんで見える。

「ちょ、ちょっと待ってくれますか。烏丸通に出ればコンビニだってあるんですから」

「コンビニのカレーではだめなんです。こういうちゃんとした香りのカレーでないと」

「そう言われても」

厄介《やっかい》な人に関わり合いになってしまった。どう切り返したらいいものか言葉に詰まっていると、

「お願いしますっ」

不意に女性は腰から崩《くず》れ落ちるように膝《ひざ》をつき、その場にひれ伏した。

「やめてくださいっ」

慌てて厨房車から飛び降りた。路上にうずくまって土下座している女性の肩を抱き起こして立たせ、汚れがついた小紋の裾《すそ》を払ってやった。

それでも女性は、お願いします、お願いします、と頭を下げ続けている。わけがわからなかった。ここまでされると佳代が意地悪しているみたいな気分になってくる。

「わかりました、わかりましたから」

女性の背中をそっとさすって頭を上げさせ、厨房車に戻った。そして、流し台の下に造

りつけてある棚から大きなタッパーを取りだし、たっぷりカレーを注ぎ入れてぴっちり蓋を閉じた。

「まだ煮込んでる最中なので、お代はけっこうです。ただ、いつでもいいですから、タッパーは返してくださいね」

静かに言い聞かせるように告げた。ところが、またしても女性はお札を差しだしてくる。佳代はゆっくりと首を左右に振り、

「とにかくお代はけっこうです。それを引っ込めていただかないことには、お分けできません」

きっぱり言い渡した。

その気迫に一瞬女性はたじろいだ。が、すぐに、ありがとうございます、と深々とお辞儀をしてタッパーを押しいただくと、ありがとうございます、ありがとうございます、と何度となく頭を下げながら帰っていった。


佳代が京都に二泊三日以上滞在するのは初めてのことだ。

以前訪れたのは十年ほど前。当時働いていた給食センターの慰安《いあん》旅行で、嵐山の小さな旅館に世話になった。職場のおばちゃんたちとおしゃべりしながら平安神宮、清水寺、二条城、金閣寺といった神社仏閣の名所を観光バスでめぐった記憶があるが、京都の街中の

ことなど何もわからないまま旅は終わった。

が、いま改めて京都の街で暮らしはじめてみると、ここは神社仏閣だけの街ではない。細かい路地の組み合わせで成り立っている街なんだと気づいた。もちろん、ほかの街にも路地はたくさんあるけれど、京都の路地は、碁盤《ごばん》の目になった市街地の合間をびっしりと埋めつくす毛細血管のごとき存在で、細かい一本一本それぞれに表情がある。

おかげで、二か月前にこの街にきて営業場所を決めるまでには、けっこう時間がかかった。未知の路地に入るたびに新しい世界が広がる楽しさに、ついつい目移りしてしまい、なかなか一か所に絞り込めなかった。

最終的に衣棚通に決めたのは、第一に京都の台所と称される錦《にしき》市場に近いから。調理屋の仕事に食材の仕入れは必要ないけれど、錦市場で買った食材を持ち込んで調理を頼んでくれる人がいるかもしれない、と期待した。それと同時に、調理に欠かせない湧き水が汲める場所が遠くないことも大きかった。〝京の三大名水〟と呼ばれている県井《あがたのい》、醒ケ井《さめがい》、染井《そめい》のうちのひとつ、染井の水が汲める梨木《なしのき》神社が車で五分の距離にあるのだ。

染井の水の水源には、だれでも自由に汲めるように蛇口がついている。その蛇口からペットボトルに汲んだ水をひと口飲んで、やわらかな甘みを含んだしなやかな味わいがいっぺんで気に入った。この水があれば、素材や出汁の味わいを大切にする京都の人の口に合う料理が作れそうだと思った。

こうして京都に着いて二週間ほど経ってから、衣棚通を営業場所と定めた。以来、南禅寺の裏手で朝を迎えると、まずは梨木神社を訪れてポリタンクに水を汲む。それから錦市場に出向いて京都の食材の研究がてらぶらぶら冷やかして歩き、ついでにふらりと知らない路地の探訪に出掛けるのが日課になった。初めての路地を一人のんびり歩いていると、なぜか心が安らいだ。

午後二時になると衣棚通の定位置に厨房車を駐め、それからは調理仕事に集中する。お客さんは自然についてくれた。思った通り錦市場経由でやってくる人が多い。食べることが好きな土地柄からか、調理屋という商売が面白がられて、夕餉《ゆうげ》のメニューをそっくりおまかせで頼まれることもめずらしくない。

ただ、そんなときに注意しなければならないのは、京都だからと、いわゆるおばんざいを作ってはならないことだ。そないなもんはいつでも食べれるさかい、変わったもん食べさせてや、というお客さんが大半だから、料理好きが高じてこの商売を思いついた佳代としてはけっこう楽しい。豚肉のおろしリンゴ煮込みとか、生麩《なまふ》のオイスターソース炒めとか、ちょっと目先を変えた料理もこの街の人たちは素直に喜んでくれる。そのぶん腕が問われる怖さもないではないけれど、定番ものの注文が多い関東のお客さんと違ってやりがいがある。

この街ってあたしに合ってるのかもしれない。最近ではそう思いはじめている。京都にやってきたのは、佳代の両親が若い時分に住んでいたと聞いたからだけれど、その先入観も影響しているのだろうか。まだ佳代がこの世に存在しない頃の話だったにしても、両親の心に刻まれたこの土地の記憶が佳代に受け継がれていないとも限らない。なんて、つい非科学的なことすら考えてしまうほど、この街が気に入ってしまった。

その意味でも、そろそろ両親捜しも再開しなければと思う。いつもなら弟の和馬から発《は》破《っぱ》をかけられる頃合いだ。なのにこのところは仕事に忙殺されているからか、両親の新たな情報が得られないからか、連絡が途絶えがちになっている。それにかまけて佳代は京都暮らしを愉しんでいた面もあるのだけれど、この街に根ざせば根ざすほど、かつて両親が京都で何をしていたのか、二人のその後の行動のヒントがつかめる気もしてくる。

いずれにしても、明日からまた捜索チラシを配ろうか。そんなことを考えながら今日もまた衣棚通に駐車して開店準備を進めていると、

「先日はありがとうございました」

出し抜けに声をかけられた。我に返って見ると、いつやってきたのか、開け放ったスライドドアの向こうに若いおねえさんがいた。肩まで長く伸ばしたロングヘア。柄物のコットンシャツにジーンズ姿で微笑んでいる。

「こちらこそ、いつもありがとうございます」

そう答えながら、だれだっけ、と思った。いつかきたお客さんらしいけれど、こんなお

ねえさんに何か注文されたっけ、と記憶を手繰《たぐ》っていると、

「遅くなってすいませんでした。これ、返しにきました」

見覚えのあるタッパーを差しだされて、あ、と気づいた。まるで別人のようだったけれど、あの着物の女性だった。


服装というものは、ここまで人の印象を変えてしまうものなんだ、と改めて驚かされた。着物姿でまとめ髪にしていたときは佳代と同年代かちょっと下に見えたが、ジーンズ姿で髪をロングに下ろしていると二十代前半にしか見えない。

「わざわざすいません。いつでもよかったのに」

戸惑いながらも微笑み返し、タッパーを受けとった。きれいに洗ったタッパーの蓋の上にはメモが添えてあった。ありがとうございました、という几帳面な文字の脇にうさぎのイラストが手描きしてある。

「あらかわいい、あなたが描いたの？」

佳代が思わず声を上げると、女性はこくりとうなずき、

「実は、ひとつお願いがあるんですが」

急に神妙な表情になった。何でしょう、と佳代が目顔で促すと、

「予約をお願いしたいんです」

先夜と同じ上目遣いで告げられた。改めて陽の光の中で見るせいか、あのときにも増して目元の疲れが目立つ。

「うちはとくに予約というのはやってないんです。食材をお持ちいただければ、いつでも調理しますよ」

「でも午後八時までですよね。お休みの日もあるでしょうし」

やけに食い下がってくる。

「あの、ちなみに、どんな調理をご希望なんですか？」

よほど厄介な注文だろうと思った。

「カレーです」

「カレー、ですか」

拍子抜けした。

「先日いただいたカレーと同じものを、三日後の水曜日、夜九時半に仕上げていただけないかと思いまして。もちろん、今回は事前に食材を持ってきますし、調理代も割り増しでお支払いしますので」

佳代は迷った。営業時間外は無理、と断ることもできた。が、そこまで言われて断るのも悪い気がして、ちょっと間を置いてからうなずいた。

「承知しました。事情がおありということでしたらお受けしますが、ただ、あんな間に合わせのカレーでいいんですか？」

念のために確認した。実際、あれは有り合わせの残り物食材で作った賄いカレーにすぎない。調理屋として仕事するときは、もっとちゃんとしたカレーを作っている。佳代の料理がすべてあのレベルだと思われるのも癪《しゃく》な気がした。

ところが女性は、とんでもない、と大きく首を横に振った。

「あの賄いカレーがいいんです。あのカレーでなければダメなんです」

「だれでも作れるカレーですよ」

「いいえ、だれでも作れません。うちの主人は料理が得意な人なので、同じような食材を使って挑戦してみたんです。でも、どうしてもあのカレーにならないって言うんです」

びっくりした。わざわざ再現していたとは思わなかった。この若さですでに結婚しているらしいが、夫婦二人でずいぶんと気に入ってくれたらしい。

「わかりました」

佳代は厨房車からメモ用紙を持ってきて、あの晩カレーに使った十四種類の食材を書きだした。

「当日はこれを持ってきてください」

女性に手渡した。途端に女性が目を見開いた。佳代がさらさらと食材を書き連ねたことに驚いたらしく、一瞬、何か言いかけてから、

「ありがとうございます。わたし、宇佐美麻奈美《うさみまなみ》と言います」

「ああ、それでうさぎだったのね」

さっきのイラストのことを言うと、麻奈美さんは照れ笑いして、

「不躾なのは承知の上ですけど、とにかくあの味でないと困るので、どうかよろしくお願いします。とりあえず、これを前金で」

相変わらず丁寧に頭を下げ、先日と同じようにお札を差しだしてきた。

まったくこの人は、どれだけお金を払いたがるんだ。これには吹きだしそうになったが、

「調理代はどなたからも料理と引き換えにいただいていますので」

そう告げて丁重に前金を辞退した。

麻奈美さんは驚いていたけれど、佳代は一度作った料理のレシピはまず忘れない。

それは佳代に限らず、作った料理の味の記憶とともに食材と調味料、調理手順が自然と脳裏に刻み込まれていないようでは調理のプロは務まらない。プロの棋士《きし》が対戦した棋譜をすべて諳《そら》んじているように、野球のピッチャーが登板した試合の球種とコースをすべて振り返れるように、調理人だったら当たり前だと思うのだが、佳代の場合は子ども時分からの料理体験のおかげでそれが自然と身についている。

ちなみに、あの晩のカレーに使った食材は、まず調理仕事で残った鶏出汁。加えて半端

な野菜が十一種類。人参の切れ端と厚く剝いた皮、セロリの切れ端と葉っぱ、大根の切れ端と厚めに剝いた皮、椎茸の石突《いしづき》、玉葱の切れ端、赤ピーマンの切れ端、インゲンの端っこ、茄子の半端、トマトの半端、ジャガイモの半端、香菜《シャンツァイ》の茎《くき》、とまあ、とにかく種類だけはやたらと多い。

肉は、いつも賄い用にブロック買いしてある豚バラ肉。たまに牛肉や鶏肉の切れ端があれば使うこともあるけれど、佳代のカレーには豚バラ肉が一番相性がいい。さらに味のアクセントに朝食用のプレーンヨーグルトとコーンフレークも入れたから、合計十四種類の食材を使ったことになる。

もちろんこれは、たまたまあの晩のカレーに使った食材であって、佳代の賄いカレーがいつもこの通りとは限らない。基本的に料理は、あるもので作るのが佳代流だ。いまある食材をどう工夫しておいしいものを作るか。それを追求することが調理屋の仕事だと思っている。その意味で、子どもの頃から乏《とぼ》しい食材で調理せざるを得ない状況に追い込まれて育ってきた佳代は、知らず知らずのうちに調理屋修業をしてきたようなもので、皮肉な話だが、その点だけは出鱈目な両親のおかげということになる。

その晩、佳代は久しぶりに両親捜し用のチラシを増刷した。

増刷といっても、両親捜しをはじめた当初、弟の和馬がパソコンで作ってくれたチラシの元原稿をコンビニでコピーするだけだ。毎回五十枚コピーして五百円の投資。それを手に、当たりをつけた地域に出掛けては情報を募るわけだが、正直、消えた両親捜しなんて雲をつかむようなものと言っていい。一枚十円のチラシを見ず知らずの人たちに手渡しつつ、無駄な努力ではないかと虚《むな》しくなったことは一度や二度ではない。

ただ今回は、多少なりとも手がかりがある。はるばる京都まできて暮らすようになったのは、横須賀の家政婦紹介所で情報を得たからだった。そこの事務員のおばさんが、かつて佳代の母親から京都の話を聞いていた。京都に行くなら清水寺の裏手の陶器工房と二条城の近くのライブハウスがおすすめだ、と教えてくれたという。

わざわざ人にすすめるくらいだから、母親にとって思い入れがあった場所なのは間違いない。京都にいたのは学生時代だということもわかっているから、まずはそうした情報を取っかかりにしようと考えたのだった。

翌朝、いつものように染井の水を汲み終えると、その足で二条城へ向かった。世界遺産の二条城の近くにライブハウスがあるというのが不思議な気がしたが、まずはライブハウスを当たるべきだと直感した。以前、東京の西新宿を聞き込んで歩いたとき、両親は音楽を聴かせて飲み食いさせる店を開こうとしていた、という証言を得た。学生だった母親がライブハウスに出入りしていた可能性は十分にある。

京都御所の南西、堀川通沿いに佇む二条城の門前は、まだ朝九時だというのに早くも観光客で賑《にぎ》わっていた。これが世界遺産効果なのか、つぎからつぎと観光バスがやってきて、日本人はもちろん中国人やら欧米人やらがわさわさと降りてくる。慰安旅行のときには佳代もそうした一員だったのだが、物見遊山《ものみゆさん》パワーには国境がないと思い知らされる。

が、今日は世界遺産どころではない。佳代は路肩に厨房車を停めて周囲を見渡した。左右六車線ある堀川通の向かいにシティホテルの看板が見えた。シティホテルならコンシェルジュがいる。そう思いついてホテルの駐車場に車を乗り入れた。

思ったとおりフロントの傍らに女性のコンシェルジュが座っていた。この近くにライブハウスはありませんか、と尋ねてみた。四十年近く前の話なので、もうないかもしれませんが、とも言い添えたが、

「じっとくでございますね」

コンシェルジュは即答して、手元のメモ用紙に『拾徳』と書いてくれた。

「有名なお店なんですか？」

「一九七三年に開店した老舗で、日本のライブハウスの走りのようなお店ですね。ロックの黎明期《れいめいき》だった当時、京都には独自のロック文化が花開いたのですが、そのムーブメントの中心にあったのが『拾徳』で、数々の伝説的ライブが繰り広げられたことで知られています」

幾度となく説明してきたことなのだろう。バスガイドのごとくすらすら答えてから、デスクの引き出しから観光地図を取りだし、

「堀川丸太町ですから、歩くと十五分ほどかかりますが、酒蔵を改造したお店なのですぐわかると思います。営業時間は十七時半から二十四時までで、ライブは十九時から。ただ、観光客向けのお店ではないので、その点はご了承ください」

最後は欧米人のような仕草で肩をすくめてみせると、観光地図の一角に丸印をつけてくれた。

約束の水曜日、午後二時の開店と同時に麻奈美さんがやってきた。今日もラフなジーンズファッションで、

「本日はよろしくお願いします」

いつもの丁寧な口調で挨拶すると、両手に提げてきた大きなレジ袋を二つ、佳代に差しだした。三日前に佳代がメモした食材をすべて買い揃えてきたらしく、

「今日は六人前お願いしたいんですが、足りないものはないでしょうか」

確認を求められた。早速、厨房車の調理台に食材を並べた。出汁用の鶏ガラのほか野菜からスパイス類までどっさり入っていた。ただし、野菜は切れ端ではなくすべて丸ごとだから、けっこうな量がある。

「大変だったでしょう、これだけ買い揃えるのは。ただ、六人前だと野菜は全部使い切れないかもしれませんけど」

スパイスなど調味料類もこちらのものを使うルールだと説明すると、

「余った野菜やスパイスは、ご自由に使ってください」

先日のお礼も込めて、ということなので、それでは、と使わせてもらうことにした。ほかのお客さんの中にも、お中元で貰ったオリーブオイルだとか故郷から送られてきた林檎《りんご》だとか、いろいろとお裾分けしてくれる人がいるが、お金でなく食材であれば遠慮なく貰うことにしている。

「では夜九時半までに作っておきますので」

「よろしくお願いします」

ほっとした面持ちで戻っていく麻奈美さんを見送りながら、あとで豚バラ肉を買ってこなきゃ、と佳代は思った。

いや、麻奈美さんはちゃんと豚バラ肉を買ってきてくれたのだが、佳代のメモの仕方が悪かった。〝豚バラ肉をブロックで〟と書かなかったものだから、レジ袋の中には豚バラの挽《ひ》き肉が入っていた。

佳代の賄いカレーにも結果的には挽き肉が入っている。が、それは肉屋で挽いてもらった挽き肉ではなく、いつも自分で作っている。豚バラのブロック肉をスライスして細切りにして、さらに細かく切り刻み、最後は包丁でトントントントン叩いて、叩いて、大きめの粒々が残る程度のミンチ肉に仕上げている。肉は機械で挽くより叩いてミンチにしたほうが絶対においしい、と思うからだ。

肉と同様に野菜も細かく切り刻む。人参もセロリも大根も椎茸も玉葱も赤ピーマンもインゲンも茄子もトマトもジャガイモも、ひたすらトントントントン包丁を動かしてみじん切りよりちょい大きめの賽《さい》の目に切り刻む。

こうして野菜と豚バラ肉をほぼ同じ大きさに揃えるまでが、佳代の賄いカレー作りで一番大切なところだ。ここさえ手を抜かなければ、あとは鍋で自家製ミンチ肉をじっくり炒めて脂を引きだしたら大量の賽の目野菜をザザザッと入れてさらに炒め、あとは鶏出汁と赤ワイン、隠し味のナンプラーを入れて煮込むだけ。

といっても基本的には切り刻んだ食材しか入れていないから、煮込み時間はさほどかからない。肉汁と野菜の旨みがとろっと溶け合ってきたら、すぐカレー粉と七味唐辛子とガラムマサラを投入する。カレー粉は小麦粉と炒めたりしない。とろみは大量の野菜で軽くつくからそれで十分。最後にコーンフレークを振ったら隠し味にジャムの甘みとヨーグルトの酸味を追加してひと煮込みしたら〝佳代の賄いカレー〟が完成する。

ただし最後の隠し味は、そのときどきで変えている。板チョコとグレープフルーツ果汁のときもあれば、蜂蜜とワインビネガーのときもある。要は甘みと酸味のバランスをとるだけだからバリエーションはいくらでもある。

が、もちろん今日はジャムとヨーグルトにした。先日と同じカレー、というのが麻奈美さんの注文だから、先日と同じように、ほかのお客さんの仕事がひと段落した午後七時半頃から下ごしらえをはじめて、手順も味つけも佳代が記憶している通りに調理を進め、午後九時過ぎには先日とほぼ同じ味のカレーに仕上げることができた。

「今夜もいい香りがしますね。この前もこの香りに惹《ひ》かれたんですよ」

約束の九時半ちょうどに現れた麻奈美さんが微笑んだ。先日と同じ着物姿にまとめ髪。闇化粧のおかげで目元の疲れは昼間より目立たないけれど、見た目の印象は昼間より七、八歳は上に見える。

この時間に着物となれば夜の商売なのは間違いないだろうが、クラブ勤めには見えない。京都らしく日本舞踊でも踊る仕事なのか、でなければ旅館の若女将《おかみ》か。お客さんのプライバシーは詮索しないようにしている佳代だけれど、そんなことを考えているうちにふと聞いてみたくなった。

「そういえば麻奈美さん、『拾徳』っていうライブハウス、知ってます？」

一昨日の朝、ホテルのコンシェルジュに教えてもらったものの、その晩も翌晩もいつになく仕事が忙しかったものだから、つい行きそびれていた。

「拾徳って、ひょっとして酒蔵のお店？」

麻奈美さんが小首をかしげる。

「そうです、それです、酒蔵を改造した店だって聞きました。やっぱりこっちでは有名なんですね」

「いえ、わたしはほかの土地の出身だから知らなかったんですけど、主人は地元出身で昔はバンドをやってましてね。学生時代によく通った店だって、結婚前に一度だけ連れていってもらったんです。佳代さんもライブハウスはよく行かれるんですか？」

「ていうか、今夜こそって思ってるんですけど、あ、いえ、麻奈美さんのせいじゃなくて」

言ってしまってから、あ、と思ったが、遅かった。麻奈美さんは恐縮した顔で、

「あの、もしよかったら、うちの店にいらしてくださいませんか？　十一時には営業が終わりますから、十一時半頃いらしてくだされば主人に案内させます」

「いえ、すいません、そんなつもりじゃなかったんです。それに拾徳は二十四時までっていう話ですし」

「表向きは二十四時までになってるけど、けっこう遅くまでやってるはずですよ。主人も佳代さんに会いたがってましたし、うちの店から一緒に行きましょう」

地図入りの名刺を手渡された。『板前割烹《かっぽう》　宇佐美』と記されている。

板前割烹？　じゃあ料理が得意なご主人ってプロの板前さんじゃないか。これには驚いたが、結局、断りきれずにご主人に案内してもらう約束をしたところで、麻奈美さんはカレーを手に帰っていった。

さて、頑張らなくちゃ。

佳代は急いで厨房を片づけはじめた。思わぬ約束をしてしまったから、片づけ終えたら厨房車をコイン駐車場に置いてこなければならない。わざわざ案内してもらうのだ。ビールの一杯もご馳走《ちそう》しなければいけないだろうし。

いつになく気ぜわしい思いで洗い物をしていると、携帯電話が鳴った。手を止めて応答すると、

「あれ？　今夜は酔ってないじゃん」

久しぶりに聞く和馬の声だった。

「なによいきなり、実の姉を酔っ払い扱いしないでよ」

「けど、この時間はいつも飲んでるじゃん」

「いつもって、ろくに電話もくれなかったくせによくわかるわね。今日は残業。しかもこれから聞き込み。これでも毎日真面目に働いて、ちゃんと捜索活動もやってるんだから」

「捜索活動ってどこで？」

「いま忙しいから明日また電話する」

「ちょ、ちょっと待てよ姉ちゃん。おれだってちゃんと捜索活動やってたんだぜ」

「あらそうなんだ」

「おやじって京都大学の学生だったらしい」

「え、ほんとに？」

ロングヘアのさえない父親の写真が瞼に浮かんだ。

「学生時代に京都にいたんなら記録が残ってるはずだと思って、学芸部の同期に協力してもらって京都にある大学を全部調べてみたんだ。そしたら京大に在籍してた記録があってさ」

「すごいね、さすが敏腕新聞記者」

「急に褒めるなよ」

満更でもなさそうに照れ笑いすると、

「ただ、京大に入学したまではよかったんだけど、二年で中退してるんだ。しかもほとんど単位を取得してないから、ろくに授業には出てなかったんだろうな。念のため同期の人を何人か見つけて聞いてみたら、だれも記憶してなかったし」

「やっぱそういう人なんだね」

佳代は苦笑いした。

「結局、うちのおやじって若い頃からなんも変わってないってことかも」

和馬もくすくす笑った。

烏丸通で見つけたコイン駐車場に厨房車を駐め、細い路地を迷い歩いた末に麻奈美さんのお店を見つけた。和馬とつい話し込んでしまったこともあり、約束の十一時半を十五分ほど回ってしまった。

地図入りの名刺がなければ辿り着けなかったと思う。京都特有の狭い路地から民家の合間に入る細い通路。その突き当たりの一軒家の店には『宇佐美』と書かれた行灯《あんどん》しかないから、まず通りがかりの人は気づかない。京都の板前割烹にはこうした店が多いらしいけれど、それにしても、ここまでわかりにくい場所はめずらしい。

恐る恐る引き戸を開けると、民家を改造した店らしく靴を脱いで上がる玄関間があった。右側が客席のようで、ずいぶんと賑やかな声が聞こえる。

「こんばんは」

声をかけると玄関間の左手の引き戸が開き、麻奈美さんが出てきた。

「ごめんなさい、ちょっと店仕舞いが遅れちゃっていて」

ほつれ髪を整えながら謝られた。常連のお客さんがまだ居残っているらしい。

「あたしこそ遅れてごめんなさい。また出直します」

恐縮して帰ろうとすると、

「もうすぐですから、お待ちいただけませんか。主人も楽しみにしているので」

佳代の手をとって引きとめる。迷ったものの結局は店に上がると、引き戸の先の厨房に通された。業務用のコンロや流し台、冷蔵庫が据えつけられた小さな厨房で、割烹着《かっぽうぎ》姿の年配の女性が洗い物をしていた。

主人の母です、と麻奈美さんが紹介してくれた。厨房と暖簾《のれん》一枚隔てた向こう側には、お客さんと対面式の店内が覗き見える。カウンターを挟んだこちら側には大きなまな板が置かれ、ご主人と弟子らしき板前が立っている。が、二人は異様な状況の中にいた。さっきは賑やかだと思ったのだけれど、カウンターの向こうのお客の一人がご主人に向かって声高に説教を垂れているのだった。

麻奈美さんからすすめられた椅子に腰を下ろし、それとなく耳を傾けると、おまえんとこは生湯葉しか使えへんのかっ、とお客は怒っているらしかった。先週も先々週も使《つこ》てたやろがっ。ちまちま目先を変えたところで生湯葉は生湯葉やっ。わしの舌を舐《な》めとんのかっ。とまあ、酒が入っているせいもあるのか、生湯葉生湯葉とやけに高圧的な態度であげつらっている。

正直、傍《はた》で聞いていても不愉快だった。いくら常連客だからといって、この物言いはない。ご主人のお母さんもうんざりした面持ちでいる。すでにデザートの器まで洗い終わっているから、とっくに食事は終わっているはずなのに、これでもかと言い募っている。

いつまで続けるつもりなのか。佳代は苛ついた。なのに、なぜかご主人は、申し訳ありまへん、その通りでして、と殊勝な言葉を口にして暴言に耐えている。麻奈美さんも困惑顔ではあったが、閉店を告げようとしない。

「すいません、まもなくだと思いますので」

途中、何度か麻奈美さんとお母さんから小声で謝られた。それでも常連客の説教は続き、佳代としても上がり込んでしまった手前、帰るわけにもいかない。結局のところ、長っ尻《ちり》の常連客が引き上げたのは午前零時を大きく回ってからだった。

「すんまへん、長々お待たせしてしもうて」

路地の入口まで常連客を見送りにいったご主人が厨房に戻ってくるなり、宇佐美勝彦《かつひこ》です、と頭を下げた。和食の調理帽に調理白衣。鼻筋の通ったなかなかの男前で、しきりに恐縮している。

「いいえ、お気になさらず。いるんですね、ああいうお客さんが」

佳代が苦笑いすると、

「まあこれも客商売のうちやし、勘忍しとくれやす」

照れ笑いを浮かべて頭を掻いている。そんな勝彦さんをお母さんが急かした。

「さあさ、後片づけはあたしとタカくんがやっとくさかい、早くお連れしなさい」

麻奈美さんもすぐにジーンズ姿に着替えてきて、さ、行きましょ行きましょ、と背中を押してくれる。

三分後には近くの路地を通りかかったタクシーに三人で乗り込んでいた。『拾徳』までは車で十分ほどの距離だというが、妙に麻奈美さんがはしゃいでいる。

「半年ぶりやからね」

勝彦さんが笑った。ちょうど半年前に『宇佐美』を開いて以来、自宅とお店の往復だけの毎日で、ほかの店に行く余裕などまったくなかったという。

勝彦さんは一年前まで、祇園《ぎおん》の京料理の老舗『雛十《ひなじゅう》』で若くして二番板を張っていた。が、二十九歳にして店を辞め、こつこつ貯めてきた独立資金に母親からの援助も加え、三十までには独立という夢を実現した。

「ただ、うちは立地があんなんですからね」

勝彦さんは車窓を見やった。祇園や先斗町《ぽんとちょう》といった一等地に出店する余裕はなかったから、繁華街から外れた、しかも民家に囲まれたいまの場所で勝負することにした。しかし場所が悪いぶんお客もつきにくい。半年間必死で頑張ってきたものの、いまもって青息吐息の状況だそうで、麻奈美さんの目元が疲れきっているのも無理ないのだった。

「大変ですね、賄いを作る時間もないほど頑張っているのに。あたしのカレーなんかでよかったら、いつでも言ってください」

佳代が励ましを口にすると、勝彦さんが申し訳なさそうに言った。

「すんまへん、実はあのカレー、賄いやないんです」

「え、そうなんですか」

佳代が声を上げると同時に、

「お客さん、着きましたけど」

運転手が振り返った。いつのまにか古びた蔵の前に到着していた。慌ててタクシーを降りて蔵の入口へ向かった。が、すぐに麻奈美さんが立ちすくんだ。

「やだ、閉まってる」

言われて見ると、街灯の明かりにCLOSEDの札が照らしだされている。

「どないしたんやろ、昔は朝までやってたやないか」

勝彦さんも立ちすくんでいる。わざわざ佳代さんが待ってくれていたのに、といった面持ちでいる。

慌てて佳代は手を左右に振った。

「いいんですいいんです、今日は長っ尻のお客さんもいたし、日が悪かったんですよ。ここまで案内していただけただけで感謝してます。今夜は別のお店でパーッと飲みましょ、せっかくお近づきになれたんだし」

明け方の四時過ぎ、重い気分で終夜営業の居酒屋を後にした。パーッと飲むはずが途中からどんよりした空気になってしまい、いつになく悪酔いしてしまった。

カレーの話になったからだ。

最初こそ楽しく飲んでいた。お酒が飲めない麻奈美さんもウーロン茶片手にいろんなことを話してくれた。二人は五年越しの付き合いを経て三年前に結婚したこと。結婚が契機となって独立話が本格化したこと。予算の関係上、厨房の設備は夫婦二人で中古機器屋を回り歩いて買い揃えたこと。などなど、おのろけも交えながら話が弾んだ。

ところが会話の途中でふと、尻切れとんぼになっていたカレーの話を思い出した。カレーは賄いじゃないんですって？ と話を戻した途端、麻奈美さんが黙り込んでしまい、勝彦さんがバツが悪そうに言った。

「実は、さっきのお客さんなんですわ」

延々と説教していた長っ尻のおやじが佳代のカレーを食べたと言っている。え、と思った。まさか店のお客さんに出しているとは思わなかった。そんな気持ちが顔に出てしまったのだろう、勝彦さんが慌てて弁明した。

「申し訳ありまへん。どうしようもなかったんですわ。けど、お金はとってまへん。あくまでもサービスで出しただけで」

あの説教おやじは、もともとは勝彦さんが働いていた京料理店『雛十』の常連客だったという。地元企業の二代目社長で、四、五年前からしばしば来店するようになり、二番板として頭角を現していた勝彦さんとも顔馴染みになった。

当初は、ごくふつうの客だった。食べることが好きな二代目社長さん、といった印象で、板前に説教するようなことは一度もなかった。そこで半年前、『宇佐美』を開くときも雛十の主人の了解を得て、よろしかったらお運びください、と案内状を出した。すると、開店当日に立派な胡蝶蘭《こちょうらん》が届いた。開店三日目には初めて足を運んでくれ、以来、しばしば予約が入るようになった。

宇佐美夫婦は喜んだ。それでなくても立地が悪くて苦戦しているところに、週に一度、ときには週に二度も来店してくれる。しかも雛十ではほとんど二人連れでの来店だったのに、立地を考慮して価格を抑えたのがよかったのか、いつも二、三人引き連れてきてくれた。こうなると板前割烹にとっては上得意だ。勝彦さんも麻奈美さんも毎回毎回、精一杯もてなした。

ところが、上得意扱いされはじめた途端、二代目社長の態度が変化しはじめた。宇佐美の料理は基本的に雛十と同様、心尽くしの料理を順に出していくコース献立一本でやっているのだが、最初はその一品一品に注文がついた。ほどなくして献立の組み立てにも口出しされるようになった。献立も雛十に倣《なら》って二週に一度は替えているのだが、週一ペースで通てるわしには同じ献立が続いてまうやないか、とクレームをつけられた。

言われてみれば、せっかくの上得意にまったく同じ献立では芸がない。そこで社長に限っては毎回献立にアレンジを施すようにしたところ、それが呼び水となって、さらに注文がエスカレートしはじめた。

「おまえんとこに裏メニューはないんか」

と催促されたのだ。

世の中には常連客だけに特別な裏メニューを提供する店もないではない。が、雛十では一切やっていなかったし、その点も勝彦さんは見倣っていたのだが、贔屓の客も一見《いちげん》の客も同じ扱いか、と強く迫られた。

そう言われると勝彦さんとしても抗《あらが》いきれない。仕方なくメニューにない特別料理も作りはじめたところ、今度は、その料理に文句がついた。特別料理は社長好みの食材を選び、コースの流れにも合うように工夫していたつもりだったが、

「おまえんとこは毎度毎度、似通った料理ばっかりやな。たまには、まるで違うもん出されへんのか」

と腐《くさ》された。その挙げ句に、ある晩、とんでもないことを言いだした。

「〆《しめ》にカレーを出してんか」

この呆れた注文にも勝彦さんは必死の思いで応えようとした。が、そもそも板前割烹の店にカレーの材料など置いていない。麻奈美さんが買いに走ったものの、夜遅いだけにコンビニぐらいしか開いていない。ほとほと困り果てていたそのとき、路地の向こうからカレーのいい匂いが漂ってきた。もう材料を探して作っている時間はない。このカレーで勘弁してもらうしかない、と麻奈美さんは腹を括った。

それが、初めて麻奈美さんが佳代のもとを訪れた晩のことだった。そして社長はなぜか佳代の賄いカレーを気に入ってしまい、次回の〆もカレーがええな、と今夜の予約を入れてきた。

「そんな予約、断っちゃえばよかったじゃないですか」

黙って聞いていた佳代は、思わず言い放った。

二代目社長は、おそらく老舗の雛十では萎縮していたのだ。が、若夫婦が開いた新参の店ならばと高を括り、傍若無人《ぼうじやくぶじん》な振る舞いで常連ぶるようになったに違いない。そのさもしい根性が腹立たしかった。そんな男の言いなりになっている宇佐美夫婦も間違っていると思った。

勝彦さんも麻奈美さんも押し黙った。佳代からそこまで言われたことにかちんときたのか、二人とも不意に無口になってしまい、結局、気まずい空気を引きずったまま宴《うたげ》はお開きになった。

「今夜は本当に申し訳ありませんでした」

最後に麻奈美さんから改めて謝られた。その目元には、いつもにも増して深い疲労が広がっていた。

「あたしこそごめんなさい。つい余計なことを言っちゃって」

佳代も頭を下げ、

「けど二人とも、あんまり無理しちゃだめですよ」

子どもに言い聞かせるように告げた。

麻奈美さんがぎごちない笑みを浮かべて、こくりとうなずいた。が、勝彦さんは硬い表情を崩さないままゆっくりと腰を折った。


それから二日後。佳代は定時の午後八時にサイドミラーの木札を引っ込め、堀川丸太町へ向かった。今夜こそ『拾徳』を訪ねよう。今日は朝からそう決めていた。

一昨日、久しぶりに明け方まで飲んでしまったせいで、昨日は一日使い物にならなかった。お客さんが少なかったせいもあるけれど、午後の大半は厨房車で居眠りしていた。

年だなあ、とつくづく思う。二十代の頃は、一晩ぐらい徹夜で飲んだところでどうってことなかったのに、これが三十路というものなのか。改めて年齢を実感させられると同時に、こういう路上商売がいつまで続けられるんだろうかと不安に駆られる。といってちゃんとした店を持ったら持ったで『宇佐美』みたいに大変だろうし、いずれにしても四十路、五十路と年を経るごとにますます大変になっていくのだろう。

いつになく後ろ向きな気持ちで、ぼんやりハンドルを握っているうちに堀川丸太町に到着していた。蔵造りの拾徳の前には灯りが点っていた。今夜はちゃんとやっているらしい。入口に提げた札に大きな文字で十七時半から二十四時までと書かれているから、やはり昔とは違って二十四時できっちり閉めてしまうのかもしれない。

近くのコイン駐車場に厨房車を置いて店に入ると、髪をツンツン立てたパンクなバンドが、けたたましい音を立てて演奏していた。

店内は、もともとの酒蔵をそのまま利用した造りになっていて、入口の近くにバーカウンターとテーブルが数卓ある。奥には一段高いステージが設《しつら》えてあり、そのすぐ前はスタンディングスペースになっている。が、お客は二十人ほどしかいない。どうやら素人《しろうと》に毛が生えた程度のバンドらしく、同じように髪を立てた仲間たちが拳《こぶし》を突き上げたり奇声を発したりしている。

とりあえずカウンターに座り、髭を生やした怖い顔のおじさんに、ジンジャエールください、と注文した。おじさんが目顔で、え？　と聞き返す。なにしろ音がうるさい。仕方なくカウンターに身を乗りだして、ジンジャエール！　と叫んだのと同時にバンドの音がピタッとやみ、

「うるさいねえちゃんやなあ」

おじさんに笑われた。笑うと目元がくしゃくしゃになって、もじゃもじゃの髭と相まって急に人なつこい顔になる。

バンド演奏はそれで三十分の休憩に入った。絶好のタイミングだった。佳代は、いつものチラシを取りだし、若き日の両親の写真を指さした。

「この二人、ご存知ないでしょうか。三十年以上前の写真なんですけど、当時、この店にきてたみたいで」

おじさんはジンジャエールを差しだしながらチラリと写真を見やった。が、すぐに大きく目を見開き、

「こりゃ懐かしいな、ボニー&クライドやないか」

と目を細めた。

ボニー&クライド？　佳代がきょとんとしていると、

「クリッとした目の彼女がボニー、長髪の彼がクライド。当時はそう呼び合《お》うてたんや」

もともとボニー&クライドは、禁酒法時代のアメリカで銀行強盗の常習犯として名を馳《は》せたカップルだという。その凶状ぶりがアメリカで映画化され、『拾徳』が開店する数年前に日本でも大ヒットしたことから、いつもべったりくっついて店に入り浸っていた二人にその愛称がついた。

「ちなみにおれはティミー。ティミー・トーマスちゅう黒人のミュージシャンにあやかったんやが、まあほんま、あの頃はみんなアメリカかぶれやった」

はっはっはと笑う。思いがけない接点に佳代も嬉しくなった。

「この二人、あたしの両親なんです」

勢い込んで告げると、ティミーさんは驚いた様子でしげしげと佳代の顔を見つめ、

「おお、確かに目元がボニーやな。ほんま、そっくりや。いやあ、あのボニーとクライドにこんな立派な娘さんがおるとは、おれの髭も白くなるわけや」

また、はっはっはと笑い、

「二人とも元気でやっとるか？　クライドの髪の毛はまだこんなにふさふさしとるか？」

とたたみかけてきた。

「いえ、実はそれが」

チラシの文面を指さして読んでもらった。ティミーさんはしばらく文字に見入ってから神妙な顔で腕を組むと、

「何か手がかりは？」

と佳代を見る。

これまでの経緯を手短に話した。そして、まだまだ雲をつかむような状況なので、ご存知のことがあれば何でもいいから教えてほしい、と言い添えた。するとティミーさんは、顎鬚《あごひげ》をさすりながら何かを思い出そうとするように遠くを見た。

「二人ともヒッピーに憧れとってなあ」

「ヒッピー、ですか」

また知らない言葉が出てきた。

「どう説明したらええんやろな。あの頃、ベトナム戦争ちゅうひどい戦争があったんやけ

ど、その反戦運動が高まったアメリカで、既存の社会に反発して愛と平和と自由を求めて生きようとする若者たちが現れてな。それがヒッピーと呼ばれる連中で、ロックと一緒に世界中に広まっていったんや」

日本でもその影響を受けて、ヒッピー的な生き方に憧れてドロップアウト、つまり社会から逸脱して生きる道を選ぶ若者が現れはじめた。佳代の両親も、そうしたヒッピー思想に惹かれて『拾徳』に出入りするようになって知り合った。やがてロックに浸りながら理想の生き方や価値観について語り合っているうちに恋仲になった。

「あの時代はそういう時代やったんや。せやからこの店も、ただロックを聴くだけの店やのうて、そういう思いを共有する場になっとってな。当時の常連のお客さんとは家族みたいな関係やった」

「それじゃ、その後の二人のこともご存知なんですか？」

佳代は期待した。

「コミューンに参加したとこまでは知っとる。ああ、コミューンもわからへんな。これもアメリカ発やけど、ヒッピーの理想郷や。生き方や価値観を共有する仲間が自然の中で共同生活をはじめたんや。で、ボニーとクライドも日本版コミューンに参加する言うて、大学をドロップアウトして京都を離れた」

「そのコミューンってどこに？」

共同生活だったら横須賀でもやっていたと聞いたが、それはもっと後年のことになる。

「確か松江《まつえ》やったかな」

「四国ですか」

「そら松山《まつやま》やろ」

ティミーさんから突っ込みを入れられると同時に、エレキギターの轟音《ごうおん》が炸裂《さくれつ》し、そこで話は途切れた。耳をつんざくパンクバンドのセカンドステージのはじまりだった。

翌朝、いつもの梨木神社で水を汲んでから和馬に電話を入れた。染井の水を満たしたポリタンクに腰かけ、今日は取材で千葉にいるという和馬に、自分たちの両親がボニー＆クライドという恥ずかしい愛称で呼ばれていた、と伝えた。

和馬は声を上げて笑った。おれと姉ちゃんがボニー＆クライドの子どもだとは思わなかった、と爆笑している。

「けど和馬、ボニー＆クライドって知ってるんだ」

「そりゃ知ってるよ、映画もレンタルして観たことあるし。日本だと『俺たちに明日はない』って題名で、ウォーレン・ビーティが主演してた。ちなみに、ボニー＆クライドは最終的に車で逃亡中に警察に待ち伏せされて、銃弾を百五十発も車の中に撃ち込まれて死んだんだけどさ」

縁起でもないことを言う。

「けど松江ってどこだっけ？」

ティミーさんから〝地理滅裂《ちりめつれつ》〟の姉ちゃん、と名付けられた佳代は尋ねた。

「島根県。てことは、島根の山奥で待ち伏せされて死んだわけだ」

「縁起でもないこと言わないで、それじゃあたしたち生まれてないじゃない」

「だよな」

和馬はまた笑い声を上げてから、

「てことは姉ちゃん、つぎは松江に移動してコミューンってやつを探すわけだ。大丈夫か？　いつも移動ばっかで」

めずらしく気づかってくれる。

「まあ、これですぐ京都を離れるのも残念だけど、そうも言ってられないし」

いつになく晴れ上がった京都の空を見上げて答えると、

「そうか、それじゃ今度は松江のことを調べとくよ。とにかく姉ちゃん、気をつけてな」

最後にまた気づかいの言葉を口にすると和馬は電話を切った。

電話を終えてからも、佳代はしばらくポリタンクに腰かけていた。和馬にはああ言ったものの、そうあっさりとは京都を離れる気になれなかった。

実はゆうべ、帰りがけにティミーさんに聞いてみたのだ。

「そういえば宇佐美勝彦さんって人、ご存知ですか？」

「宇佐美？　だれやろ」

ティミーさんは首をかしげた。

「いまは板前さんなんですけど、十年くらい前はバンドをやってて、この店によく出入りしてたらしくて」

「ああ、それやったらカッちゃんのことやろ。いつやったか、祇園の料理屋で働いてるて聞いたことあるわ」

「そうです、その人です。その後独立して、いまは自分のお店をやってるんです」

「へえ、そうなんや。けど大丈夫かいな。カッちゃんいうたら喧嘩《けんか》っ早い兄ちゃんやったから、お客さんをど突いたりしてへんやろか」

ティミーさんは笑った。

喧嘩っ早い？　佳代は耳を疑った。あの嫌味な社長から何を言われても、申し訳ありまへん、と低姿勢を崩さなかった勝彦さんが、喧嘩っ早い兄ちゃんだったなんて、正直、信じられなかった。

やっぱもう一度、二人に会ってみよう。不意に思い立った。

ポリタンクに腰かけたまま、改めて携帯電話を取り出した。あの気まずい夜以来、二人には会っていないけれど、京都を発つ前にもう一度きちんと話したくなった。

『宇佐美』の店電にコールした。しばらく待ったが、だれも出ない。まもなくお昼の営業がはじまる時間だから忙しいのかもしれない。またかけ直そう、と諦めかけたとき、

「宇佐美でございます」

勝彦さんのお母さんだった。やけに急いた声だった。

「すいません、先日おじゃました佳代です。お忙しそうなので、またかけ直します」

そう告げて電話を切りかけると、

「ああ、ごめんなさいね。実は麻奈美さんが倒れてしもたもんやから」

「麻奈美さんが？」

佳代は腰を浮かせた。

着物の着付けがこんなにむずかしいとは思わなかった。

成人式に着物で出席する余裕などなかった佳代だけに、着付けは生まれて初めての経験だった。勝彦さんのお母さんに手伝ってもらったおかげでなんとか様になったものの、ようやく着終えたときには額《ひたい》に汗が滲《にじ》んでいた。

麻奈美さんが倒れたと聞いて宇佐美に駆けつけると、勝彦さんとタカくんとお母さん、三人で昼の営業に奮闘していた。昨夜の営業が終わった直後に麻奈美さんが不調を訴え、救急車で病院に担ぎ込まれたまま入院してしまった。といって店を開かないわけにはいか

ず、仕方なく三人で頑張っている。そうと聞いて即座に、手伝わせてください、と咄嗟《とっさ》に佳代は申し出た。献立の数が少ない昼の営業でも一杯一杯だというのに、三人で夜の営業が回せるわけがない。

ちなみに、麻奈美さんの入院先は産婦人科だった。それでまたまた驚いたのだが、妊娠三か月だったという。居酒屋でウーロン茶を飲んでいたのも、下戸と言っていたけれど、実際は妊娠中だからだった。が、お酒は控えても仕事はセーブしていなかったため、過労がたたって倒れてしまった。幸い、母子ともに大事には至らなかったそうだが、当分は病院で安静にしていなければならないと聞いて、佳代としても黙っていられなかった。

着物姿に変身したところで、勝彦さんから今夜の献立を教わった。雲丹《うに》とトンブリを淡雪風のジュレでまとめた先付からはじまって、柿と無花果《いちじく》をミルフィーユ仕立てにしたデザートまで全十品。料理一品一品の食材名と産地名、調理法までしっかり頭に叩き込んだ。急場しのぎの代役とはいえ、お客さんにそんなことは関係ないから、けっして粗相があってはならない。

今夜の予約は午後六時半に二人組、七時に二人組。カウンターは全十席だから相変わらず寂しい予約状況だった。ところが、夕方になって急遽、新しい予約が入った。七時半に四人組。これで多少は持ち直したものの、客数が増えたぶん不慣れな佳代の負担はさらに重くなる。

来店したお客さんをカウンターまで案内し、コートや荷物を預かる。飲み物の注文を聞いてサービスする。勝彦さんが仕上げた料理を一品ずつ運んで説明をする。追加の飲み物があればサービスして、食べ終わった器は下げて勝彦さんのお母さんにバトンタッチし、再び料理を運んで説明をする。

最後のお勘定まで基本的にはこの繰り返しなのだが、何人ものお客さんが食べるペースを見計らいながらタイミングよく事を運ぶのは、思いのほかむずかしい。

その間、勝彦さんは奥の厨房とカウンターの前を行き来しながら、つぎつぎに料理を作っていく。煮炊きや焼き物は奥の厨房。刺し身を引いたり盛りつけたりの仕上げはカウンター前。その合間にお客さんと会話したり、見習いのタカくんに指示を出したりと勝彦さんも大忙しだから、佳代は佳代で判断して動かないと店は回らない。

それでも六時半の二人組と七時の二人組の接客まではスムーズに運べた。ところが、七時半に四人組が来店して忙しさは一挙にピークを迎えた。おまけに、その四人組を出迎えた瞬間、佳代は立ちすくんだ。

「藤巻《ふじまき》やけど」

名乗られた声に聞き覚えがあった。あの二代目社長だった。

予約電話を受けた勝彦さんはあえて黙っていたのだろう。先日は顔を見ていなかったし、名前も聞いていなかったが、その高圧的な物言いで即座にわかった。

声だけ聞いていたときは小柄なおやじを想像していたが、いざ目の前に現れた藤巻社長は思ったより大柄だった。年の頃は二代目らしく四十代といったところか。がっしりした筋肉質の体つきで体育会系の匂いを放っている。

連れの三人は会社の部下らしい。中年男と若い男女の三人が、社長の一言一言に、はい、はい、と低姿勢で応じている。

勝彦さんも明らかに緊張していた。表向きは平静を装っているものの、手を動かしながら、それとなく社長の動向をうかがっている。

もちろん佳代も緊張した。それでなくてもお客さんが八人に増えて、てんてこ舞いなのに、説教社長の相手までしなければならないのかと思うと、うんざりした。実際、藤巻社長は席に着くなり、玄関の花瓶に生けてある花がしおれかけていると言いだし、

「些細《ささい》なところに客商売の心意気が現れるんや。おまえらもよう覚えとけ」

と勝彦さんに当てこするように部下たちに説教してみせた。花がしおれていたのは麻奈美さんがいなかったからだ。佳代が気づけばよかったのだが、そんな余裕はなかった。

それからも酒や料理が出されるたびに小言は続いた。八寸《はっすん》に季節感が足りないだの、お造りのツマが不揃いだのと、いちいちダメ出しされた。これにはほかのお客さんも呆れた様子で、チラチラと藤巻社長に目線を走らせている。

それでも勝彦さんは黙々と料理を作り続けていた。ティミーさんが言っていた喧嘩っ早い男というのが嘘のように、ときに愛想笑いすら浮かべて応対している。たまらず佳代が、まいっちゃいますね、とばかりにこっそり眉を寄せてみせても、申し訳ない、という顔をするだけだった。

やがて六時半にきた二人組がお勘定をして帰っていった。そのころには藤巻社長の料理もひと通り出尽くしていたことから、

「デザートには抹茶とエスプレッソ、どちらをお出ししましょうか？」

佳代が尋ねると、すかさず藤巻社長は言い放った。

「まだ食えるから今夜もカレーがええな」

しかし咄嗟に佳代は言い返した。

「申し訳ありません。本日の献立にカレーはございません」

「ないってこたないやろう。時間かかってもええから、なあカッちゃん、いつものカレー、できるやろ？」

問われた勝彦さんが黙って奥の厨房に入っていった。慌てて佳代も後を追って厨房に入ると、勝彦さんが冷蔵庫から刻んだ野菜と機械挽きのミンチ肉を取りだしていた。藤巻社長の予約が入った時点でカレーの準備をしていたらしい。

「勝彦さん」

ため息まじりに声をかけると、

「佳代さんの手は借りへん、おれが作る」

低い声で呟いて調理にかかろうとする。そういう意味じゃない、と言いたかった。が、ふと麻奈美さんの顔がよぎってしまい、やめて、とは言えなかった。

どうしよう。佳代は迷った。事態を察したお母さんが洗い物の手をとめて見守っている。その不安げな表情を見た瞬間、佳代は腹を決めた。

「ちょっと待ってください」

勝彦さんを制した。

「あたしのカレーは機械挽きじゃないの。ブロックのバラ肉を切り刻んで叩いてミンチ状にして使うのがコツ」

そう告げるなり、ブロックのバラ肉を持ってきてくれるようタカくんに頼んだ。近所に駐めた厨房車に運よくストックがある。タカくんが取りに走っている間に佳代は、鶏出汁を入れるタイミングなど細かい手順を勝彦さんに説明した。

タカくんが息を弾ませて戻ってきた。すぐにブロックのバラ肉を勝彦さんとタカくんがトントントントン叩いてミンチにしていく。男が二人がかりだとさすがに早い。瞬く間に自家製ミンチが出来上がったところで鍋を火にかけ、タカくんがミンチを炒めはじめた。

勝彦さんはカウンター前に出ていき、すでにデザートを食べ終えた二人組のお客さんに話しかけている、佳代もふと思い出して、ほうじ茶を淹れてお出しする。

ほどなくして七時に来店した二人組からお勘定を告げられた。佳代がお金のやりとりをしている合間に勝彦さんは厨房に戻り、炒まったミンチの中に切り刻まれた野菜を投入する。さすがはプロの板前だった。佳代の簡単な説明だけでちゃんと勘所を把握して、タカくんに指示しながらどんどん調理を進めていく。

二人組が勘定を終えると同時に、勝彦さんは厨房を離れて見送りをする。玄関前の細長い通路から路地まで出て、お客さんが路地を歩いて角を曲がりきるまで頭を下げ続ける。それがちゃんとした料理屋の見送り方だと先日教わった。

見送りを終えて厨房に戻ると、鍋の中の肉汁と野菜の旨みがとろっと溶け合ってきた。すかさずカレー粉と七味唐辛子とガラムマサラを投入する。このあたりからカレーのいい香りが漂いはじめる。あとは十分ほど煮込むだけだ。

結局、佳代は一切手を出すことなく佳代の賄いカレーが完成した。味見も勝彦さんがしたが、立ちのぼる香りだけで、ちゃんとした味に仕上がっていると佳代にはわかった。

勝彦さんが皿を一枚取りだした。そこにご飯を一人前だけ盛りつけ、完成したばかりのカレーをとろりとかけた。

これでいいんだろうか。

佳代はふと自問した。宇佐見家の人たちについほだされて、勝彦さんのカレー作りに加担してしまった。が、これで本当にいいんだろうか。

自問しているうちにも勝彦さんはカレーを盛りつけ終え、その皿を手にカウンター席へ向かう。

「あの、それは」

我に返って声をかけた。が、勝彦さんはかまわずカレーの皿を運んでいく。

カウンター席では藤巻社長が部下たちと談笑していた。カレーを注文してから二十分ほど経っているが、ボトルで注文した純米酒を傾けながら待ち続けていた。

勝彦さんが神妙な顔つきで藤巻社長の傍らに歩み寄る。藤巻社長が談笑をやめて勝彦さんに向き直る。が、勝彦さんはカレーの皿を手にしたまま佇んでいる。どないした、とばかりに社長が片眉を上げた。三人の部下たちも、早《はよ》うせえ、とばかりに見つめている。

そこではじめて勝彦さんが口を開いた。

「藤巻社長、今夜はひとつ謝らせてもらいます。このカレー、実はわたしのカレーではありまへん。そこにおる佳代さんのカレーです。これまで嘘をついておりました。すんまへんでした。こないなことをしてしもうたからには、もう、カレーは出せまへん。『宇佐美』はわたしの店ですさかい、これからは、わたしが考えたわたしの料理しか出せまへん。それでも、わたしの料理が食べたい。そうおっしゃるお客さんにだけ通うてもろたらそれでいいと思うてます。わたしは勘違いしとりました。佳代さんのおかげでやっと気がつきました。せやさかい、誠に申し訳ありまへんが、本日のお代はいただきまへんので、デザートを召し上がったらお開きに願います」

あ、和馬？

うん、あたし。いまやっと岡山に着いて晩酌してるとこ。そう、やっと飲めた。京都から国道を辿ってきたんだけど、このポンコツ、相変わらずスピードは出ないわ途中で故障するわで、結局、夜中になっちゃって。

島根は明日になる。ここからは山越えしなきゃ行けないみたいだし、もうひと踏ん張りってとこかな。

ほんとはもっと早く京都を発とうと思ったんだけどね。お店で接客してたから今日になっちゃって。そう、接客やってたの、妊婦の奥さんの代役で。まあ、いろいろあったわけよ。なんかもう、京都でお店開くのって、ほんとに大変だって痛感しちゃった。

だって京都のお客ってすごいんだよ。京料理の板前にカレーを出せとか言うわけ。で、ご主人はじっと耐えてたんだけど、ついにぴしゃりと言い渡したの。お代はいいから帰ってくれって。それがかっこよくてさ。もともと喧嘩っ早かった人なのに、押し殺した声で、お開きに願います、だもん。

そのお客？　よう言うた、って言い残してあっさり帰っていった。そう、そんだけ。さんざん文句つけたり説教垂れたりしてたくせに、最後は拍子抜け。社長は店を育てようとしてたのかも？　ううん、それはどうかな。京都の客は店を育てる、とかいうやつでしょ？　あの社長はかなり微妙。わがまま放題やってた店で突然ぴしゃりとやられたもんだから、店を育てよう思てヒールやってたんや、みたいなポーズつけただけだと思うよ。

けど、お客もお客だったけど、失礼な言い方すれば、ご主人がブレてたのもよくなかったんだよね。若くして京都で独立なんて大変だし、奥さんとお母さんと新しい命まで背負うとなったら、上得意のわがままを聞きたくなる気持ちもわからなくはない。それでも、自分の料理にビシッと筋を通してないとつけ込まれるし、上得意のほうばっかり向いてると、真っ当なお客さんまで失っちゃうし、うん、そうなの、ご主人もしきりに、おれってやつは本当に馬鹿《ばか》だった、って反省してた。

で、びっくりしたんだけど、翌日から予約がどっと増えたの。そう、朝からいきなり電話が鳴りはじめて、午後には二週間先まで予約で一杯になっちゃった。いやほんとだって。どっからどう広まったか知らないけど、一夜にしてカレー事件が知れ渡ったみたいで、『雛十』の元二番板が気合いを入れた店をやってる、って一気に噂になったらしくて、三日後には一か月先まで予約で一杯になっちゃった。

信じらんないでしょ？　あたしもそうだったんだけど、やっぱ京都なんだなあって、つくづく思った。東京と違って狭い街だからかな、そういう情報はバーッと伝わっちゃうみたいで。

おかげであたしは二週間追加で接客に追われるはめになっちゃったんだけど、いい経験させてもらったと思う。妊婦の奥さんもその間に復帰してきて、これが京都なんですね、って感激してた。奥さんもよその土地から嫁いできた人だから、思わず涙浮かべて、うちの人と一緒になって本当によかったたって。

そんな二人を見てたら、京都で出会ったあたしらの両親の気持ちが、ちょっとだけわかった気がした。二人とも京都でいろんな刺激を受けたおかげで、ヒッピーだのコミューンだの未知の世界を目指そうとしたんじゃないかなって。ちょっと乙女っぽすぎる？　けどいいじゃん、今夜ぐらい。

あたしも恋したくなっちゃったな。ここんとこ、ずっと彼氏いないまんまだし。って実の弟に言うこっちゃないか、はは。え？　酔ってきてる？　そりゃそうだよ、飲んでんだから。京都伏見《ふしみ》の大吟醸《だいぎんじょう》。てか大散財。酔わずに飲めるかってんだよ。あんたも旨い酒飲んで、燃える恋のひとつもして、かわいい嫁さん見つけなきゃだめだぞ。いつまでも若いと思ってたら大間違い、ってそりゃあたしだろ。

なんだよ、もう眠いわけ？　馬鹿言うな。久しぶりに実の姉がマジで話してんのに、実の弟が眠いってどうよ。はいはい、わかりました。実の姉もそろそろ寝ます。って嘘。まだまだ飲むぞ！　はいはい、わかったわかった。つぎは松山？　松江？　どっちかわかんなくなっちゃったけど、はは、またラブコールすっからね。はいはい、もうわかったってば。はいはいはい、そんじゃね、おやすみ。

第4話

コシナガ

ばあちゃんは小さなリヤカーを引いていた。スコールのごとく突如降りだした雨の中、頭に手拭いを被っただけの割烹着姿で、なだらかなアスファルトの坂道をずぶ濡れになって登っていた。

リヤカーにはトロ箱が四つ積まれている。山上水産、丸三水産、島根漁協といった業者名が記された、魚市場に出荷される魚を詰める発泡スチロール製の箱。蓋が閉じられているから中身はわからないが、トロ箱の脇に上皿式の秤《はかり》やまな板、包丁といった道具が置かれているから、市場で仕入れた魚を行商しているのだろう。

「乗っていきませんか」

佳代は厨房車から声をかけ、路肩に停車した。助手席は空いているし、このサイズのリヤカーなら横にすれば荷室の厨房に積めると思った。秋といってもこのあたりの気温は低い。風邪を引いてもなんですから、と促すと、

「こんな雨、ここいらじゃめずらしない。すぐやむけん」

へっ、と笑うなりトロ箱の蓋を開け、宍道湖《しんじこ》の蜆《しじみ》はどうかね、大和蜆のええのがある、と黒々と光る大きな蜆を差しだしてきた。全部仕入れてくれれば安くしておくという。

「あ、いえ、うちは移動レストランじゃないんですよ」

〝佳代のキッチン〟と車体に描かれた店名が勘違いされたらしい。お客さんに食材を持参してもらって調理だけする商売です、と説明した。

「ほう、近頃は変わった商売があるもんだわ」

不思議そうに厨房車の中を覗き込んでいる。皺《しわ》が刻まれたその顔には雨粒が滴《したた》っている。

「ちょっとだけ雨宿りしていきませんか？　その大和蜆、おいしそうだから賄い用に分けてもらいたいし」

せっかく初めて松江にきたのだ。もうじきお昼だし、大粒で旨みが濃いと言われている宍道湖の大和蜆を食べてみたいと思った。

「それやったらコシナガもどげなかいね。いいのが入っちょる」

別のトロ箱の蓋も開けて見せる。

「あの、コシナガって？」

「ヨコワの仲間みたいなもんだけん。ヨコワは知っちょるな？」

それなら知っている。関東ではメジと呼ばれている本鮪の子どもで、関西周辺での呼び名はヨコワ。刺し身で食べると成魚よりあっさりした味わいで佳代は大好きだ。

「けどもコシナガは、ヨコワよりとろっとしちょる鮪でな。ここいらの人間はコシナガのほうが好きだわね」

最近は島根でも手に入りにくい魚だと聞いて、それも分けてもらうことにした。

早速、ばあちゃんはまな板を取りだした。コシナガを刺し身にしてくれるという。

「あたしの厨房を使ってください。雨の中じゃ大変ですし」

もう一度雨宿りを促した。宍道湖の畔《ほとり》に広がる松江の中心街から山側に向かうこの道は車が少ない。路肩に停めておいても邪魔にならないから、ご遠慮なく、と言い添えた。

それでようやくその気になってくれた。ざるに入れた大和蜆と、小ぶりな鰹ほどのコシナガを手に厨房車に乗り込んでくると、

「いやあ、なんでも揃うちょるな」

ばあちゃんが声を上げた。試しに流しの蛇口をひねって、おお、水が出る、とたまげている。

「とりあえずお勘定させてください」

佳代は申し出た。予想した半分ほどの金額を告げられた。いくら地元でも安すぎる。ほんとにそれでいいんですか、と聞き返すと、親切な娘さんやから負けとく、と笑う。

「あの、せっかくですからご一緒にお昼、どうです？」

なんだか申し訳なくなって、蜆の味噌汁を作るからコシナガの刺し身でご飯を食べましょう、と誘った。

「魚は食べん」

「え、そうなんですか？」

「売れ残りを食べすぎて飽きたけん」

意外なことを言う。

「じゃあ、お好きなものは？」

「肉だわ」

即答だった。

「お肉ですか」

「年寄りいうても肉を食べんと元気が出よらんわ」

「お肉でしたら、昨日作ったミートボールのトマト煮が残ってますけど」

「トマト煮？　ハイカラなもんを作りよるな。なんやわからんが肉やったら呼ばれよか」

目元をくしゃくしゃにして微笑むと、コシナガをまな板にのせ、出刃包丁でさばきはじめた。さすがに手慣れたもので、さくりさくりと迷いなく身に出刃を入れていく。

「頭は落とさないんですか？」

思わず佳代は尋ねた。佳代も鰹ならおろせる。まず頭を落としてから身にとりかかるのが基本なのだが、

「手間をかけんのが漁師流だけん」

ばあちゃんはそう言って苦笑いすると、背と腹をどんどん切り開き、瞬く間に半身を切りとってしまった。そして皮を引き、ヨコワよりやや白っぽい身だけの柵にすると、すかさず大ぶりの角切りにしていく。

「漁師流は角切りなんですか？」

佳代はまた尋ねた。

「これはわし流。角切りにした方が旨いけん」

魚を食べないわりにはこだわりがあるらしく、ほれ、とひとつ差しだす。ちょんと醤油をつけて食べると、なるほど、ヨコワよりもとろっとした口当たりだった。しかも角切りだから身のもっちり感が伝わってくる。

「ああ、ほんとにおいしい」

佳代は顔を綻ばせ、なぜか負けてはならないという気持ちになって冷蔵庫からミートボールを取り出して温めはじめた。狭い厨房にトマトのいい匂いが立ち込めはじめる。

「あんた、この商売、一人でやっとるんか？」

今度はばあちゃんに聞かれた。

「そうですね」

「連れ合いは？」

首を横に振って微笑んでみせると、

「わしも一人だわ」

四十年前に旦那さんを亡くしたという。

「お子さんは？」

つい尋ねてしまった。が、すぐに尋ねたことを後悔した。ばあちゃんは動かしていた出

刃包丁をふと止め、

「子は捨てた」

真顔で言った。咄嗟のことに冗談なのかどうかもわからず言葉に詰まっていると、ばあちゃんがふっと笑みを浮かべ、

「今日はどこで商売するがや?」

話題を変えてくれた。ほっとして答えた。

「まだ決めてないんです」

さっき松江に着いたばかりだから湧き水が汲める場所を探している、と事情を話すと、再び出刃を動かしながらばあちゃんが言った。

「湧之水《わきのみず》温泉はどげかな」


小一時間もしないうちに雨は上がっていた。あれほどの雨だったというのに、いつのまにかピカピカの青空が広がり、まさにばあちゃんが言った通りだった。

あとで聞いたところでは、日本海と宍道湖の両方に面した松江は天気が変わりやすい土地柄だという。とりわけ秋から冬にかけては天候が不順で、不意に土砂降りになったかと思うとすぐ晴天に変わり、また降りだすといったこともめずらしくない。そこでばあちゃんのように、突然の雨で多少濡れたところで気にしない人がけっこう多いらしい。

厨房車は鮮やかな紅葉が広がる山間《やまあい》の湧之水温泉を走っていた。温泉ホテルが軒《のき》を連ねる温泉街の山道を奥へ奥へと辿っていくと、そのどん詰まりのあたりに目指す旅荘『水名亭《すいめいてい》』はあった。

松江は古くから水の都として知られる湧き水の宝庫で、市内には何か所も水の名所がある。が、調理用に汲むなら、自前の湧き水を使った料理が自慢の『水名亭』に頼めばいい、とばあちゃんが教えてくれた。ただし一般の人は汲ませてもらえないから、知り合いの仲居頭に頼んでやろう、とわざわざ佳代の携帯から電話してくれたおかげで即座に話がついて、早速、挨拶に行くことにしたのだった。

ついでに営業場所も湧之水温泉にしたらどうか、とばあちゃんからすすめられた。

「でも温泉街に調理なんか頼んでくれる人がいますかね」

佳代が首をかしげると、

「仲居がおる」

ばあちゃんは事もなげに言った。仲居さんには共働きや母子家庭の人がけっこういるから、きっと喜ばれる、と厨房車を駐める場所まで指定してくれた。

「すいません、なにからなにまで」

佳代は恐縮して頭を下げた。

「いいや、旨いミートボール食わせてもろたしな。それに厨房車の隣にわしのリヤカーを置いたらどうか思うて。わしんとこで魚買うて、あんたんとこで調理してもらう。お客さんにも、わしらにも、一石二鳥だわね」

ちゃっかりしたことを言って笑ったものだった。

『水名亭』は和風造りの三階建て。ほかの立派な温泉ホテルと比べると、かなりこぢんまりした温泉旅館だった。

通用口から仲居頭の家坂《いえさか》さんを呼びだしてもらうと、和服姿の小柄な女性が現れ、あ、湧き水よね、ご自由にどうぞ、と裏庭の井戸に連れていってくれた。館内の調理場には水道管で引いているのだけれど、お馴染みさんには井戸から汲んでもらっているという。

念のため、佳代の商売について話してみた。ばあちゃんから聞いた温泉街の入口のバス停付近で営業したいと思っている、と説明すると、

「それは助かるわね。ここで働いてる人間はみんな忙しいから、仲居仲間にも話しておくわよ」

家坂さんは柔和に微笑んだ。そのやさしい笑顔に、ふと両親捜しのチラシを見せたくなったが、それはやめた。

調理屋のお客さんにチラシを撒くことは控えている。お客さんにはお客さんとして接したいと思うからだ。両親捜しを前面に押しだしたら、お客さんだって引いてしまう。この人なら、と見定めた人にしか打ち明けないほうがいい、と佳代は心得ている。

早速、ポリタンクに水を汲ませてもらい、温泉街入口のバス停付近を下見した。ばあちゃんが言っていた通り、路肩が広々と空いていて厨房車を駐めるには打ってつけだった。

試しに営業してみようか。

不意に思い立った。いつもの営業開始時刻、午後二時は回っているけれど、『水名亭』の水を実際に使ってみたくなった。

ジーンズの上に白いエプロンを着け、営業の準備をはじめた。まずはポリタンクの水を寸胴鍋に注いでお湯を沸かし、三本ある包丁を研ぐことにした。包丁の刃金を砥石《といし》に当てて前後に滑《すべ》らせ、しっかりと刃をつけていく。

そのときふと、ばあちゃんが漏らした言葉を思い出した。

子は捨てた。

あの一瞬、どきりとしたものだった。佳代も、いわば捨てられた子だ。中学卒業を間近にしたある日突然、両親が家に帰ってこなくなった。あのときの切ない胸のうちが鮮明によみがえった。

佳代は包丁を置き、携帯電話を手にした。急に弟の和馬と話したくなった。が、何度かコールしたところで留守電が出た。用件があったわけではないから迷ったものの、

「実の姉は松江に着きました」

それだけ吹き込んで、再び包丁を研ぎはじめた。

やがて三本の包丁がきれいに研ぎ上がったところで、厨房車のサイドミラーに木札を掛けた。『いかようにも調理します』といういつもの木札を。

翌日から〝佳代のキッチン〟は、初の二部制で営業を開始した。

試しに営業した昨日の夕方、たまたま仲居頭の家坂さんが車で通りかかった。そのとき教えてくれたのだが、仲居さんの勤務には早番と遅番がある。そこで、朝一番に注文して午後四時過ぎに料理を受けとる早番の部と、午後四時までに注文して午後十一時過ぎに料理を受けとる遅番の部、二部に分けてやろうと思いついた。佳代にとってはきつい変則営業だが、お客さんの生活に合わせなければ商売はできない。

試し営業のお客さんは、結局、家坂さん一人だけだった。せっかくだからと、わざわざ食材を買いに走って豚汁を注文してくれた。あの豚汁がどう評価されたか、それが気になった。家坂さんは湧之水温泉でも古株の仲居さんと聞いている。彼女の評価で今後の来客数が決まる気がした。

が、どうやら良い評価が下されたらしい。本営業の初日からいきなり、早番の部に六人、遅番の部には十人ものお客さんが車で立ち寄ってくれた。このあたりでは通勤も買い物も車が基本だ。どのお客さんも家坂さんからのメールで知ったそうで、ちゃんと車に食材を積んできて、ハンバーグ、グラタン、カレー、餃子《ぎょうざ》、八宝菜といった定番料理を注文してくれた。

午後三時過ぎには、ばあちゃんもやってきた。

ばあちゃんは湧之水温泉から山道を下った先の宍道湖畔で暮らしている。そこから毎朝、魚市場まで魚を仕入れに行き、その帰りに松江市内の繁華街をゆっくりゆっくり半日以上かけて魚を売りながら自宅に帰ってくるのが日課になっている。今日はその自宅に帰る前にリヤカーを引いて山道を上がってきたそうで、その健脚ぶりに仰天した。七十を超えているというのに、今日一日の移動距離は十キロ以上にもなるのだ。

なのにばあちゃんは笑い飛ばす。

「若い時分は一日二十キロは売り歩いちょったから半分だわ。明日からは毎日やってくるけん、隣で魚売っていいかいね？」

「もちろん大歓迎ですけど、ほんとに大丈夫ですか？」

「大丈夫」

「それでしたら、お昼過ぎにきていただけませんか？　家坂さんを紹介してくださったお礼に、毎日お昼をご馳走したいです」

「ほう、そうかね。だったらミートボールのトマト煮、こさえてもらえるね？　あれはうまかった」

「お安い御用です」

　それで話は決まり、つぎの日から午後になると毎日ばあちゃんがやってきて、二人でお昼ご飯を食べ、それから厨房車とリヤカーを並べて遅番の部の営業をするようになった。

　この老若《ろうにゃく》コンビが仲居さんたちに人気を呼んだ。遅番の部に限ってはスーパーの魚とは比較にならないばあちゃんの新鮮な魚が買える。その魚を照り焼きやら味噌煮やらの定番料理に調理してもらえる。さらには、ホテルの仕事では給仕していてもプライベートではなかなか食べられないムニエルやカルパッチョといった目先の変わった料理にも仕立ててもらえる。そんな佳代の器用さが仲居さんたちに大うけで一挙に注文が増えた。

　勢い、ばあちゃんの魚が品切れになる日もしばしばだった。仕方なくばあちゃんは仕入れの魚を増やさざるを得なくなり、リヤカーがえらく重くなったわね、と嬉しい悲鳴を上げるほどになった。

　ばあちゃんが気に入ってくれたミートボールのトマト煮を作る機会も増えた。最初のうちは、ばあちゃんと二人のお昼用に作っていたのだが、ばあちゃんが旨い旨いとみんなに言いふらすものだから、仲居さんたちからもリクエストされるようになった。

　この佳代流ミートボール、ふつうのミートボールとほぼ変わらないのだが、二つだけ違う点がある。ひとつは挽き肉。これは、佳代の賄いカレーもそうなのだが、豚バラ肉のブロックを切り刻んでから包丁で叩いてミンチ状にしている。そしてもうひとつは、ミンチ肉のつなぎ。ふつうはパン粉でつなぐところを佳代はクスクスとお麩を砕いたものを入れている。

クスクスは意外と知らない人が多いのだが、パスタに使われるデュラム小麦粉を粗挽《あら》きにして水を吸わせ、粒状にして乾燥させたもの。早い話が粒状パスタ。さらりとした軽い食感が持ち味で、中近東やフランス、イタリアなどで日本のご飯のような感覚で食べられている。

このクスクスをさっと湯通ししてから、お麩とともにミンチ肉に二割ほど混ぜる。すると、お麩のもちっとした食感と相まって、トマトソースで煮込んでもやわらかくてあっさりした口当たりのミートボールに仕上がる。その軽さともっちり感がいい、とばあちゃんが宣伝してくれたおかげで、仲居さんたちからも頻繁《ひんぱん》に注文されるようになった。

そんなこんなで仕事に追われて二週間ほど経ったある日、和馬から電話が入った。先日留守電を入れておいたのに、まるで音沙汰がないからどうしたのかと心配していたのだが、いま頃になってかけてきた。

おまけに佳代が電話に出るなり、

「姉ちゃん、どこにいる？」

いきなり聞く。

「松江だけど」

留守電にそう吹き込んどいたじゃない、と文句を言うと、

「松江のどこ？　おれ、いま松江支局にいるんだ」

「松江支局？」

声が裏返ってしまった。今回、どうしても松江にきたくなって、山陰《さんいん》地方に出張仕事をつくって飛んできたという。


夕方近くになって和馬を乗せたタクシーが到着した。

ばあちゃんはすでに魚を売りきって帰ってしまったが、佳代にとっては、これからが遅番の部の調理で忙しくなる時間だった。ところが和馬ときたら、夜は宴席があるから、その前に会って話したい、と言い張るものだから、仕方なく厨房車で調理しながら話すことになったのだった。

おかげで話している最中、通りかかった馴染みの仲居さんたちから何度も勘違いされた。めずらしく厨房車に若い男が同乗しているものだから、

「あらら、今日は彼氏と一緒？　佳代ちゃんも隅《すみ》に置けないね」

いちいち冷やかされ、そのたびに、弟なんですよ、と弁明するのが面倒臭くてまいってしまった。

それでも、久しぶりに会った和馬から聞いた話は興味深いものだった。京都で学生時代を過ごしたボニー&クライドこと佳代たちの両親は、大学を中退して松江のコミューンに

参加したらしいとわかった。そこで和馬はその後、コミューンについて詳しく調べてみたのだという。

「コミューンって、一九六〇年代後半から七〇年代前半にかけて全国各地に誕生したらしいんだけど、当時、社会からドロップアウトしたヒッピーたちにとっての理想郷だったらしいんだよね。とくに関西圏には多かったみたいで、二十人から三十人ぐらいのメンバーが集まって、独自のルールを決めて自給自足の生活共同体を営んでいたらしいんだ。で、原始共産主義っていうのか、財産の共有化をはかったり、石油を使わない日常生活を徹底したり、無農薬の自然農法で農作物を育てたりして、自然の摂理にかなった生き方を模索してたわけ」

「それって最近のエコ運動みたい」

「まあ一面でそういう部分もないじゃないけど、でもコミューンの場合はエコ農園活動だけじゃなくて、精神的な部分も大きかったみたいなんだよね。個人の魂《たましい》を解放するとか、既存の価値観を捨て去るとか、かなり思想性や宗教性を帯びていた」

「なんだかややこしそう」

野菜を切りながら佳代が苦笑いすると、

「うん、確かに」

和馬も笑った。佳代たちが知っている両親は、そんなややこしいものにハマっていた人には見えなかった。毎日ちっとも帰ってこない出鱈目な両親でしかなかったから、いまひとつピンとこない。

「ただ、そういうストイックな理想主義って、なかなかうまくいかないよね。で、実際、七〇年代の後半になると世の中が変化するにつれて行き詰まりはじめて、八〇年代前半にはほとんどのコミューンが消滅してしまったんだ。思想性に走りすぎて仲間割れしたり、自給自足が成立しなくなって生活自体が破綻《はたん》したり、その理由はさまざまだったけど、結果的に理想郷づくりは失敗した」

「まあ話を聞いただけで、無理っぽいもんね。けど」

言葉をとめて佳代は首をかしげた。

「けど、ボニーとクライドがコミューンに参加したのって、七〇年代の後半じゃなかったっけ？」

年代から考えると、すでにコミューンが失敗しかけていた時期になる。

「そこなんだよ。ボニーとクライドの場合は遅れてきたヒッピーっていうか、ほとんど消滅しかけてた頃になって松江のコミューンを目指したわけ。その意味じゃ、時代が読めなくて間抜けっぽいっていうか、ちょっと哀しいんだけど」

和馬は肩をすくめてみせ、

「といっても、そうした時代の変化にちゃんと対応して消滅しなかったコミューンもあったみたいなんだよね。自然農法を主体にした農園ビジネスにうまいこと転換して生き残った集団もいくつかあった」

そこで和馬は、現在松江にある農園の中から、コミューンの生き残りっぽい感じがする農園をリストアップしてみた。すると、六つ挙がった。もちろん、コミューンと関係ないものがほとんどだろうとは思うけれど、一つぐらいその流れを汲んだ農園があるかもしれない、と考えた。

「てことは、流れを汲んだ農園にボニーとクライドがいるかもってこと？」

佳代は包丁を置いて和馬を見た。

「それはわからない。けど、横須賀を離れて各地を転々とした挙げ句に、若い頃に暮らしていた松江の仲間のもとに戻った可能性はなくはないと思うんだ」

「それ、可能性あるよ。ボニーとクライド、そこにいるよ」

つい興奮して佳代が身を乗りだすと、和馬がにやりと笑った。

「姉ちゃんもそう思うだろ？　期待しすぎちゃいけないとは思うんだけど、それでもじっとしてらんなくて、おれ、わざわざ松江まで飛んできたんだ」

翌日は急遽、調理屋の仕事を休むことにした。せっかくお客さんがつきはじめたところだけれど、和馬が明日には東京に帰らなければならないと言うので、無理しても休むほかなかった。

『臨時休業します　佳代のキッチン』

そう貼り紙した段ボール箱をバス停近くの営業場所に置いて、朝一番、厨房車に和馬を乗せて捜索に出掛けた。

松江市は宍道湖に面した市街を中心に、北と南に山並が望める。北側の低い山々の向こうは日本海。南側には山麓《さんろく》が広がり、その先は中国山脈に続いている。和馬が調べた六つの農園のうち四つは山麓側、二つは宍道湖畔側にある。そのすべてを今日一日で検証して回る強行軍でいくことにした。

最初に向かったのは市街の南東にある農園だった。なだらかな山麓に桃や葡萄《ぶどう》を有機栽培しているビニールハウスがずらりと並び、まだ早朝だというのに農協の帽子をかぶったおじさんが作業をはじめようとしていた。

佳代は厨房車を停め、おじさんに声をかけた。

「すいません、こちらはコミューンと関係ないでしょうか」

「コミューン？」

おじさんが眉を寄せた。

「七〇年代にあったコミューンとこちらの農園に、何か繋がりがないかと思いまして」

何気なくたたみかけた途端、おじさんは目を吊り上げ、

「ダラクソが！」

と吐き捨てた。ダラクソとは、ばあちゃんもたまに使う方言で馬鹿野郎という意味だ。

とっとと帰れ、とばかりにおじさんは憤慨《ふんがい》している。

「いえ、あの、実は昔の文化について調査してまして」

和馬が慌ててフォローしたものの、おじさんはそれ以上聞く耳を持たず、結局、早々に追い返された。

「コミューンって、あんまり評判良くなかったのかな」

いまきたばかりの山道を下りながら佳代が首をひねると、和馬が嘆息した。

「ごめん、おれが迂闊だった。そういえば当時、けっこう揉《も》め事が起きたって何かに書いてあった」

「揉め事？」

「コミューンって、地元の農家からしたら厄介な集団だったらしいんだ。なにしろロングヘアの小汚い若者が突然都会から押しかけてきて、アメリカかぶれのわけのわからない集団生活をはじめたわけだからさ」

しかも集まってきたのは、本気でヒッピーの理想郷を築こうとする若者だけではなかった。自由気ままなヒッピー風のライフスタイルに憧れ、レジャー感覚で参加していた上っ面な若者もけっこういたし、財産共有の思想に基づいて男女の性を共有する集団もあったことから、フリーセックス目当てに鼻の下を伸ばしてやってくる連中もいた。さらには、精神解放ツールとしてロック音楽とともに広まったマリファナやＬＳＤなど、ドラッグに溺《おぼ》れる輩《やから》まで現れ、こうした実態がマスコミを通じてセンセーショナルに伝えられた結果、地元は大騒ぎになった。

最初のうちこそ、田舎に入植して自然農法に取り組む若者を温かく見守っていた地元民もいなくはなかった。が、その本質から逸脱した若者が増えるにつれて雲行きが変わり、ついにはコミューン排斥《はいせき》運動が巻き起こって地元民との衝突事件にまで発展した。

つまり、こうした過去を知る地元民にとってコミューンとは、いまだ忌《いま》わしい記憶でしかない。その忌わしい記憶に土足で踏み込んだ佳代のほうが悪かった。

そこで、つぎに訪れた農園からは聞き方を変えた。まずは両親捜しのチラシを差しだし、松江の農園にいたことがあるらしいので姉弟で捜している、と切りだすようにした。すると、この作戦が功を奏した。無用な反発を買うことなく穏やかに話が聞けるようになった。

ただ、話は聞けたが、やはり思うような成果は上がらなかった。その後も頑張って残り四つの農園を順次訪ねたものの、どの農園にも両親がいた形跡はなかった。チラシの写真を見せても、さあ、と首をかしげる人ばかりで、今度こそ直接的な接点が見つかると期待していただけに、

「無駄足踏んじまったかなあ」

粘り強い和馬も天を仰いだものだった。いつになく期待が大きかっただけに、五連続の空振りは堪《こた》えたとみえる。

それでも佳代は諦めなかった。ここまできたんだから、やるだけやろうよ、と和馬の尻を叩き、最後に残った宍道湖畔側の野菜農園にも足を運んだ。すると残りものには福があった。両親の写真を見た農園主が、

「ひょっとしてコミューンにいた人かもなあ」

と言いだしたのだ。

「コミューン、ご存知なんですか？」

和馬が目を見開いた。

「ご存知っていうか、おれが子どもの頃、死んだ親父がよく喧嘩してたんだよね」

「この二人と？」

勢い込んで和馬が問い返すと、農園主は頭をかいた。

「いやいや、この二人ってことじゃなくて、こういう格好をした人たちと親父がやり合ってたわけよ」

「ああ、そういうことですか」

和馬は一気に興味を失ったようだったが、佳代はたたみかけた。

「ちなみに、その後、コミューンはどうなったんですか？」

　この人ならコミューンの話に深入りしても大丈夫だと思った。

「さあ、詳しいことは知らないけど、最後は分裂して散りぢりになって、けっこう悲惨なことになったみたいよ」

　農園主はそう言い放ってから、あ、この二人は違うと思うけどさ、と付け加えた。それでも佳代は食い下がった。

「どんなふうに悲惨だったんです？」

「それは」

　農園主はためらった。

「どんな情報でもいいんです。ひょっとしたら両親捜しに繋がるかもしれないので」

「まあそこまで言うならあれだけど、一番悲惨だったのは女性だよね。だれとやってもいいコミューンとかもあったらしいから、だれが父親かわからない子を抱えた女性が行き場をなくしちゃったらしいんだよね。男は身軽だから、さっさと逃げちゃったみたいだけど、女はそうはいかないじゃない」

　最終的には、湧之水温泉がそうした女性の受け皿になったという。

「湧之水温泉が？」

「仲居さんになった人が多いんだよね。こういう田舎だと子どもを抱えた独身女性には働き口がほとんどないから、寮つきの温泉ホテルが駆け込み寺みたいになったらしい」

仲居さんには訳ありの人が多いと佳代も聞いたことがある。が、まさか失敗したコミューンの受け皿になっていたとは思わなかった。これには和馬もショックだったらしく、

「なんだかやんなっちまったなあ」

あとで大きなため息をついていた。

それは佳代も同じだった。佳代が生まれるほんのちょっと前の日本で、そんなことが起きていようとは信じられなかった。ただ、ひとつ救いだったのは、あの農園主が言ったようにに佳代たちの両親が島根のコミューンにいたとしても、少なくとも二人は散りぢりにはならなかった。二人はちゃんと結婚して佳代が中三になるまで一緒に暮らしていた。そのことだけは事実だし、そこに至るまでの背景を垣間見られただけでも、今回、大きな収穫を得られたと思った。

たった一日休んだだけで、こんなに心配してくれる人がいるとは思わなかった。

翌朝、いつものバス停に到着してみると、早番の仲居さんたちが十人近くも佳代を待ってくれていた。

「風邪でも引いた？　せっかくいい店ができたって喜んでたのに心配しちゃったわよ」

待っていたみんなが心配してくれた。

「申し訳ありません、急に東京から弟が訪ねてきたもんですから」

そう釈明しながらも嬉しかった。ここで商売をはじめて二週間ほどしか経っていないのに、こんなにも佳代を大事に思ってくれている。それが心から嬉しかった。

この中にもコミューンにいた人がいるのかもしれない。ふと思った。年配の仲居さんもけっこういるだけに、ひょっとしたら、という思いと同時に、農園主の生々しい話が記憶に新しいだけに、これまでにも増して仲居さんたちに親近感を覚えた。

この際、両親捜しのチラシを見てもらおうか。そんなことも考えた。が、もちろん、それはしなかった。佳代の両親の過去を尋ねることで、その人の過去を掘り返し、傷つけてしまうかもしれない。そう考えると、とてもできなかった。

多くの仲居さんたちから気づかいの言葉をかけられながら、いつになく忙しい一日になった。佳代は仕事の質を維持するためにキャパシティー以上の注文は受けないようにしているが、この日ばかりはルールを破った。おかげで朝から調理と接客に追われまくり、瞬く間に一日が過ぎ去った。そして深夜十一時過ぎ、遅番の料理をようやく渡し終え、やれやれと安堵の息をついたところで初めて、その異変に気づいた。

ばあちゃんがこなかったのだ。今日も忙しい中、お昼はちゃんと用意していたのに、なぜかばあちゃんが姿を見せなかった。

用事でもできたのかもしれない。とりあえずは、そう思うことにした。ところが、翌日もやはり姿を見せない。毎日行くよ、と言っていたのに、どうしたんだろう。

佳代が突如、臨時休業したから怒っているんだろうか。あるいは不測の事態でも起きたのか。さすがに心配になったものの、考えてみたら佳代は、ばあちゃんの電話番号も自宅の場所も知らない。こんなことならちゃんと聞いておけばよかった。後悔したもののどうしようもない。迷った末に、今日も車で注文しにきてくれた家坂さんに事情を話した。

「え、ほんとに?」

家坂さんは首をかしげ、ちょっと家に行ってみようか、と車に乗り込んだ。

「あたしもご一緒します」

段ボール箱に『本日早退します　佳代のキッチン』と貼り紙して家坂さんの車に続いた。

五分ほどでばあちゃんの家に着いた。宍道湖の畔に住んでいるのは知っていたが、こんな近くだとは思わなかった。家といっても、それは昔の長屋のような平屋の木造アパートで、ばあちゃんの部屋の前には見慣れたリヤカーが置いてあった。

部屋をノックしてみた。留守らしい。すると家坂さんが向かいにある一軒家に行ってインターホンを押した。アパートの大家さんの家だという。

大家さんは在宅中だった。

「あら、聞いてません?　三日前に入院されたんですよ」

「入院?」

「腰を痛めちゃったんですよ。このところ魚の仕入れが増えて無理したみたいで」

リヤカーを引いて帰ってきて、そのまま部屋の前でうずくまっていた。たまたま気づいた大家さんが救急車を呼んで、念のため、ご家族に連絡しましょうか、とばあちゃんに聞いたのだが、自分で連絡しとくから大丈夫、と制されてそのままにしていたという。

仰天して再び車に飛び乗った。家坂さんの先導で、大家さんに教えられた病院に駆けつけた。

小高い丘の上に立つ市民病院だった。受付で尋ねて病棟の五階に上がり、四人部屋の一室に入ると、ばあちゃんは窓際のベッドでぼんやりと外を眺めていた。

「心配しましたよ」

声をかけると、ばあちゃんはふとこっちを振り返り、佳代と気づくなり、

「もうじき退院やから、なんも心配いらん」

怒ったような顔で言った。

病院からの帰り道、家坂さんを誘って喫茶店に立ち寄った。この際、きちんとばあちゃんのことを聞いておきたかった。毎日一緒にお昼を食べていたというのに、ばあちゃんのことを知らなさすぎたことがちょっとショックだった。

看護師さんの話では、それでなくても酷使《こくし》していた腰に急に負荷をかけすぎたせいで、

突発的な腰痛に見舞われたのだという。もうじき退院して自宅療養すれば大丈夫だそうだが、ただ、いくら丈夫に見えても高齢者の骨は脆《もろ》くなっている。これ以上無理し続けていると、脚のつけ根の大腿骨頸部《だいたいこつけいぶ》骨折に繋がりかねないから十分注意してほしい、と言い渡された。

市民病院から程近い県道沿いの喫茶店は、タバコの煙で燻《いぶ》されていた。テーブルの上におみくじマシンつきの灰皿がもれなく置かれたこの店では、分煙も禁煙も別世界の話らしく、おじさんたちが我が物顔で盛大に煙草をふかしている。

「櫻井《さくらい》さんに身内の方はいらっしゃらないんですか?」

コーヒーが運ばれてきたところで佳代は尋ねた。櫻井スミ。それが、ばあちゃんのフルネームだった。

「すごく身近にいるんだけど、どうにも折り合いがね」

家坂さんは言葉尻を濁してコーヒーを啜った。

「すごく身近って?」

佳代はたたみかけた。家坂さんはしばらく考えてから小さく息を吐き、

「水名亭にいるの」

と答えた。思わず家坂さんの顔を見た。家坂さんが仲居頭を務め、佳代が井戸水を汲ませてもらっている温泉旅館、水名亭に身内がいようとは。

「まさか家坂さんが娘さんだったりして」

冗談めかしてかまをかけてみると、家坂さんは微笑みを浮かべて首を振った。

「社長が息子さんなの」

「水名亭の社長さん？」

家坂さんが黙ってうなずくのを見て佳代は息を吞んだ。これまでの出来事が一瞬にして一本の線でつながった。

よそ者の佳代が電話一本で井戸水が汲めるようになったのも、バス停付近で目立つ商売をしても、どこからも文句を言われなかったのも、そして、お客さんとしてきていた湧之水温泉の仲居さんとばあちゃんとの間に不思議な空気が流れていたのも、そうか、それだったのか。

が、驚かされたのはそれだけでなかった。

「もともと水名亭は、スミさんが女将だったのよ。話は四十年前に遡《さかのぼ》るんだけど」

家坂さんはもう一度コーヒーを啜ってから語りはじめた。

四十年前までばあちゃんは、漁師の女房だった。ご主人は松江市の日本海に面する恵曇《えとも》漁港を拠点にイカ釣り船に乗っていて、港でも一、二を争う腕っこきだった。ところが、ある晩秋の未明に日本海特有の大荒れの時化《しけ》に見舞われ、船が遭難。遺体も揚がらないまま帰らぬ人となってしまった。

若き日のばあちゃんは一人息子と二人で生きていかなければならなくなった。といって、ばあちゃんには手に職があるわけではなかった。頼りになるのは亡き夫の漁師仲間だけ。そこでばあちゃんは漁師仲間のツテを頼りに、漁協市場のセリに参加できる権利の取得に乗りだした。女の武器も使ったと噂されるほど必死の食い込み作戦の末に、見事、仲買人の権利を取得し、競《せ》り落とした魚を行商して歩く仕事をはじめた。

当初は、いまと同じようにリヤカーを引いて松江市内を売り歩いていた。が、当時の松江にはライバルが多く、息子と二人食べるのがやっとの状態。将来設計など立てようがないその日暮らしに甘んじるほかなかった。

そんなときに目をつけたのが湧之水温泉だった。温泉ホテルと取り引きできるようになれば、リヤカー一台の商売とは稼ぎのケタが違う。それならばと、未亡人という境遇を最大限に生かした粘りの営業で、まずは調理場の勝手口から攻略していった。

最初はリヤカー商売に毛が生えた程度の商いにしかならなかった。が、やがて魚にうるさかった亡き夫に鍛《きた》えられた確かな目利きと、市場で競り勝てる勘と度胸の良さで瞬く間に調理場の信頼を獲得。一軒また一軒と湧之水温泉の温泉ホテルに販路を広げ、折よく訪れた高度成長の波にも乗って急成長を果たし、みるみるうちにひと財産築いてしまった。

「けど、そこで終わらないのがスミ女将らしいところでね、その財産を温泉宿の建設にそっくり注ぎ込んじゃったわけ。だれも見向きもしなかった湧之水温泉の奥地に土地を買って、ほかの大型ホテルとはまるで違う、こぢんまりとした瀟洒《しょうしゃ》な日本旅館、水名亭をオープンさせたの」

以後、元仲買人の目利きで仕入れる魚と、湧き水で作った料理がおいしい宿として注目を集め、ばあちゃんは湧之水温泉のやり手女将として名を馳せた。そして十年前。還暦を迎えたのを機に、東京のシティホテルで修業していた息子の正志《まさし》さんを呼び戻して代表権を譲《ゆず》り、楽隠居生活に入った。

「ふつうなら、めでたしめでたしってとこでしょ？　ところが、それが亀裂《きれつ》を生んじゃったのね」

家坂さんが拳を握り締めた。

「息子さんと、ですか？」

「そう。正志さんが社長に就任して二年後のことなんだけど、大改装計画を発表したわけ。水名亭の宿泊部屋は典型的な畳敷きの和室だったんだけど、その大半をシティホテル並みのベッドルームに改装することにしたのね。それを聞いて元女将が怒っちゃった。そんなことをしたら水名亭が水名亭じゃなくなるって猛反対したの」

が、いくら反対したところで代表権は正志さんにある。最終的には正志さんが強引に大改装を進め、新装水名亭をオープンさせてしまった。そして、その新装オープン当日、元女将だったばあちゃんは、すべての財産を放棄《ほうき》して櫻井家を飛びだした。

煙草の匂いにまみれて喫茶店を出たときには日が暮れていた。厨房車を駐めた駐車場に面した県道にはヘッドライトの光が行きかっている。

すっかり話し込んでしまった。いまからバス停の脇に戻ったところで調理屋の営業はできそうにない。本日早退の貼り紙はそのままに、今日は店仕舞いしようと思った。

家坂さんは仕事に戻るという。

「大丈夫ですか、長時間仕事を抜け出しちゃって」

「それは大丈夫よ。スミ女将が入院したんだもの、文句を言う人なんかいないし。けど佳代ちゃんこそ仕事にならなかったでしょう」

「いえあたしは」

「調理屋さんって、素敵な仕事を考えたものね。みんなもすごく喜んでるし、そういう仕事ができる佳代ちゃんが、ちょっとうらやましくなる」

「なに言ってんですか、名旅館の仲居頭さんが」

「仲居頭の仕事がどうっていう話じゃないの。私も、もう五十代になっちゃったし、いろいろと考えるのよ」

肩をすくめながら車のドアを開ける。そのとき、佳代は思い立った。

「ちょっと待ってください」

厨房車に駆け戻って両親捜しのチラシを持ってきた。

「家坂さんは仲居さんの仕事、長いんですよね？」

「かれこれ二十年ほどかしらね」

二十年だと知らないかもしれない、とも思ったが、

「これ、お客さんには話さないようにしてるんですけど」

そう前置きしてチラシを手渡した。家坂さんが目を見開いた。車の室内灯に照らしてゆっくりチラシを読んでから、

「ちょっと預からせてくれる？」

そう呟くなりチラシを折りたたみ、それじゃ、と車を発進させた。

家坂さんの車を見送ってから佳代も厨房車に乗り込んだ。エンジンをかけ、アクセルを踏み込むと家坂さんとは逆方向にハンドルを切った。

松江を訪れて以来、夜は毎日、市内の運動公園の裏手で寝泊まりしてきた。が、今夜はしばらくぶりに贅沢して外飲みしたくなった。気分を変えて、ここ数日のうちに起きた出来事を整理したくなった。

県道から宍道湖沿いの国道に入り、ネオンが瞬く中心街へ向かった。やがて現れた山陰本線の高架をくぐり、市街地を横切る大橋川《おおはしがわ》を跨《また》ぐ松江大橋を渡る。飲食店が賑やかに軒を連ねる東本町《ひがしほんまち》に入り、すぐに見つけたコイン駐車場に厨房車を入れて施錠《せじょう》した。

どうせなら地酒と地魚がおいしい店にしよう。ジーンズのポケットに両手を突っ込み、夜道をぶらぶら歩きはじめたところで携帯電話が震えた。街路樹の傍らに立ちどまって応答すると、

「ああ姉ちゃん？　いま東京の家に着いたとこ」

和馬だった。わざわざ松江に飛んだにしては収穫が少なかったけど、おたがいまた頑張ろう、と殊勝なことを言う。

その言葉にふと気持ちがゆるんでしまい、

「今日もいろんなことがあってさあ」

街路樹に寄りかかり、つい長話をはじめてしまった。和馬にも話したばあちゃんが腰を患《わずら》って入院したこと。家坂さんから聞いたばあちゃんと息子さんのこと。そして家坂さんにチラシを渡したことまで、今日一日の出来事を余さず話して聞かせた。

「なんだかあたし、ばあちゃんが可哀相になってきちゃってさ。苦労してつくった旅館を息子の好き勝手にされちゃって、あんまりだと思わない？」

佳代が嘆息すると、

「けど、それって一概《いちがい》には言えないと思うな。息子さんには息子さんの言い分があるはずだし」

一方の言い分を聞いただけで批判しないほうがいい、とたしなめられた。

「新聞記事を書くときだって、対立相手も取材して書くのが鉄則なんだよね。この際、息子さんの話も聞いてみるべきだと思う」

「あたしは新聞記事を書くわけじゃないし、そこまで踏み込んでも」

「そこまで踏み込んでいいと思うな。姉ちゃんだってそれだけ世話になってるわけだし」

それでも気が進まなかった。息子に会ったところでなにができるというのだ。

「とりあえず飲みながら考える」

いまから一杯やるの、と話を切り上げようとすると、和馬に失笑された。

「姉ちゃんが飲みながら考えられるわけないじゃん」


結局、和馬に言われた通りになった。

その晩は東本町の路地裏で見つけた小料理屋でぼんやりと独り飲みしたのだが、おいしい地酒が回るにつれて頭も回らなくなってしまった。考えを整理するどころか、さらに頭の中がごちゃごちゃになるばかりで、なんの考えもまとまらないまま一夜が過ぎた。

ところが、不思議なもので、けさになって突如、腹が決まった。やっぱ息子さんに会ってみよう。コイン駐車場で目覚めたとき、不思議とそういう気持ちになっていた。

いまの状況ではばあちゃんと息子さんの間に立てるのは佳代しかいない。ばあちゃんには息子さん以外の身内はいないそうだし、かといって従業員の家坂さんは口を差し挟みにくいだろう。こういうときは第三者の佳代が橋渡ししたほうが事態が好転しやすいはずだ。

そこで、水名亭に湧き水を汲ませてもらいにいったついでに、家坂さんに頼んでみた。息子さんに会わせてくれませんか、と。

「佳代ちゃんが正志社長に？　ああ、それは助かるわ」

家坂さんは喜んでくれた。入院したことは息子に言うな、とばあちゃんから口止めされている。だからといって息子が知らないままでいるのもよくない。家坂さんとしても頭を悩ませていたらしく、とりあえず、ばあちゃんからの使いの人、という触れ込みで正志社長に会わせてくれることになった。

「じゃあ車で行きましょう」

家坂さんが着物姿のまま駐車場に向かって歩きだした。社長室に行くのかと思っていたら、正志社長が社長室にいることはほとんどないそうで、今日もまた家坂さんに先導されて移動することになった。

色とりどりの紅葉が続く山道を下った。途中、横道に逸れて山麓の一本道を走り抜け、農道に入り、すれ違いもできないような狭い道を低速で進んでいくと、やがて畑に突き当たった。

畑には作業着姿の男性がいた。作物の合間に屈み込んで作業している。

「お疲れさま！」

家坂さんが車を停めて声をかけた。男性がふと顔を上げ、こっちに歩いてくる。それが正志社長だった。四十代と聞いていたが思ったより若々しい風貌で、三十代と言っても通用しそうだ。手には、いま収穫したのだろう、赤紫色をした小さな大根のような野菜を提げている。

「ああどうも、佳代さん」

いきなり名前で呼ばれた。これにはびっくりしていると、

「ぼくだって毎日バス停の前を通ってるんですから、その車を見ればすぐわかりますよ。〝佳代のキッチン〟には一度注文してみたいと思ってました」

日焼けした顔を綻ばせると、これ、料理に使ってください、と赤紫色の野菜を差しだしてくる。江戸初期から松江で栽培されてきた〝津田《つだ》かぶ〟という地野菜で、その漬け物は松江の特産品になっているという。

「うちの売り物は、なんといっても旨い料理じゃないですか。地魚料理は先代社長の頃から定評がありますから、ぼくは地野菜料理を充実させたいと思って自家農園栽培をはじめたんですよ。ほかにも秋鹿《あいか》ゴボウとか黒田《くろだ》セリとか、松江ならではの野菜ばっかり育ててます」

誇らしげに畑を見渡すと、座りましょう、と農道の縁に腰を下ろした。

佳代も隣に座った。家坂さんは遠慮したのか、仕事がありますから、とそのまま引き返

していった。

「で、どんなご用件でしょう」

二人になったところで正志社長に促された。慎重に言葉を選びながら佳代は告げた。

「実は、驚かないでほしいんですけど、お母さまが入院されました」

正志社長が静かに微笑んだ。

「知ってます」

「あ、ご存知でしたか」

「大事な母のことですからね。ただまあ、深刻な状況ではないという話だったので、知らないふりをしてるんですけどね」

ぎごちなく片目をつぶってみせると、

「ぼくが母の状況を把握していることは、家坂さんも含めて従業員は知りません。というか、知られないようにしています。二代目には二代目の経営手法がある。従業員にはそれを徹底させておきたいので、佳代さんもどうか、このことは内緒にしておいてください」

穏やかに釘を刺された。

正直、肩すかしだった。母親との確執を抱えて、息子としてもさぞかし苛立たしい思いをしているに違いない。佳代は勝手にそう思い込んでいたのだが、そんな単純なことではないらしい。

「もともと意地っ張りの母ですからね。こっちからやんや言ったところで戻ってくるわけがないのはわかっています。だからまあ、ぼくのやり方を母が認めてくれるまでは黙って見守っていようと思っているんです」

　佳代が訪ねてきた理由もすでにお見通しらしく、ちょっと長くなりますけど聞いてもらえますか、と確認してから続けた。

「いまどき旅館ホテル業は、どこも崖《がけ》っぷちですからね。従来型の旅館システムを貫き通すやり方も一つの方法ではあるけれど、うちの規模でそれで頑張ったところで限界があるし、中途半端になってしまいます。だったら、ある一点に特化したほうが、これからはアピールできる。それはなにかと考えたら、うちはやっぱり料理なんですよ。地魚と地野菜を自前の湧き水で調理した料理だけはどこにも負けない。それでこそ、料理を食べるためだけに泊まりにいきたい宿として生き残れる。そう考えた結果、こうして自家農園を立ち上げたりして料理部門をさらに充実させ、その一方で宿泊部門は合理化を進めた。一部の特別室を除いては、いちいち布団を上げ下げしたり、お茶を給仕したりしなくていいシティホテル方式にして、宿泊部門の経費を料理部門に回したんです」

　ぼくが言いたいこと、わかりますよね、と佳代の目を見る。佳代は小さくうなずいた。言われてみれば一理ある。

「ただし、ぼくは母を否定しているわけじゃないんです。やり方は新しくしたけれど、その根本精神は、『元仲買人の目利きで仕入れた魚料理が自慢の宿』という母が創業した当時とまったく変わっていない。シティホテル方式が嫌なら嫌でいいんだけれど、でも、母の精神を受け継いだからこそ、より料理に特化した宿になれたわけですから、それだけは母にわかってほしかったんですね。でも、母はもう意地になっているから聞く耳を持ってくれません。そこでまあ、なんというか」

正志社長はちょっと考えてから、

「ここからは、ぼくからのお願いになってしまって恐縮なんですが、もしまた佳代さんが母にお会いになることがあれば、いまお話ししたことを佳代さんの口から伝えてもらえないでしょうか。母はああいう人生を歩んできた人ですから、めったなことでは人を信用しません。その母が佳代さんと二人並んで営業している姿を見かけたときには、ちょっと驚きました。いまの母が、いかに佳代さんという人を信用しているか、ひと目でわかりました。ですから佳代さん、どうかうちの母をよろしくお願いします。ぼくにできることがあれば、陰ながらなんなりとバックアップしますので」

そう言って佳代に向き直るなり、深々と頭を下げた。

その日の遅い午後、津田かぶを干した。

葉っぱのついた長い茎の部分を輪っかに結び、それを厨房車のルーフキャリアに順に結わえつけていった。そうして津田かぶを吊るし終えてみると、ボディの側面に赤紫色の立体模様がついたみたいで、なかなかかわいい。このまま一週間ほど天日干しにしたら、ぬかに漬け、それで津田かぶ漬けが完成する。

「母も津田かぶ漬けが大好きなんですよ」

正志社長がそう言っていたから、漬かったらばあちゃんに食べてもらおうと思った。

「そういえばお母さんって魚嫌いなんですってね」

そのとき、ふと思い出して佳代は聞いた。魚の目利きが魚嫌いって、おもしろいですよね、と付け加えると正志社長が首を左右に振った。

「もともとは大の魚好きだったんですよ。父が生きてた時分なんか毎日毎日魚ばっかり食べてましたし」

「え、そうなんですか?」

「食べなくなったのは行商の仕事をはじめたときです。あのとき突如、商売道具になったら魚が大嫌いになった、って言いだしたんですよ」

「あるんですね、そういうことが」

「というか、息子のぼくの目から見ると、母はあえて魚断ちしたんだと思うんですよ。女が一人で生きていく覚悟を決めるために、大好きな魚を断った。でも、それを他人に悟られるのが嫌だったんでしょうね。だったら魚嫌いになっちゃえと。その意味じゃ、やはり母は相当な意地っ張りなんだと、つくづく思います。だからこのままいくと、息子のことも嫌いなままになっちゃうかもしれない」

正志社長は笑った。が、その目はちっとも笑っていなかった。

母親が意地っ張りなら息子も意地っ張りだと思った。それが親子というものかもしれないけれど、でも、やはりこのままではいけない。秋の夕陽を浴びて輝く津田かぶを眺めながら、佳代は改めてそう思った。

それから二日後。早番の部を終えたところで、佳代はばあちゃんの家へ向かった。市民病院に確認したところ、昨日の午後に退院して家に戻ったという話だから、タイミングとしては今日だろう、と見定めた。

正志社長にも家坂さんにも、このことは言っていない。正志社長の気持ちをきちんとばあちゃんに伝えた上で、その結果だけを二人に報告しようと思った。

手土産《てみやげ》にミートボールのトマト煮を作った。津田かぶ漬けが漬かるのはまだまだ先になるから、ほかにばあちゃんに喜ばれるものといったらこれしかないと思った。それと、もうひとつ。今日の朝、わざわざ買いにいってきた手土産もあったが、こっちは喜ばれるかどうかはわからない。

長屋のような木造アパートに到着した。が、しばらくドアをノックできなかった。ばあちゃんと会って話さなければ、という気持ちだけが先走ってやってきてしまったが、いざ会うとなったら、どんなふうに話したらいいか考えていなかったことに気づいた。まったく迂闊な話だった。どうしたものかとドアの前で考えていると、

「佳代ちゃん」

背後から肩を叩かれた。振り返ると、ばあちゃんがいた。

六畳間は、きれいに片づけられていた。ここがばあちゃんの居間らしく、座卓を中心にしてテレビや茶簞笥《ちゃだんす》、本棚などが整然と配置されている。

ほかには玄関の脇に小さな台所とトイレ、そしてもう一間、四畳半がある。四畳半は寝室にしているらしく、玄関を入ったときに小さなベッドが見えた。

その四畳半にしろ六畳間にしろ、ここがあの水名亭の創業者の住まいかと思うほど質素だった。家具も家電品も使い古したものばかりで、これといった装飾品が飾られているわけでもない。財産類はすべて息子のもとに捨て置いてきたとは聞いていたけれど、ここまで質素な暮らしを徹底していようとは思わなかった。

「ミートボールを作ってきたんですよ」

佳代は包みを開けた。

「おお、久しぶりやね」

ばあちゃんが顔を綻ばせ、だんだん、と手を合わせた。だんだんとは、この地方の方言

であありがとうの意味だ。

早速、台所を借りてミートボールを温め、ついでに地野菜の秋鹿ゴボウでサラダを作り、最後に、けさ買ってきたとっておきのお土産をまな板にのせた。

コシナガだ。なかなか出回らない魚だというから買えるかどうか心配だったが、運よく市場に並んでいた。

以前、ばあちゃんから教わったように頭を落とさずにさばいてみた。なるほど、これはこれで合理的なさばき方で、手早く半身におろせる。おろした半身の皮を引き、最後の仕上げもばあちゃん流に身を角切りにしてから皿に盛りつけた。

「さ、食べてください」

座卓に料理を並べて佳代がすすめると、ばあちゃんは黙ってミートボールを口に運び、うん、と小さくうなずいた。が、コシナガには見向きもしない。佳代が意識してコシナガに箸をつけても知らんぷりしている。

しばらく二人とも無言で口を動かしていた。早く話を切りださなくては、とは思うのだけれど、なかなか切りだせないでいると、ばあちゃんに先手をとられた。

「親を捜しちょるそうやな」

不意討ちだった。

「あ、はい」

そう答えたきり言葉を吞み込んだ。

「退院するとき、家坂から写真を見せてもろてな」

家坂さんに預けたチラシのことらしい。

「つらい思い、したんやろな」

上目遣いで佳代を見る。その言葉が呼び水になった。いまこそ親子の話をしなければならない。そう思い定めて佳代は背筋を伸ばし、

「正志さんは、お母さんの思いをしっかり受け継いでいます」

勢い込んで告げた。今度はばあちゃんが言葉を吞み込んだ。

その隙を突いて、佳代は一気に語りかけた。正志社長が水名亭の二代目として、いかに頑張っているか。いかに創業の精神を受け継いで経営に精進しているか。そして最後に、いかに母親のことを気にかけているか、渾身《こんしん》の思いで伝えた。

ばあちゃんは箸を置いて俯《うつむ》いていた。なにを考えているのか、小さな背中を丸めてじっと黙りこくっている。

あたしの言葉は届いているんだろうか。不安になった。ばあちゃんは、あたしの言葉をちゃんと受け止めてくれているんだろうか。急に自信がなくなって、最後にもう一度たたみかけた。

「正志さんがどんな思いでお母さんを見守っているか、その気持ちだけはわかってあげて

ほしいんです。そして、どうか意地を張らずに正志さんのことを認めてあげてください」

それだけ言うと佳代は頭を下げた。あのときの正志社長と同じように深々と下げた。ばあちゃんが顔を上げた。その目はどこか遠くを見ていた。佳代は待った。ばあちゃんの言葉を待った。すると、ばあちゃんはふと頰に手をあてがい、

「佳代ちゃんの親なんだが、うちにきた気がするんだわ」

また佳代の話に切り替わっていた。

「違うかもしれん。違うかもしれんけど、あの写真の二人だと思うんだわね。二人ともぼろぼろの格好しちょった。コミューンやらがだめになったから雇うてくれ言うて、水名亭にやってきよった。なんでもやる、言うてな」

唐突な告白だった。

「けど、わしは断った。あんたらは、あんたらの理想のためにコミューンやらをはじめたんだがや？　いまの世の中はよくないことになっちょるけん、新しい世界をつくる言うてはじめたんだがや？　それがうまくいかんからて、すぐ逃げよるくらいやったら、最初からやらなんだらよかったがな。そう言うて断ったがね」

そのとき、女性は子を宿していたという。お腹の子のためにも、いま逃げたらいけん。あんたらは二人やないかね。二人で力を合わせたら、なんでもできるやないかね。そう言い聞かせて、ばあちゃんは餞別を包んで二人を追い返した。

「冷たい仕打ちゃったかもしれん。けど、あそこで突き放さなんだら二人はだめになる思うたけん、わしは突き放したがね。わしだって行商はじめた時分は幾度挫《くじ》けそうになったかわからん。けど、世間様から突き放されるほど心は燃え盛ったけんね」

ばあちゃんは唇を噛んだ。

佳代は黙っていた。どんな言葉を返しても嘘っぽく聞こえる気がして言葉にできなかった。ばあちゃんが続けた。

「だけん、正志も突き放してやらないかんと思うた。東京のホテルがどんだけのもんか知らんかったけど、新しいことをやるんやったら反対するもんがおらんといかんし、新しい水名亭をはじめるからには、わしがおったらいかん。従業員に示しがつかん。そう思うたがや」

わかるがや？　とばかりに佳代の目を見据えてきた。佳代もばあちゃんの目を見返し、思いの丈を込めて目顔でうなずいた。

ばあちゃんが、ふっと肩の力を抜き、それまでとは打って変わった静かな笑みを浮かべた。と同時に再び箸を手にしたかと思うと、

「どれ、呼ばれよか」

佳代に確認するように呟き、角切りにしたコシナガの刺し身をひょいと一切れつまみ上げた。

醬油をちょいとつけて口に運ぶ。そのまま目をつぶってゆっくりと味わっている。佳代は見守っていた。さまざまに去来する思いを反芻《はんすう》しながら黙って見守っていた。

やがてばあちゃんが、だれに言うともなくぽつりと言った。

「ああ、これがコシナガやがな」


松江を発つことにしたのは、それから二か月後だった。

本当ならもっと早く発ちたいところだったけれど、そうもいかなかった。調理屋の仕事を簡単にやめるわけにはいかなかったからだ。

松江で営業をはじめてまだ日が浅いというのに、湧之水温泉で働く人たちにとって〝佳代のキッチン〟は欠かせないものになっていた。それは佳代が思う以上に頼りにされていたらしく、和馬がやってきて『臨時休業』した日も、ばあちゃんの入院で『本日早退』した日も、佳代ちゃんどうしちゃったの？　とバス停付近で騒ぎになったほどだったという。

ありがたい話だと思う。ありがたい話ではあるものの、でも佳代としては困ってしまった。両親捜しのためにはじめた調理屋という仕事も、いまや佳代にとって天職と言えるほど大切な仕事になっているけれど、東京に戻らなくてはならなくなったのだ。

あの日、四十年ぶりにコシナガを口にしたばあちゃんが、水名亭を頼ってきた二人の後日談を語ってくれた。ばあちゃんが餞別を渡して追い返した二人から、しばらくして礼状が届いたというのだ。

二人はその後、東京の浅草《あさくさ》から程近い下町で暮らしていた。子どもも無事に生まれ、もう一度、すべてをやり直そうと頑張っている、と礼状には書かれていたという。

ばあちゃんの記憶に間違いがなければ、やはり二人は両親だ。佳代はそう確信した。佳代が育ったのは浅草の隣町、押上《おしあげ》なのだ。

そうとわかれば帰京しないわけにはいかない。両親がいなくなって一年後に引っ越して以来、押上には一度も行ったことがない。いや、行きたくなかったというほうが正しい。その意味でも、いま再び押上を訪ねることは、佳代にとって新しいステップを意味する。ただし、そのためには、みんなから頼りにされている湧之水温泉の〝佳代のキッチン〟を閉めなければならない。

どうしたらいいんだろう。

さすがに弱っていると、思いがけない救世主が現れた。

「私を跡継ぎにしてくれないかしら」

家坂さんがそう申し出てくれたのだ。ばあちゃんから佳代が悩んでいると聞いたそうで、

「これまで子育てしながら仲居の仕事を頑張ってきたけど、子どもも独立したことだし、そろそろ私も独立しようと思っていたところなの。私も料理は大好きだから打ってつけだと思って」

「でも水名亭の仕事は？」

「若い人が育ってきているから大丈夫。体力的にもきつくなってたところだし、正志社長も、湧之水温泉のみんなのためにもいいことだって言ってくれたし」

その後、息子と和解したばあちゃんも、また隣で魚を売りたいと言っているという。もちろん、もうリヤカーを引かせるわけにはいかないから、魚の仕入れのときは家坂さんが車に乗せて行くことにした。それならばと正志社長が、水名亭の送迎用に使っていた中古のマイクロバスを厨房車用に提供してくれた。

まさにとんとん拍子というやつだった。早速、佳代のアドバイスでマイクロバスの改造が進められ、厨房車に仕上がるまでの間、家坂さんは見習い調理屋として佳代の仕事を手伝ってくれた。

こうして二か月が過ぎ、家坂さんの厨房車が納車される当日に合わせて、いよいよ佳代は松江を発つことにしたのだった。

「姉ちゃん、気をつけて帰ってくるんだぞ。そのポンコツ、長旅には向いてないし」

けさも和馬から電話がかかってきた。和馬としても、いよいよ核心に近づいたという思いがあるのだろう。いつになく弾んだ声だった。

午前九時。湧之水温泉の入口に向かうと、バス停の脇に大きな厨房車が駐まっていた。ゆうべのうちに薄《うっ》すら積もった雪の中に、〝昌子《まさこ》のキッチン〟とペインティングされた赤い文字が鮮やかに浮かび上がっている。

「あたしの厨房車なんかより全然立派じゃないですか」

佳代は眩《まぶ》しい目で見上げた。佳代の厨房車と並んでいると親子のように見える。

「いくら大きくても、こっちはあくまでも〝佳代のキッチン〟松江支店だもの。今後とも、よろしくお願いいたします」

家坂さんが白い息を吐きながらお辞儀をした。

家坂さんの厨房車の隣には折りたたみテーブルが広げられ、トロ箱が並べられている。その横には佳代がプレゼントしたディレクターズチェアが置かれ、ダウンジャケットを着込んだばあちゃんが腰かけている。

「今日は松葉ガニのええのが入っちょるけん、持ってくとええ」

トロ箱を開けて一杯差しだしてきた。遠慮なくもらった。これで親子ともに、ばあちゃんから餞別をもらったことになる。

いろんなものが繋がっているんだと思った。こうしていろんなものが繋がって、いまのあたしがいるんだ。

まばゆい雪の上に並んだ二台の厨房車を見やりながら、佳代はひとつ深呼吸した。

第5話

井戸の湯

化粧はめったにしない。

といっても、別に化粧が嫌いなわけじゃない。厨房車に寝泊まりする暮らしをはじめて以来、生活費はなるべく節約したかったし、日々の忙しさに追われて女らしく装う気持ちの余裕も生まれなかっただけの話だ。

「佳代ちゃんはすっぴんでも十分きれいだから大丈夫よ」

そんなお客さんのお世辞にも後押しされて、結局、化粧ポーチは厨房車の棚に置きっぱなしになっている。

が、今日は朝から棚の化粧ポーチを下ろしてファンデを塗り、口紅を引き、眉まで描いた。軽めのナチュラルメイクではあるけれど、それでも、自分のメイク顔を見るのは久しぶりのことだった。

めずらしく化粧モードになったのには二つ理由がある。ひとつには、初冬らしい抜けるような青空が広がったこと。でも、それよりも大きいのは、今日はいよいよ押上の街へ入るからだ。

東京都墨田《すみだ》区押上。佳代の物心がついた四歳の頃には、この下町にいた。それから家族四人で暮らしたのは中学三年までで、両親がいなくなってからは一年ほど和馬と二人で暮らしていた。つまり幼少期から十七歳の春まで最低でも十三年間は押上にいたわけで、佳代にとってこの下町は、一応、故郷ということになる。

ただ、それはそれで事実なのだけれど、佳代の心の中には、故郷が懐かしいという思いと故郷が忌《いま》わしいという思い、二つの思いが同居している。好きだけれど目を背《そむ》けていたい。愛しいけれど思い出したくない。そんな相反する気持ちが渦《うず》巻《ま》いているものだから、和馬の中学校入学を機に逃げるように千葉県に引っ越し、以後、二度と近寄ろうとしたことはない。

その意味で、押上に足を踏み入れることは佳代にとってひとつの節目といっていい。両親が島根県の松江から押上に移転してきたことがわかった。が、押上からいなくなったあと、埼玉県の和光市、東京の西新宿、さらに神奈川県の横須賀へ移ったまではすでに判明しているから、行方を追うだけが目的ならわざわざ押上を訪ねる必要はない。

それでも今回は、あえて押上を訪ねるべきだと思った。再び押上と向き合うことでたとえ傷つくことがあろうと向き合わなければならない。そんな衝動に駆られた。

弟の和馬からは反対された。わざわざつらい思いをしにいくことはないだろう、と懸念を表明された。が、けさ方になって急に、

「姉ちゃん、何が起きても、めげるんじゃねえぞ」

と励ましの電話が入った。和馬にしてはめずらしいことだったから、

「大丈夫だよ。なんならあなたもこない？　同じ都内なんだから」

笑いながら誘ってみた。が、うん、という返事は返ってこなかった。和馬としても押上

には複雑な思いを抱えている。そういうことなのだろう。

午前十時過ぎ、一夜を過ごした静岡を出発した。一般道を使って沼津《ぬまづ》、小田原《おだわら》、藤沢《ふじさわ》、横浜《よこはま》、川崎《かわさき》と辿って都内に入り、品川《しながわ》、神田《かんだ》、浅草を経て押上まで全百五十キロほどの行程。高速を使わなくても午後三時には到着できると踏んでいた。

ところが、渋滞に巻き込まれたこともあり、神田に着いたのが午後五時過ぎ。おまけに箱根《はこね》の山越えを含んだ長距離走行が祟《たた》ってか、厨房車の調子がおかしくなった。それでなくても中古で買った軽ワゴンだ。松江からの道中も騙《だま》し騙し走らせてきたのだが、浅草を間近にしたあたりでついにエンジンが奇妙な音を立てはじめた。

お願い、頑張って。

祈るような気持ちでそろそろと走った。ガソリンスタンドで修理すると高くつくから、できれば押上の自動車修理屋に持ち込みたかった。町工場が多い押上には、鉄工所、配管工事屋、内装工事屋、板金塗装屋などのほか、自動車修理屋も何軒かあった記憶がある。

が、祈りは通じなかった。押上まであと一キロほどに迫った浅草の吾妻《あずま》橋交差点まできたところで厨房車が力尽きた。ぷすんぷすんと断末魔《だんまつま》の声が聞こえたかと思うと不意にエンジンが停止。かろうじて路肩には寄せられたものの、あとはもういくらエンジンキーを捻《ひね》っても始動しなくなった。

まいったなあ。

途方に暮れてガードレールに腰かけた。頬に当たる北風がいつになく冷たい。押上から徒歩圏内の浅草には、中学時代によく遊びにきたものだった。それが懐かしくてわざわざ浅草経由にしたのに、こんなことなら最短ルートにすればよかったと後悔した。

傍らの歩道には観光客が行きかっている。日本の団体客のほか欧米人や中国人など外国人もたくさんいる。ぼんやりとガードレールに座っている佳代が奇異に映るのか、じろじろ見ながら通り過ぎていく。

しょうがない、ＪＡＦを呼ぼう。ＪＡＦなら応急処置をしてくれる。ただ、佳代は会員じゃないからこれまた高くつく。結局高くつくなら早めにガソリンスタンドで見てもらえばよかった、とまたまた後悔してしまったが、このままでは日が暮れる。そうなるとますます面倒なことになる。

ポケットから携帯電話を取りだした。万が一のために登録してあるＪＡＦの電話番号を探していると、

「佳代っ」

だれかに呼びかけられた。顔を上げると目の前に人力車がいた。梶棒《かじぼう》を握っている法被《はっぴ》姿の車夫が、

「佳代、だよな？　おれ、わかるか？」

日焼け顔に笑みを浮かべて近づいてくる。

「鉄雄《てつお》？」

探るように尋ねると、車夫がこくりとうなずいた。途端に佳代は頬をゆるめた。こんな偶然があるんだろうか。小学校時代の同級生だった。

エンジンが動かない理由は、すぐにわかった。鉄雄がエンジンルームを覗き込み、工具を使ってごそごそやっていたかと思うと、

「プラグだな」

と告げられた。隅田川を渡った先にガソリンスタンドがあるから、そこで点火プラグを交換すれば動くはずだという。

「川向こうかあ」

佳代は嘆息した。

「大丈夫、ちょうど仕事が終わったとこだし、一緒に押してやるよ」

ちょっと待ってろな、と言い置いて五分ほどかけてどこかに人力車を置いてくると、

「よし、いくぞ」

法被姿のまま厨房車の背後にまわり、よいしょと押してくれた。佳代もハンドルで舵《かじ》を切りながら力いっぱい押すと、厨房車がのっそりと動きだした。

観光客が笑いながら見ている。それはそうだ。人力車夫が自動車を押しているのだか

ら、こんなおもしろい見世物はない。が、さすがは車夫だ。最初のうちこそのっそりだったものの、いったん動きだしたら思いのほかスムーズに転がりはじめ、夕暮れどきの浅草通りをどんどん進んでいく。

十分としないうちにガソリンスタンドに到着した。店員に事情を話して点火プラグを交換してもらったところ、鉄雄の見立て通りだった。イグニッションキーを捻るなり見事にエンジンが息を吹き返した。

「ありがとう。お礼にご飯でもご馳走させて」

「べつにいいよ、お礼なんて」

「そうはいかないよ、ほんとに助かったんだから。ご馳走っていってもファミレス程度だし、久しぶりに話もしたいし」

遠慮しないで、と肩を叩くと、

「佳代って移動レストランやってるわけ？」

厨房車を指さされた。

「じゃなくて調理屋さん。食材を持ってくればいかようにも調理しますっていう商売」

「へえ、だったら調理してご馳走してくれよ。佳代の手料理のほうが嬉しいし」

「そうか、だったらスーパーに食材を買いだしに行こうか」

ここからなら五分も走れば押上のスーパーに着ける。早速、鉄雄を助手席に乗せてガソリンスタンドを出発して、すっかり日が暮れた浅草通りを東へ向かった。

その瞬間、佳代は声を上げた。

「やだ、なにあれ」

通りの先のビルの合間に、やけに大きな塔がライトアップされて立っている。さっきは車を押すのに必死で全然気づかなかったのだが、

「なんだ知らないのか」

鉄雄に笑われた。あれが押上に建設中の新電波塔、東京スカイツリーだという。

「ああ、あれが」

話には聞いていたが、こんなに巨大なものだとは思わなかった。テレビも新聞もほとんど見ない佳代は、名前は知っていてもどんなものか本当に知らなかった。

「押上も変わったんだね」

しみじみと言った。かつての記憶とはまるで違うその光景に、あれから十余年の歳月が過ぎ去ったことを改めて思い知らされる。

「まあ実際、子どもの頃とはえらく変わったよな。つい五、六年前には不景気で商店街がシャッターだらけになっちまって、同級生もどんどん街を離れていった。で、この街もおしまいかと思ってたら、降って湧いたようなスカイツリー騒ぎだ。いきなり観光客が押しかけてくるんだから、変化が速すぎてびっくりしちまう」

「それで鉄雄も人力車を引くようになったわけ？」

鉄雄の実家は配管工事屋だったはずだ。

「いや、車夫はバイトなんだ。おれも配管工になって家業を継いだんだけど、うちにはスカイツリー騒ぎなんて全然関係なくて不景気のまんまだから、暇な日は車引いてるわけ。あれでけっこう稼ぎになるし」

実は二年前に結婚して、もうじき子どもが生まれる。それもあって頑張って稼いでいるのだという。

「えらいねえ。お父さんになるんだ。あ、だったら大丈夫？　外でご飯食べて帰って」

「なんだよ、そっちから誘っといて。久しぶりに佳代に会えたんだから、べつにどうってことないよ。けど、そうだ、どうせならスシテンを食いたいな」

「スシテン？」

佳代が首をかしげると、

「考案した本人が忘れちまったのかよ。小学生んとき作ってくれたじゃん」

それで思い出した。すっかり記憶から抜け落ちていたけれど、鮨《すし》の天ぷら、略して〝鮨天〟。文字通り、握り鮨に天ぷらの衣をつけて油で揚げた鮨の天ぷらだ。

あれは小学六年生のときだったろうか。ある日の深夜、めずらしく両親が折詰めの鮨を買って帰ってきた。が、佳代と和馬はとっくに夕飯をすませて寝入っていたため、両親は自分たちだけ食べて子どものぶんは冷蔵庫に入れておいた。

　その鮨が翌日、佳代たちが学校から帰るまで冷蔵庫に忘れられていた。試しに一貫食べてみたら、ネタの鮮度は落ちているし、シャリは冷えて固まっているしで、まるでおいしくない。といって捨てるのはもったいないし、どうしよう、と考えているうちに閃いた。魚も海老《えび》も天ぷらにすればおいしいんだから、これも天ぷらにしたらどうだろう。

　どうせおやつ代わりだし、と面白がってサクッと揚げて、ひと口食べて驚いた。鮨ネタにほんのり熱が入り、生とは違った旨みが広がった。硬かった酢飯もほっこり温かく、衣で酸味がほどよく抑えられて別のおいしさになっている。とりわけ佳代は真鯛と帆立《ほたて》貝柱が気に入った。鮪のトロも甘海老も素晴らしい。巻物はどうかと心配したが、鉄火巻もいける。パラリと塩を振ってそのまま食べてもいいし、天つゆをつけてもいい。タルタルソースをつけても、フレンチマスタードをつけても、胡麻《ごま》ダレをつけてもいける。

　こうして画期的な鮨天が誕生したその場に、実は鉄雄も居合わせていた。たまたま遊びにきていたときに作って一緒に食べたのだが、鉄雄はあの味が忘れられないという。

「だって握り鮨の天ぷらなんて、だれも作ってくれないぜ。嫁さんに言っても、そんなもったいないことって怒られるし」

　鉄雄は笑った。

「まあふつうはそうだよね。握り鮨が残るなんてことはめったにないし」

佳代も一緒に笑ってから、

「だったら、スーパーで売れ残ってるお鮨を買ってきて鮨天にしようか。握ってから時間が経って値引きされてるお鮨を使えば、もったいなくないし」

そう言った瞬間、右手に食品スーパーの看板が見えた。願ってもないタイミングと、すかさず佳代は右のウィンカーをだした。


翌日の夕方、佳代は藤乃湯《ふじのゆ》を訪ねた。押上四丁目の奥まった路地沿いにひっそりと佇むこの銭湯には、両親がいなくなるまでいつも通っていた。

子どもの時分から内風呂のないアパートに住んでいた佳代たちにとって、藤乃湯は自分ちのお風呂も同然。番台を守っている女将さんはもちろん、同じように藤乃湯に通ってくるお客さんも大半が顔見知りだった。

ただ、両親がいなくなってしばらくして、アパートからかなり離れた別の銭湯に通うようになった。両親から見捨てられた、という自分たちの境遇を知る人たちに会いたくなかったからだ。そうした人たちに囲まれて生活していくことに耐えられなかった、と言い換えてもいい。

あのときの心境をどう説明したらいいのだろう。改めて振り返ってみれば、当時の佳代には不思議と両親を恨《うら》んだり憎んだりする気持ちはなかった。ふつうなら恨んだり憎んだりするもんじゃないの？　と訝《いぶか》しがる人もいるだろう。それでも佳代にしてみれば、恨んだり憎んだりするより先に、毅然《きぜん》として前向きに生き抜いて見返してやりたい。そんな気持ちのほうがはるかに強かった。

子どもにも子どもなりのプライドがある。両親に見捨てられた可哀相な姉弟、という視線には強い反発を覚えた。あたしたちは両親から見捨てられるようなダメな子じゃない。そんな自尊心の裏返しで、あたしたちは両親なんかいなくてもきちんと生きていける、だから助けなんかいらない、と頑《かたく》なになった。

いまにして思えば、健気と意固地が同居した面倒臭い子だった気がする。そこまで力瘤《ちからこぶ》をつくらずに、だれかに助けを求めてもよかったんじゃないの？　と昔の自分を諭したくもなる。が、それが佳代という女の子だった。そして、そうした思いに真っ先に直面させられたのが藤乃湯という公共の場なのだった。

あれから十五年、まだ藤乃湯はあるだろうか。銭湯という商売が成り立ちにくい昨今だけにちょっと心配だったが、いざ訪ねてみると当時と変わらない古びた瓦《かわら》屋根にひょろりと細長い煙突を突き立て、何事もなかったように営業していた。

暖簾をくぐって下駄箱に靴を預け、木札の鍵を手に女湯に入った。脱衣所も当時と変わらない板の間になっている。となれば女将さんも？　と番台を見ると、案に違《たが》わず女将さんも当時のままだった。いや、正確には当時より十五年ぶん老けてはいたけれど、ぽっちやりした丸顔にエプロンを着けて招き猫のように番台に座っていた。

「お久しぶりです」

湯銭を差しだして声をかけると、

「やだ、佳代ちゃんかい？　えらくまあべっぴんさんになっちゃって」

一瞬の間はあったものの、女将さんはちゃんと覚えていてくれた。

とりあえずほっとして、まずは入浴することにした。ゆっくりお湯に浸かってリラックスしたら、今日は女将さんにお願い事をしなければならない。

藤乃湯のお湯には、ちょっとした特徴がある。東京の下町には、いまだに井戸水を使っている地域がけっこうあるのだが、藤乃湯では井戸水を沸かして湯船に満たしている。飲んでもおいしい水なので、女将さんに頼めば冷蔵庫に冷やしてある井戸水を飲ませてもらうこともできる。佳代もたまに風呂上がりに飲ませてもらった記憶があるが、そんな昔のよしみで井戸水を調理用に分けてもらえないかと思った。

それともうひとつ、藤乃湯の玄関前には広い路肩スペースがある。そこに厨房車を駐めて営業させてもらえないか頼もうと思った。銭湯の前ならお客さんもつきやすいし、なにかと便利がいい。

ただし、藤乃湯の前で営業していれば当然ながら、当時のご近所さんや顔見知り、あるいは同級生にも再会するはめになるだろう。いい意味での再会だけでないことは言うまでもない。が、軋轢《あつれき》があればあったで、それは受けとめるしかない。そうした過去と向き合うことが今回の目的なのだから、佳代としてはそう割り切ることにした。

ペンキ絵の富士山を眺めながら、なつかしい井戸水の湯に浸かった。素肌にさらりとやさしいお湯の中に、昨日までの長旅の疲れがじんわりと溶けだしていく気がした。考えてみれば、かつてはこんなにのんびり入浴したことがなかった。夕飯の買い物ついでに立ち寄り、黙々と体を洗ってそそくさと帰ったものだった。

身づくろいをすませたところで改めて番台の女将さんに声をかけた。

「実は、しばらくこの街に滞在することになったんです。またお世話になります」

「あらま、それは嬉しいねえ。けど、どこに住むんだい？ 里中荘《さとなか》もなくなっちまったし」

「そうなんですよね。さっき見にいってびっくりしました」

佳代たちが住んでいたアパート、里中荘は、藤乃湯から歩いて十分ほどの路地裏にあった。が、いまはその一帯がそっくり大きなマンションに建て替わっている。

「地上げされたのよ。スカイツリーなんてもんができるから、ここいらに住みたがる人が増えてきてね。おかげで家賃や土地も値上がりしはじめたし、内風呂つきの家も増えてきてうちのお客さんは減る一方で、お年寄りばっかりになっちゃった」

小さく嘆息して肩をすくめている。

それならば、と思いきって井戸水と営業場所の交渉をしてみた。お年寄りが多いのなら調理屋は重宝してもらえると思うし、生活の手助けにもなるはずだからと。

「ああ、それはいいわね。全然かまわないわよ、お客さんも喜ぶと思うし」

女将さんは即座に了承してくれた。とりあえず半年間、と期限を切ったのもよかったのか、あっけないほど簡単だった。

事情を詮索される覚悟もしていたが、それもなかった。銭湯という商売柄、お客のプライバシーに踏み込みすぎない気づかいが身についているせいだろうか。佳代の両親についてもまったく触れないものだから、逆にこっちから聞きたい衝動に駆られたほどだった。が、慌てないほうがいい。まずは調理屋の仕事を通じて徐々に過去に踏み込んでいったほうがいい。

「じゃあ、早速、明日からお願いします」

佳代が丁重にお辞儀をすると、

「そういや和馬くんは元気かい？」

と問われた。弟のことを聞くぐらいなら大丈夫だと思ったに違いない。

「いまは新聞記者をやってます」

こっちも当たり障りなく答えた。

「あらら、あの泣き虫が、ずいぶんと出世したもんだねえ」

女将さんは目を細めて微笑んだ。

こうして営業をスタートさせた〝佳代のキッチン〟は、予想以上の盛況となった。最初のお客さんは、頭にネットをかぶった小柄なおばさんだった。開店時刻の午後二時。藤乃湯の前に駐めた厨房車のサイドミラーに、『いかようにも調理します』と記した木札を掛けると同時に、

「弁当屋さんかい？」

と声をかけられた。

いえ違うんです、と趣旨を説明しようとした途端、あらあんた、佳代ちゃんじゃないかい？　と名前を呼ばれた。それで佳代も気がついた。おばさんは、藤乃湯の近くに住んでいる吉永《よしなが》さんだった。子どもの頃もよくお風呂で声をかけてくれたものだった。

その再会が繁盛のきっかけになった。面白がった吉永さんがすぐさま近所に触れまわってくれたおかげで、物見高い人たちから注文が舞い込みはじめた。午後四時に藤乃湯が開店すると、入浴にきたお年寄りたちも興味を示してくれた。女将さんも番台で宣伝してくれたようで、湯上がりにわざわざ食材を買ってきて注文してくれる人までいた。

日が暮れてからは、どこで聞きつけたのか、エリカとマヤというかつての同級生もやってきた。二人ともすでに結婚していて、いまも地元で暮らしているという。しかも驚いたことに、スーパーの二割引きになった握り鮨を差しだし、

「ねえ、鮨天作って」

と注文された。どうやら、あの日、佳代の鮨天を食べた鉄雄が同級生に吹聴《ふいちょう》してまわったらしい。

この注文がほかのお客さんにも飛び火した。世の中、何が幸いするかわからない。厨房車の前で揚げ立ての鮨天を頬張っているエリカとマヤを見たお客さんが、同じものを作ってほしいとスーパーで値引きされている握り鮨を買ってきたのだ。その揚げ立ての鮨天が番台の女将さんにお裾分けされ、あらこれおいしい！　と女将さんも絶賛してくれたものだから鮨天の評判が一気に広まった。

「これって回転鮨でも作ればいいのにね。回転鮨って、ぐるぐる回りすぎたお鮨を捨てちゃってるけど、あれってもったいないじゃない」

「そうだよね。生じゃ出せなくても天ぷらに揚げれば十分おいしく食べられるんだから、ねえ佳代ちゃん、鮨天の特許をとっちゃったらどう？」

「そうだよ、それいいよ。この際、押上名物ってことにしてスカイツリーの近くで売ったら絶対儲かるし」

といった皮算用まで飛びだし、瞬く間に鮨天は佳代のキッチンの名物料理になってしまった。

思いがけないほど順調な滑りだしだった。心配した軋轢が起こることもなかったことか

ら、これには安堵して和馬に電話したところ、

「姉ちゃん、思いきって鮨天チェーンでもはじめちゃえば?」

とそそのかされた。

「ほんと、いけるかもしれない。おかげで昔の顔馴染みとも上手に再会できたし、鮨天さまさまだよね」

この騒ぎに乗じてだれかに当たりをつければ、両親の新たな情報も探りだせるかもね、と言い添えると、

「だれかにって、だれにだ?」

不意に和馬が声を低めた。

「それはわからないけど」

「姉ちゃん、そっちについてはあんまり期待しないほうがいいぜ。おれたちにとっちゃ良くも悪くもそこは故郷だけど、親にとっちゃ腰かけの街だったんだ」

押上でわかる情報ならとっくにわかっているはずだし、期待しすぎると落胆も大きい。それは心したほうがいい、と牽制された。

「そんな後ろ向きなこと言わないでよ。あなたが押上に近づきたくない気持ちもわからないじゃないけど」

「だけど、もう里中荘だってないんだろ?」

「マンションになってた」

「だったら、ますます無理だと思う」

「とにかくあたしは頑張ってみる。とりあえず半年間は銭湯の前で営業できるわけだし」

諭すよう言ったものの、

「蜜月《みつげつ》は長く続かないって、よく言うじゃん。そこそこにしといたほうがいいよ」

和馬は最後まで牽制し続けた。


寝泊まりする場所は、荒《あら》川の河川敷《かせんしき》を選んだ。

押上で川といえば目と鼻の先に北十間《きたじっけん》川、八百メートルほど先に隅田《すみだ》川がある。が、どちらも住宅密集地のぎりぎりを流れていて、寝泊まりするには目立ちすぎる。その点、二キロほど離れた荒川は河川敷も広く、ホームレスの人たちもたくさん暮らしている。厨房車を駐めて一夜を過ごすには打ってつけだと思った。

午後八時にサイドミラーの木札を引っ込めたら藤乃湯で汗を流す。それから河川敷に移動して、夜の川面《かわも》を眺めながらのんびりと晩酌する。鮨天が人気を博したおかげで多少は実入りも増えたことから、それが毎日の楽しみになった。

鉄雄も何度か遊びにきてくれた。鮨天を家に持ち帰ると奥さんに叱られるからと、人力車のバイトの日は決まってスーパーの売れ残り鮨を手に河川敷にやってきて、佳代と二人で鮨天酒盛りを楽しんだ。

考えてみれば小学生の頃も、鉄雄はよく佳代のアパートに遊びにきたものだった。鮨天が誕生したのもまさにそんなときだったし、鉄雄とはなぜか馬が合った。そして、あれから二十年経った河川敷の酒盛りでもそれは同じだった。子どもの頃さながらに二人で食べて飲んで馬鹿話を繰り広げたところで、そんじゃな、と鉄雄は帰っていった。男と女が二人きりで会っているというのに、やけにあっけらかんとしたものだった。

朝は目覚めると同時に河川敷を散歩した。河川敷には運動場も整備されているから、ゆるゆるとジョギングしたり、土手に上がって対岸の四つ木《よぎ》の街並みを眺めたりして朝のひとときを楽しんだ。

ときに土手の上で漫才の稽古をしている二人組にも出会った。大仏さんみたいな大男と小柄でかわいい女の子が丁々発止《ちょうちょうはっし》とやりとりする合間に、女の子がパシッと大男の頭を叩いて突っ込んだりしている。その一生懸命な稽古風景は傍から見ているだけでも、いいコンビだな、と微笑ましくなった。

こうしてリラックスした日常生活を送っていると、調理仕事にも好影響が生まれる。鮨天に加えて肉ジャガやヒジキの煮付け、鯖《さば》の味噌煮やおでんといった定番のおかずも次第に評判を呼ぶようになり、途切れることなくお客さんがきてくれるようになった。藤乃湯の常連さんや近所の人たちはもちろん、エリカやマヤなど同級生の友人知人まできてくれるようになった。

このぶんなら、そろそろ両親の話を持ちだしても大丈夫かもしれない。調理屋の営業をはじめて三週間が過ぎたが、鉄雄をはじめ佳代の過去を知る人たちは、いまだ両親のことには触れないでくれている。和馬に牽制されたこともあり、佳代からも触れないできた。が、この雰囲気なら、こっちから聞いても大丈夫じゃないだろうか。ここにきてようやく、そう思えるようになった。

ところが、だった。佳代の心境とは裏腹に、鮨天の人気が爆発して以来順調だった調理屋の仕事に異変が起きた。四週間目に入った頃から、それまでとは一転、急にお客さんが離れはじめたのだ。まさに和馬の言葉通り、蜜月は長く続かなかった。

まず顔を見せなくなったのは同級生のエリカとマヤだった。最初は同級のよしみでやってきてくれたものの、すぐに調理屋佳代のファンになってまめに通ってくれていた。とりわけ、二児の母でありながら家業の洋品店を切り盛りしているマヤは、

「いつもスーパーの総菜ばっかり買ってたんだけど、調理屋って最高だよ。家族にちゃんとした手料理を食べさせてあげられるし」

と感激して毎日通ってきていたのに、ある日を境に何の音沙汰《おとさた》もないまま顔を見せなくなった。

それはマヤだけではなかった。エリカやその友人知人も同様で、なぜかぱったりこなく

なった。みんな急に忙しくなったんだろうか。エリカもマヤも子持ちのうえ、それぞれに家業を手伝っている。一時的には佳代のところに通えても、時間的にも金銭的にも、そうそう調理屋ばかり利用するわけにはいかないのかもしれない。当初はそう考えた。

が、すぐにそうではないと悟らされた。時を同じくして藤乃湯の常連さんや近所の顔見知りからも注文が入らなくなったからだ。営業開始の直後に声をかけてくれた吉永さんですら、目を伏せてそそくさと厨房車の前を通り過ぎていく。これはどう考えても、忙しくて注文できないとか、調理代を節約しているとか、そんな単純な話ではない。

結局、注文してくれるのは振りのお客さんだけで、だれもが申し合わせたように佳代のキッチンに寄りつかなくなった。おかげで一日営業していてもパラパラと何件かの注文が入るだけで、あの人気が嘘のように暇を持て余すようになった。

何が起きたんだろう。

首をひねりつつも営業を続けた。それでも状況は変わらないままだった。いったい何が起きたというのか。そういえば、ここしばらく鉄雄も顔を見せていない。

さすがに危機感を抱いて、意を決して藤乃湯の女将さんに聞いてみることにした。女将さんだけは、唯一、いつも通り接してくれていたことから、井戸水を分けてもらいに行ったついでに、さりげなく切りだしてみた。

途端に女将さんは眉を曇らせた。

「つまらない噂が立ってるみたいでね」

「噂？」

すかさず問い返すと、

「いや、あたしは詳しいことは知らないんだけどさ」

女将さんは言葉を濁した。


その日、佳代は営業を休んで浅草へ出掛けた。浅草はいつも駐車場が混んでいるから、厨房車は押上の駐車場に置いて徒歩で向かった。

出掛けに、ふと化粧ポーチに手を伸ばしかけた。が、すぐに手を引っ込め、すっぴんで行くことにした。

鉄雄に会って話したいと思った。昨日、携帯に電話したが出てくれなかった。そこで思いきって実家の配管工事屋を訪ねたところ、当分留守だと言われた。行き先を聞いてもわからないという。だったら浅草で人力車を引いているのかもしれない。そう思いついて直接出向くことにしたのだった。

浅草通りから雷門《かみなりもん》通りに入り、雷門の前まで行ってみた。観光用の人力車ならそこにいるだろうと当たりをつけたのだが、案の定、十台近い人力車が列をなして観光客を呼び込んでいた。

佳代が子どもの頃は人力車などほとんど走っていなかったが、いつからこんなに増えたんだろう。料金は時間とコースに応じて一人五千円から一万八千円まで。人力車に乗せて観光案内するだけでこの料金なら、なるほど、鉄雄が言っていたようにいい稼ぎになりそうだ。

が、鉄雄はいなかった。ひょっとしたらお客を乗せている最中なのかもしれない。ぼんやりと一時間ほど待ってみたものの、やはり鉄雄は現れない。別のルートで営業している可能性もある。新仲見世《しんなかみせ》商店街から六区《ろっく》のほうにも足を延ばしてみたが、それでも同じことだった。

無駄足を踏んでしまった。落胆しながら花やしき前から公園本通り商店街へ歩いていくと、まだ昼だというのに、ずらり並んだ居酒屋が早くも営業している。『ホッピー、モツ煮込み有ります』という文字につられて、ふらふらと一軒の店に入った。

おすすめのホッピーとモツ煮込みを頼んだ。歩きまわって渇き切っていた喉に、ほろ苦いホッピーが沁《し》み込んでいく。人心地がついてほっとした反面、昼間から居酒屋に入ってしまった自分にふと後ろめたさを感じた。

この気持ち、以前にも味わったことがある。

中学生の頃だった。あの頃は昼休みに中学校を抜けだしては一人で浅草まで歩いてきた。そして夕方まで、なにをするでもなく浅草の街をぶらついていた。お金はないから店には入れなかったけれど、地方や欧米からやってきた観光客の人波に紛れてあてもなく歩いていると、なぜか安堵に包まれると同時に、あたしって悪い中学生なんだ、という後ろめたさも覚えたものだった。

当時、佳代は孤立していた。中学校に入って半年ほど経ってからだろうか、ある日突然、クラスメートから距離を置かれた。

理由はわからない。だれも教えてくれなかったし、ある時点から佳代自身が知ろうとすることをやめてしまったから、いまだ理由はわからないままだ。が、とにかく、クラスのみんなが佳代と接しようとしなくなった。それまで仲が良かったはずの友だちも佳代を遠巻きに眺めているようになった。

そんな友だちの中には、そうだ、エリカとマヤもいた。小学生の頃は大の仲良しだった彼女たちまでも、佳代とは唐突に雑談すらしなくなった。

鉄雄は別のクラスになっていたから、そもそもめったに顔を合わせなくなっていた。中学生ともなれば男子と女子の関係も変わってくるから、小学生の頃のように頻繁に家に遊びにくることもなくなっていた。が、いまにして思えば、たまに顔を合わせたときの鉄雄もよそよそしい態度だった。というより男子の場合は、女子の目を気にして佳代を避けるようになっていた気がする。

ただ、そうした状況を、いじめ、と一括りにされてしまうと佳代には違和感がある。いじめというよりは、みんなが佳代と関わり合いになるのを恐れていた。佳代を腫《は》れものに触るように扱っていた。そんな感覚のほうが近い。

だから佳代としても、あえて自分からアプローチすることをやめてしまった。登校拒否とか引きこもりとか、自分を閉じてしまったわけではない。当時の佳代には閉じこもっている余裕などなかった。学校で何があろうが、帰宅したら母親代わりの家事が待っていた。和馬という家族の面倒を見るのに精一杯、という現実を抱えていては閉じるどころではなかった。

それでも、ときに心が折れそうになることがあった。そんなときは、ひょいと学校を抜けだし、ふらりと浅草にやってきた。そして安堵と後ろめたさの狭間を行き来しながら心の均衡を保とうとしていた。

あの頃と同じだと思った。いまこうしてホッピーを口にしてるあたしって、あの頃のあたしにそっくりだ。

久しぶりに舞い戻った故郷で、みんながすんなり受け入れてくれた。あの頃のことはもう過去なんだ、と思いかけていたところだったのに。期待しすぎると落胆も大きい。和馬から言われた言葉が改めて身にしみた。

やりきれない思いに押し潰されそうになりながらホッピーのグラスを見つめていると、ポケットの中で携帯が震えた。

着信を見ると、鉄雄からだった。

一時間後、鉄雄と会った。

地元に近い場所だと面倒が起きるかもしれない。そう言われたものだから、地下鉄に乗って上野公園で落ち合った。

上野公園は閑散としていた。平日でも観光客があふれている浅草とは対照的に、ぽちぽちと人影が見られる程度。ここならだれかに話を聞かれることもないだろうと鉄雄は考えたらしい。

初冬にしては暖かい日射しの中、二人並んで園内を歩いた。鉄雄はグレーの作業着姿だった。佳代が聞いた話とは違って今日は配管仕事だったという。仕事先から家に電話を入れて佳代が訪ねてきたと知ったそうで、

「怒られちまった」

と苦笑いした。

「どうして？」

訳を尋ねると、鉄雄はふと立ちどまり、近くにあったベンチに腰を下ろした。佳代も隣に座った。目の前には大きな噴水池がある。

しばらく鉄雄は黙っていた。妙な空気だった。周囲の人たちの目からは、午後の陽だま

りでくつろいでいるカップルにしか見えないかもしれないが、困惑する佳代の隣で鉄雄がいつになく緊張している。

やがて鉄雄は静かに息を吐いてから、

「おれと佳代は不倫してることになってる」

覚悟を決めたように呟いた。

「不倫？」

佳代はくすっと笑った。思いがけない話だった。が、鉄雄は硬い表情を崩さない。

「だれかに見られてたらしくてさ。二人きりで何時間も厨房車にこもってた。それも一度や二度じゃないって」

「そんなの、酒盛りしてただけなんだから違うって言えばいい話じゃない。だれよ、そんな出鱈目を言いふらしてるの。なんならあたしが奥さんに証言してあげようか？ 二人で馬鹿話してただけだって。いまから言いにいったっていい」

佳代が立ち上がろうとすると、

「そんな単純な話じゃないんだ」

鉄雄は唇を嚙んだ。

「どう単純じゃないのよ」

くだらない噂話に、なに深刻ぶっているのかと思った。しかし鉄雄は、もう一度、長い

息を吐いてから、

「その後、エリカとマヤには会ったか？」

と聞く。佳代は首を左右に振り、ぱったりこなくなった、と答えた。

「ほかのお客さんは？」

同じように首を振ってみせると、鉄雄は、また口をつぐむ。たまらずなじった。

「もう、なんだっていうのよっ。わけわかんないよっ。言いたいことがあるならちゃんと言ってっ」

噴水池の前を通りかかった老夫婦がこっちを見ている。痴話《ちわ》喧嘩でもしていると思っているのだろう。

それでようやく鉄雄も腹を決めたらしい。

「昔を知ってる人たちの間では、母親が母親なら娘も娘ってことになってる」

低い声でそう呟いた。

「母親って、あたしのお母さんのこと？」

即座に問い返すと、鉄雄がこくりとうなずいた。

「つまり、あたしのお母さんが不倫してたって言いたいわけ？」

「ていうか」

また黙り込む。だが、佳代としてもそれ以上は聞けなかった。

混乱していた。まさかここで母親を持ちだされるとは思わなかった。両親の話はあえてしないようにしていたのに、鉄雄も、あの町の人たちも、あたしが知らない何かを知っている。そう思うと急に空恐ろしい気持ちになってきた。

沈黙は続いた。嫌な沈黙だった。何か聞かなければ、とは思うのだけれど、何を聞いたらいいか、それが佳代にはわからなくなっていた。

沈黙を破ったのは鉄雄のほうだった。ふと作業ズボンのポケットに両手を突っ込んだかと思うと、

「おれ、佳代が好きだった」

唐突な告白だった。

「佳代のことが好きで好きで何度告《コク》ろうと思ったかわからない」

佳代は俯いた。なにそれ、と思った。いまごろ昔の思いを告ってどうしようというのか。それでも鉄雄は続けた。

「その気持ちはずっと同じだった。ずっと同じだったけど、ただ」

そこで言葉をとめた。言葉をとめたまましばらく考え込んでから、改めて佳代に向き直った。

「ごめん、やっぱ、これ以上は話せない。大家さんに聞いてくれるかな。佳代が昔住んでた里中荘の大家さん、いま亀戸《かめいど》で暮らしてる」

上野から押上まで、とぼとぼ歩いて帰った。距離にして三キロ近くあるのだけれど、一人で歩いて帰りたかった。

途中、歩きながら涙がこぼれた。そんなつもりじゃなかったのに、寂しくて、悔しくて、涙がとまらなくなった。

いまさら昔好きだったなんて言ってほしくなかった。やけに馬が合う故郷の男友だちのままでいてほしかった。

鉄雄から告白されるまでもなく、佳代だって鉄雄が好きだった。お嫁さんになりたい、とずっと願っていたほど大好きだった。そして正直に言ってしまえば、今回、思いがけなく再会してまた好きになった。たくましい車夫スタイルには乙女のようにときめいたし、奥さんがいると聞いたときは心の底から落胆したし、それでも、二人きりの酒盛りで馬鹿話に興じているときはこっちから抱きつきたくなるほど愛しくなった。

なのに鉄雄は、佳代が知らないもうひとつの目で佳代を見ていた。母親が母親なら娘も娘、という視線でとらえていた。

そこにどういう意味が含まれているのか、それはいまだ佳代にはわからない。でも、子どもの頃からいまに至るまで、鉄雄がもうひとつの目を持ち続けていたこと自体がショックだった。そんな鉄雄から、昔好きだったなんて告られたところで嬉しいわけがないし、というより初めて鉄雄が嫌いになった。

結局、あたしは傷つけられるために戻ってきたんだろうか。傷つけられるために鉄雄と再会したんだろうか。

「姉ちゃん、何が起きても、めげるんじゃねえぞ」

押上に入る日の朝、和馬から釘を刺されたけれど、なぜあたしはわざわざ押上に戻ってきたんだろう。いまさらながら虚しい後悔が湧きあがる。

夜になって和馬に電話を入れた。いつもの河川敷に厨房車を移動して、周囲が夜の闇に包まれたところで携帯の発信ボタンを押した。

本当は電話などしたくなかった。でも、電話しないわけにはいかなかった。コール三回で和馬が出た。今夜はめずらしく仕事が早く終わって家でビールを飲んでいるところだという。

「どう？　久しぶりの故郷は」

早速、問われた。

「なんとか調理屋を頑張ってる」

「そうじゃなくて、押上の人たちとはどうって聞いてんだけど」

「まあまあかな」

「まあまあ？　なんだよ、その曖昧《あいまい》な答え」

「ていうか」

「正直に言えよ、やっぱ後悔してんだろ」

「そんなことないよ」

「嘘つけ」

「嘘じゃない」

「嘘だよ、そうやって姉ちゃんがムキになるときって絶対に後悔してる。そうだろ？」

けっこう飲んでいるのか、いつになく粘っこい和馬だった。が、その問いには答えないまま逆に問い返した。

「変なこと聞くけど、お母さんが不倫してたとか、そんな噂って聞いたことある？」

「なんだよ急に」

「母親の不倫の噂を聞いたことはないかって実の姉が聞いてるの。答えて」

語気を強めると、

「不倫ねえ。そう表現しちまうと生々しいけど、まあ実の弟の記憶では、だれとでもフレンドリーだったのは確かかも」

「だれとでもフレンドリー？」

「だってほら、お袋って人気あったじゃん。板金屋の兄ちゃんとか、蕎麦屋の親父とか、近所の男どもからもよく声かけられてたじゃん」

「そうだったっけ」

「そうだよ、けっこうモテてたよ。若い頃の写真だってかわいいほうだし」

佳代は、いつもの写真を思い浮かべた。あの写真を見てモテるモテないなんてことは考えたこともなかったけれど、言われてみればかわいいかもしれない。

「あと、知らないおじさんとかと、よく食事したりしてたし」

「知らないおじさんと?」

「ああ、姉ちゃんはわかんないか。姉ちゃんが遠足んときとか、校外学習んときとかは、おれ一人にしとけないからって、お袋と一緒に出掛けたりしてたんだよな。そういうときによく、知らないおじさんと会ってた」

「やだ、そんなこと初めて聞いた」

「そうだっけ。まあわざわざ言うことじゃないし」

「それってお父さんは知ってたわけ?」

「さあ、どうなんだろ。おれは子どもだったからよくわかんないけど、でもあれが不倫だったってこと? 子ども連れで不倫なんてありかよ」

苦笑している。

「あくまでも噂だって」

「けど複雑だよなあ、もしお袋が不倫してたら。幸い、おれはラブホまで連れてかれたことはなかったけど」

「やめてよ、そういう冗談」

「姉ちゃんが言いだした話じゃないか。けど早い話が、押上じゃうちのお袋の不倫話で持ちきりってこと？」

　急に真面目な声になった。

「ていうか、詳しいことはわかんないんだけど、少なくともお母さんのことで娘のあたしも特殊な目で見られてることは確かみたい」

「特殊な目かあ」

　ため息をついている。その困惑した声を聞いて、ようやく佳代は切りだす気になった。

「ひとつ調べてくれない？」

「何を」

「昔住んでた里中荘の大家さん、覚えてるよね」

「白髪《しらが》のおばさん」

「いまは白髪のお婆さんになってるかもしれないけど、亀戸に引っ越したらしいの。住所を知りたい」

「だから姉ちゃん、いつも言ってるだろ、新聞記者は探偵じゃないって」

「じゃあ探偵になって調べて」

「なこと言われても」
「とにかくよろしくっ」
そう言い置くなり、返事を待たずに電話を切った。

亀戸と聞いて、佳代はずいぶんと遠い町だと思っていたのだが、実際に訪ねてみると押上から二キロほどしか離れていなかった。

中学生の頃までの行動範囲なんて狭いものだから、本所《ほんじょ》、浅草、ちょっと足を延ばして錦糸町《きんしちょう》ぐらいしか佳代は認識していなかった。が、いざ厨房車で走ってみると、ほんの十分も走らないうちにJR亀戸駅に着いてしまった。

駅近くの駐車場に厨房車を置き、さらに十分歩いた先に目指す家はあった。閑静な住宅街に立つ大きな一軒家。里中荘は地上げされたと聞いているから、そのお金で建てた家なのかもしれない。

インターホンを押すと、はい、と年配女性の声が返ってきた。インターホンのカメラを意識して笑顔をつくり、押上のアパートでお世話になった佳代です、と告げた。すると、顔を確認していたのだろう、しばらく間を置いてから、年配女性は急に甲高い声になった。

「まあ佳代ちゃんっ。どこでどうしてたのよっ。ずっと捜してたんだからっ」

すぐにドアが開き、想像した通り白髪のお婆さんになった里中さんが現れた。かつてはふっくらしていた顔立ちも、十五年ぶんの皺が刻まれたせいか、かなりしぼんだ印象で、背丈も以前より小さく見える。

「久しぶりに押上を訪ねたら引っ越されたと聞きまして」

ご挨拶がてらお邪魔しました、と菓子折りを差しだすと、

「もう、他人行儀なことはいいから、ほらほら、早く上がって。あたしも渡したいものがあるのよ」

相変わらずの一人暮らしで散らかってるけど、と言いながら客間に通された。

床の間つきの大きな座敷だった。中央には黒塗りの座卓が置かれていて、分厚い座布団をすすめられた。

「えらくきれいなお嬢さんになっちゃったわねえ。結婚は？　あらまだなの？　まったくなにしてるのかしらねえ、近頃の男どもは」

そう言って肩をすくめると、お茶を淹れてから座卓の向かいに座った。

「和馬くんは？　へえ、新聞記者になったの。それはよかったわねえ、あの泣き虫坊主が立派に成長して。和馬くんも独り？　それはもったいないわねえ。姉弟そろって独身なんて、もっと頑張らないと。和馬くんに彼女は？」

矢継ぎ早に問いかけてくる。

立派な家に住んでいても、その屈託のない喋り方は、おんぼろアパートの一室に暮らす

大家さんだった頃とちっとも変わっていない。いまは調理屋という仕事をやってるんです、と説明したときも、

「佳代ちゃんは料理上手だったからねえ。亀戸でやってくれたら、あたしなんか毎日注文しちゃうのに」

と嬉しそうに持ち上げてくれた。

そういえば、両親が帰ってこなくなってからも里中さんにはどれだけ助けられたかわからない。姉弟二人だけ取り残されたと知っても、やたら騒ぎ立てることも変に同情することもなく、いつも通りの屈託のない笑みを浮かべて、

「大丈夫よ、佳代ちゃんさえしっかりしていればちゃんとやっていけるから」

さらりと励ましてくれたものだった。

ほかに身寄りのない佳代たちのために捜索願を出してくれたのも、中学の先生に窮状を伝えて給食センターの仕事に繋げてくれたのも、いまにして思えば里中さんだった。里中さんの気さくで冷静な対応のおかげで、佳代たちは毅然とした態度で前向きに生きてこられた、と言っても過言ではない。

結果的には一年後に里中荘を出てしまったけれど、それはけっして里中さんを嫌ったからではない。姉弟二人で一年間頑張って佳代が十七歳になったとき、これでもう二人だけでやっていけると自信がついた。いつまでも里中さんのやさしさに甘えて両親の面影が宿

る部屋で暮らしているよりは、思いきって自立すべきときだと考えたからだった。

「だけど、あれから十五年も経つんだわねえ」

佳代たちの近況をひとしきり報告したところで、里中さんがふと遠くを見た。

「おかげであたしも三十路に突入しちゃったものですから、実は、この際、きちんと知っておきたいと思ったんです」

そう告げてから改めて居住まいを正すと、

「あたしたちの両親について教えてください」

初めて両親という言葉を口にした。里中さんが顎を引いた。

「あの頃、里中さんは、あえて何も言わないようにしていたんだと思います。でも、あたしも大人になりました。両親のことを話していただけないでしょうか」

里中さんは黙っていた。迷っているように見えた。

そこで押上の旧知の人たちの不可解な態度について話した。なぜそうなってしまったのか、正直、佳代にはわからない。その真相を知るためにもぜひ教えてほしい、と強く迫り、

「ほかに聞ける人がいないんです、お願いします」

最後は座布団を外して畳に両手をついた。

すると里中さんは急須を手に黙って席を立ち、台所でお茶を淹れ直してきてくれた。そして再び神妙な面持ちで座卓の前に正座すると、佳代の目をまっすぐ見据えてきた。

「本当のことを聞く覚悟はあるかい？」

佳代たち一家が里中荘に引っ越してきたのは、佳代が二歳の頃だったという。亡夫が遺してくれたアパートの一階で独り暮らしをしていた里中さんの隣室の薄暗い2Kに佳代と両親の三人が暮らしはじめた。

松江から上京して都内を転々としていたが、押上に落ち着くことにした。両親はそう言っていたそうで、当初から不思議な夫婦だったらしい。佳代の物心がつくまではアパートの部屋に、さまざまな人たちが入れ替わり立ち替わり出入りしていたというのだ。

仕事は夫婦ともに夜の飲食店で働いていたようだ。が、昼間から留守にすることもしばしばだったから、そんなときは出入りしていた人たちが代わりばんこに佳代の面倒を見てくれていた。

そうした状況は和馬が生まれる頃まで続いた。が、和馬の誕生を境にアパートへの人の出入りが減った。それでも相変わらず両親は留守がちだったため、佳代が母親代わりを務められるようになるまでは、見かねた里中さんが佳代と和馬の面倒を見ることもあった。ご飯を食べさせたり遊び相手になってくれたりしたのはもちろん、突然高熱を出した佳代を抱えて病院に駆け込んだこともあったという。

「初めて聞きました」

恐縮した。そこまでお世話をかけていたなんて、申し訳ありません、と頭を下げた。

「そんなに気にしないでちょうだい。あたしは子どもを授かれなかった。おまけに主人を亡くしたばかりで寂しい思いをしてた頃だったから、逆に助かったの。こういう言い方はこちらこそ申し訳ないけど、あなたたちの面倒を見ることで寂しさが紛れたというか」

そう言って佳代に頭を上げさせ、里中さんは続けた。

「で、実を言うと、その駆け込んだ病院で佳代ちゃんの大事な話を聞いたの」

その晩遅くに病院にやってきた母親から告白されたのだという。ここまで親身になってくれている里中さんには、ぜひ真実を知っていてほしい。そう前置きした上で、この娘の本当の父親はだれなのかわからない、と打ち明けられた。

佳代は息を呑んだ。

「でも住民票には」

「書類上はそうなっているの」

「じゃあ本当の父親は？」

「だからわからないの。本当の父親の可能性がある人がだれなのか、そこまではわかっている。松江のコミューンで共同生活していた男性のうちの一人、それが本当の父親」

コミューンでは男女の性も共有することがある、という話を思い出した。

「でも書類上のお父さんも松江で共同生活してたはずですけど」

「そう、だから書類上のお父さんも本当の父親である可能性はある。でも、だれが本当の父親なのか、となると、それはいまだにわからない」

「DNA鑑定とかすればわかるんじゃないですか?」

「昔はそんなものは簡単にできなかったし、できたとしても、しない約束になっていた」

佳代は混乱していた。里中さんが言ったことが言葉としては理解できても、わけがわからなかった。

「ていうことは、書類上のお父さんも承知の上だったってことですか? 自分も含めた仲間内のだれの子どもかわからないと知った上で、書類上のお父さんになったっていうことですか?」

重ねて問い質すと、里中さんがこくりとうなずいた。さらなる衝撃に愕然とした。里中さんが言葉を継いだ。

「ただ、これだけは伝えておきたいの。たとえ書類上だったとしても、佳代ちゃんのお父さんはお父さんとして一生懸命頑張ってた。お父さんもお母さんも留守がちだったけど、とにかく二人とも一生懸命だったことだけは間違いないの」

諭すように言われた。その瞬間、佳代の中で何かが弾け飛んだ。

「そんなのわけわかんないですっ。あたしたちのことなんか二の次で、なにを頑張ってたっていうんですかっ。頑張ってれば、どんなことをしても許されるっていうんですかっ」

我を忘れて里中さんを問い詰めていた。里中さんを問い詰めても意味がないとわかっていながら、そうしないではいられなかった。

「それは」

里中さんは一瞬、言葉に詰まってから答えた。

「みんなが幸せを共有できる理想郷をつくるためだって二人とも言ってた。理想郷をつくるために頑張ってるんだって」

「理想郷って、そんな」

佳代は乾いた笑い声を立て、

「みんなが幸せになるために、だれの子だかわからない子を産んで、放っぽりだして、どこかにいなくなっちゃったっていうんですか？　じゃあ、あたしたちの幸せはどうなるんですかっ。そんな馬鹿げたことをやってた親を必死で捜しているあたしって、なんなんですか！　あたしってなんのために生まれてきたんですか！　あたしっていったいなんのために！」

途中から涙声になってしまった。こみ上げる感情を抑えきれなかった。

里中さんが不意に立ち上がった。

そのまま佳代の傍らまで近寄ってくると、おもむろに両手を広げ、抱き締めてきた。泣き濡れた頬が里中さんの胸に包み込まれた。お母さんの匂いがした。それでも佳代は、なんのために！　なんのために！　と声にならない声で里中さんを問い詰め続けた。

　厨房車に戻ってからも放心していた。亀戸の街を行き来する人たちをぼんやりと眺めながら、ひたすら呆然としていた。

　激しい動揺はおさまった。が、いまだに事実を事実として受けとめきれず、心にぽっかりと空洞ができていた。

　どれくらいそうしていたろう。

　気がつくと佳代は和馬に電話していた。電話せずにいられなくなった。

　すぐに電話に出た和馬は、取材先にいるらしかった。が、さすがに佳代の異変を察したらしく、

「姉ちゃん、今夜、うちにこいよ」

　と言ってくれた。

　和馬の家は都内の世田谷《せたがや》にある。新聞社に就職を決めて以来住んでいる会社借り上げのワンルームマンション。夕暮れどきに到着してインターホンを押すと、取材を早めに切り上げて帰ってくれていた和馬が出てきた。

　本や雑誌で散らかった部屋の真ん中に置かれたコタツに入るなり、

「飲めよ」

ビールをすすめてくれた。

ひと息にグラスを干し、それが呼び水となって佳代は堰《せき》を切ったように話しはじめた。押上で起きた一連の出来事から里中さんから聞いた衝撃の事実まで余すところなく吐きだした。

あれから多少とも時間が経ったせいか、相手が和馬だったからか、不思議と落ち着いて話せた。佳代の話に和馬も驚きを隠さなかった。が、自らの出生の秘密を打ち明ける姉を気づかったのだろう、驚きながらも終始無言で耳を傾けてくれた。

おかげで、話しているうちに佳代はあることに気づいた。中学時代に孤立したのは、このことが漏れ伝わったからではないのか。まずは大人たちの間で噂になった。そういう噂は子どもたちにも自然と伝わるから、やがて学校でも知れ渡った。その結果、当時の女子たちは申し合わせた。だれの子とも知れない子を産むような母親の娘は同類に決まっている。そんな悪女と関わり合いになっちゃダメ、と。そして男子たちもそれに追随《ついずい》し、やがて町内にも広がっていった。

そう考えれば今回の出来事にも説明がつく。突然帰郷した佳代を、とりあえずはみんな歓迎してみせた。が、ほどなくして、身重の嫁がいる鉄雄を厨房車に誘い込んでいたことが判明したため、あの女、ふらりと舞い戻ってきたと思ったら故郷の男に手をつけて回るつもりだ。そんな噂が駆けめぐり、薄れかけていた中学時代の記憶がよみがえった。

だからみんな引いたのだ。里中さんは、そこまでは言わなかった。いや、そこまでは言えなかったのかもしれないけれど、結局、すべてはそれに起因していたのだ。

ところが和馬は首をかしげる。

「ひとつわかんないんだけど、里中さんはずっと秘密にしてくれてたんだよね。なのに、なぜ漏れちゃったんだろう」

「お母さんが、ほかの人にも打ち明けたんじゃないかな。お母さんとしては胸に秘めておくのが苦しかったから、この人なら、と信じた人には告白した。けど世の中、里中さんのような律儀な人ばかりじゃないから、結果的にみんなに漏れちゃった」

佳代としてはそう考えた。が、和馬の考えは違った。

「お袋が言いふらしたりするかな。それよりは、当時アパートに出入りしてた人たちから伝わったと考えるほうが自然じゃないかな」

「けど、出入りしてた人の中のだれかが本当のお父さん、っていう可能性もあるわけだし、そんな人たちが漏らすかな」

うーん、と和馬が唸った。

もちろん真相はわからない。真相はわからないけれど、いずれにしても事実は事実として受けとめるほかない。それだけは確かだった。

ただ、そうした謎は謎として、ひとつだけほっとしたことがある。和馬は間違いなくお父さんの子だと里中さんが証言してくれたことだ。和馬は和馬で、佳代の弟だという理由で周囲から疎外されていたらしい。そんな和馬にとって、里中さんの証言が多少とも救いになってくれれば佳代としても嬉しい。

「そう言われても、おれだって複雑だよ」

和馬が口を尖らせた。佳代に対して後ろめたい、と言いたいらしい。

「べつにあなたが気にすることじゃないよ。父親が違っても実の姉弟であることに変わりはないんだし、やっぱ一番複雑だったのは、お父さんだと思う。だれの子かわからないのを承知で、あたしのお父さんをやってたわけだから」

「それは違うと思うな」

「なんで違うの？」

「親父の場合は確信犯だったと思うから」

「確信犯？」

「だって親父は、財産も男女関係も子どもも共有するっていう考え方を信じてたわけだろ？　だとしたら、意外と割り切ってお父さんをやってた気がする」

そうだったんだろうか。でも仮にそうだったんだとしたら、佳代としてはますます釈然としないし、ますます腹が立つ。

自分たちの勝手な理想を追い求めているうちに、結局、彼らは現実を滅茶苦茶《めちゃくちゃ》にしてしまったのだ。その挙げ句に、子どもを共有するどころか放ったらかしていなくなってしまったのだ。

「やっぱわけわかんないよ、あの人たち」

佳代は吐き捨てた。里中さんにぶつけた憤りが再びよみがえってきた。

和馬は押し黙り、肩で息をつく佳代をなだめるようにビールを注ぎ足してくれた。それからしばらく宙の一点を凝視していたかと思うと、ふと自分のグラスに手酌で注ぎ、ゆっくりと喉に流し込んでから、

「姉ちゃん、もうやめない？」

と呟いた。何を？　と佳代は目顔で聞き返した。

「両親捜しだよ。これ以上追いかけたところで、また滅茶苦茶な現実に突き当たってうなだれるだけだと思うし」

もともと和馬は両親捜しに反対していた。佳代の強い意志にほだされて応援していたけれど、ここまでわかったんなら、もうこれ以上傷つかなくてもいいじゃないか、と言うのだった。

が、佳代は注がれたビールをひと息に飲み干し、きっぱり告げた。

「あたしはやめない。盛岡《もりおか》へ行く」

「盛岡？」

今日の帰り際、里中さんが教えてくれたことだった。

佳代たちが押上から引っ越した数年後、里中さん宛に両親から一通の封書が届いた。しばらく横須賀で暮らしていたが、これから盛岡に行かなければならないから子どもたちにこれを渡してほしい。そんな添え書きとともに、あるものが同封されていた。しかし里中さんはそれを佳代たちに渡せなかった。佳代があえて引っ越し先の住所を伝えていなかったからだ。

「それがこれ」

佳代はジーンズの尻ポケットに手を入れ、古い貯金通帳を取りだした。

「五百万円入ってる」

通帳を開いて残高を見せた途端、

「いったいどういう親なんだよ」

和馬が乾いた声で笑いだした。つられて佳代も笑った。

「ね、やっぱ知りたくなるでしょ？　彼らがその後、どんな滅茶苦茶をやってるのか、見届けたくなるでしょ？」

翌朝、佳代は押上のスーパーに飛び込んだ。

十時の開店と同時にまっすぐ惣菜コーナーへ行き、陳列されていた握り鮨パックを十五人前、すべて買い占めた。

が、十五人前では足りなかった。もう一店舗探して二十人前。それでも足りなくて隣町の業平《なりひら》のスーパーまで足を延ばし、二店舗で十五人前と十人前。四店舗合わせて六十人前の握り鮨を入手したところで荒川の河川敷に向かった。

すぐに天ぷらの衣を作った。もちろん、六十人前の鮨天を揚げるためだ。

本当は、夕方近くに売れ残っている握り鮨を揚げたかった。握り立てを揚げるのはもったいないし、しかも握り立てだと天ぷらの衣がつきにくい。理想を言えば、冷蔵庫にひと晩寝かせてシャリが団子状に固くなった握り鮨が打ってつけなのだが、しかし、贅沢は言っていられない。

揚げ油が百八十℃の高温になったところで、早速、揚げはじめた。完全に火を通す必要はないから、揚げ時間は短くていい。ネタはもともと刺し身用だから、高温でサッと揚げて、ほんのり半生程度に火が入っている状態でいい。これなら冷えて固まっていたシャリもやわらかく暖まって別のおいしさになる。

とりあえず二十人前揚げたところでパックに詰め直し、鉄雄の実家の配管工事屋へ向かった。揚げ立ての一番おいしいうちに鮨天好きの鉄雄に食べさせてやりたかった。

が、残念ながら鉄雄は出掛けていた。かわりにお腹の大きい奥さんが応対に出てきたものだから、

「鉄雄さんの同級生、佳代です」

と挨拶して鮨天を十人前、差しだした。

「餞別代わりに配っているんです。皆さんで召し上がってください。鉄雄さんも大好物なんですよ」

奥さんが露骨《ろこつ》に顔をしかめた。すかさず奥さんの耳元で囁《ささや》いた。

「鉄雄には不倫する勇気も度胸もないから大丈夫。元気な赤ちゃんを産んでください」

皮肉でもなんでもなかった。それが佳代の心からのメッセージだった。

続いて同じ町内にあるエリカとマヤの家も訪ねた。それぞれに五人前ずつ手渡し、ほかの同級生にもお裾分けしてくれるよう頼んだ。突然の訪問に二人とも驚いていたが、餞別代わり、と聞いて安堵の表情を浮かべていた。

最後に藤乃湯前に厨房車を移動して、残りの四十人前を揚げた。藤乃湯の開店時刻に揚げ上がるように按配したことから、午後四時には山ほどの鮨天が完成した。

早速、小分けに包んで藤乃湯の店開けと同時に番台の女将さんのところに持ち込んだ。近所の吉永さんをはじめ、常連の皆さんでどうぞ、と別れを告げると、

「あらら残念だわ。たいした力になれなくてごめんなさいね」

と謝られた。が、佳代は首を横に振り、

「最後にお風呂、いただいていいですか?」

湯銭を払って一番湯に入れてもらった。

井戸水を沸かしたいつものお湯にゆっくりと浸かった。小一時間ほどかけて体も過去の思いもきれいに洗い流したところで、湯上がりの火照《ほて》った体で厨房車に戻った。

途端に佳代は立ちすくんだ。厨房車の前に鉄雄がいたからだ。

正直、引いた。やけに未練がましく思えた。が、鉄雄は余計な口は利かずに、

「これ、車に置いとくといい」

カードを差しだしてきた。ＪＡＦの会員証だった。

実家の配管工事屋が法人契約していることから、先日、佳代の厨房車も契約対象車に追加しておいてくれたという。

「だめだよ、こんなの」

「受けとってほしい。鮨天、うまかったから、うちの家族からのお返し」

妻も公認だから、また故障したときには遠慮なく使ってくれ、と微笑みかけてくる。

ちょっとためらった。が、すぐに佳代は微笑み返し、

「じゃあ遠慮なく」

言いながら会員証を受けとると、厨房の棚に置いてある化粧ポーチにそっと仕舞い込み、さよなら、と呟いた。

第6話

四大麺

スーパーで試食品を差しだされると、つい食べてしまう。食べてしまってから、しまった、と後悔することが多いのだけれど、それでも、佳代の食い意地が張っているせいか、ついつい食べてしまう。

サーフィンが好きだから波を見かけるとつい乗りたくなる、と言うとかっこいい。なのに、食べるのが好きだから食べ物を見かけるとつい食べたくなる、と言うと意地汚い印象になってしまうのが悔しいけれど、それでも好きは好きだから仕方ない。いろんなものを食べれば食べるほど、食の奥深さに触れられる愉しみもあるし、他人からどう思われようと、目の前に食べるチャンスがあると黙って見過ごせない。

今日もそうだった。岩手県盛岡市内の小さな食品スーパー。店頭で試食用の小皿を差しだされた瞬間、ふと手に取って、ちょこんと盛られた中華麺を口に運んでしまった。

すぐに後悔した。特別においしくもなければ、まずくもなかったからだ。茹でた中華麺に醤油味のスープをちょっとかけてあるだけだったから、麺そのものを味見してほしい、という意図なのだろう。が、小麦はそこそこ良いものを使っているとわかるものの、どうもいただけない。中太のストレート麺は、うどんとパスタを足して二で割ったような妙な食べ心地。かん水は香っているから中華麺だろうが、どうにも中華麺らしくない。

こういうときが困る。おいしければ喜んで買う。まずければ、口に合わない、とはっきり断れるが、可もなく不可もない中途半端となると、どう対処したらいいのか本当に困る。で、結局は、だから食べなきゃよかったのよ、と自分の食い意地を呪うはめになる。

こういうときは逃げるようにその場を立ち去るようにしている。逃げるに逃げられなくて買うはめになることもなくはないが、その程度の味が気に入ったと思われるのも癪だから、できるかぎり素早く立ち去る。

今日もそうしようと思った。試食をすすめてくれたアルバイトっぽい若い女の子が横を向いた隙に、さっさと立ち去ろうと背中を向けた、そのときだった。

「ダメでしたか？」

背後から質された。思わず振り返ると、若い女の子が佳代を見ていた。顔にはまだ幼さが残っている。ショートヘアに三角巾をかぶり、黄色いエプロンをつけた姿は家庭科の実習にやってきた女子高生にも見える。これには当惑して言葉に詰まっていると、すぐにたたみかけられた。

「ダメならダメで、どうダメだったか、はっきり言っていただきたいんです」

スーパーの試食で食い下がられたのは初めてだった。が、あまりに思い詰めた表情で迫られたものだから、

「ダメってわけじゃないんだけど、可もなく不可もなくっていうか」

つい正直に答えてしまった。その途端、女の子は背後の棚から別のトレーを取りだし、

「それじゃ、こっちはどうですか？」

さっきより太めの中華麵だった。やけに挑戦的な態度に辟易《へきえき》したが、仕方なく食べた。これもまた中途半端な中華麵らしくない味だったが、佳代はにっこり微笑み、

「こっちはまああかな」

お世辞を告げて立ち去ろうとした。ところが女の子は許してくれない。

「可もなく不可もなくでも、まあまあでも、ダメなんです。どうすれば、ほかにはない新しい中華麵になるか、そこが知りたいんです」

佳代の目を見据えてくる。これには往生《おうじょう》した。朝の暇な時間に来店したのがいけなかったのか、試食したぐらいでこんなに詰め寄られるとは思わなかった。さすがに閉口しているとと、それでようやく女の子も佳代の憮然とした表情に気づいたらしい。

「あ、どうもすいません、あたし、美加《みか》って言います。〝佳代のキッチン〟の佳代さん、ですよね？」

恐縮した顔で確認された。なぜ知っているんだろう。それを問い返そうとすると、

「一丁目の『食楽園《しょくらくえん》』の前で営業してますよね。めっちゃ料理が上手なお姉さんだって友だちの間で噂になってるんです」

食楽園というのは市の中心街にある盛岡冷麵発祥の店。佳代はいま、その店の真向かいに厨房車を駐めて調理屋をやっている。

「ひょっとしてお客さんとしてきてくれたの？」

美加ちゃんが首を振った。

「このスーパーのバイトが夜八時までだから、急いで駆けつけても、いつも佳代さん、後片づけしてるんです。だから友だちに頼んで料理を注文してもらったら、ほんとにおいしくてびっくりしちゃって」

「ありがとうございます」

佳代は慌てて頭を下げた。盛岡市内で営業をはじめて二十日になるが、まさかこういうお客さんがいてくれたとは思わなかった。

そんな佳代の反応に美加ちゃんも安心したらしい。

「この中華麵、開発途中のオリジナル麵なんです。お客さんの意見を聞こうと思って今日から試食に出したら、佳代さんがきたので舞い上がっちゃって。お願いします、佳代さんの正直な意見、聞かせてください」

改めて佳代の目を見据えてくる。そう言われては、きちんと意見しないわけにはいかない。佳代は覚悟を決めて美加ちゃんに告げた。

「もう一回試食させてもらっていいかしら」

いくら雪国の盛岡とはいえ、三月末になれば雪も降らなくなるだろうと思っていた。

そこで昨年十二月に東京の押上を発って以来、年を越して三月末までは宮城県の仙台《せんだい》に滞在していた。ポンコツの厨房車で雪国を走るのは怖い。盛岡を目指しはじめてそう気づいたものだから、同じ東北地方でも雪が少なく温暖な仙台で、押上で稼ぎそこねた生活費を稼ごうと思ったのだ。

ところが、いざ三月末になって盛岡にきてみたら春のドカ雪というやつに見舞われた。夜の間に気がつくと二十センチも降り積もり、翌朝には道路が真っ白という雪国状態になっていた。仕方なく、なけなしの予算をはたいて中古のスノータイヤを買った。厨房車にはチェーンも装備されているが、ここではチェーンを巻いてジャラジャラ走っている車などまずいない。

スノータイヤを履いていても、この土地の車はそろそろ運転が基本だ。急発進、急停車は命とりだから、どの車もそろそろーっと走りだして、そろそろーっと止まる。ハンドルもそろそろーっと回し、ブレーキも早めにそろそろーっと踏む。慣れてしまえば自然とできるようになるが、慣れるまでが大変だった。

とりわけ朝の水汲みのときは難儀した。佳代の調理仕事に湧き水は不可欠だ。そこで盛岡に到着してすぐ水を探して歩いたところ、市街の中心部から南に一キロほど下ったあたりに打ってつけの湧き水を見つけた。ところが、そこに至るまでにはゆるやかな坂道がある。ゆるやかといっても、夜半に降った雪が朝にはアイスバーン化しているから、最初は何度となくスリップして肝《きも》を冷やしたものだった。

湧き水は〝賢治清水《けんじ》〟と呼ばれている。もともとは井戸だったのだが、現在は蛇口が設《しつら》えられ、だれでも自由に汲めるようになっている。雪解け水が源泉となった清冽《せいれつ》な味わいが地元の人たちに愛されているらしく、佳代が汲みにいく朝方もペットボトルやポリタンクを持参した人がつぎつぎにやってくる。

賢治清水という呼び名は、かの宮沢《みやざわ》賢治からついたらしい。井戸の傍らの立て札によると、大正時代、当時の盛岡高等農林学校に通っていた宮沢賢治が近所で下宿していて、この水をよく使っていた。いわば岩手県が生んだ偉人ゆかりの名水なのだった。

水を汲み終えたら、再びそろそろ運転で中心街へ向かう。大通《おおどおり》と呼ばれるメインストリートから一本裏手の路地に入り、細い路地が交差する五差路で、そろそろーっとブレーキを踏む。五差路の一角には車一台ぶんの路肩スペースが空いている。そこに厨房車を駐めたら、すぐに向かい側の食楽園に足を運ぶ。

この時間になると二代目の店主が店先の掃除に出てくる。初代が開発した名物、盛岡冷麵の味を守り続ける眼鏡をかけたおじさんだ。

「おはようございます」

「おう、おはよう」

挨拶を交わしたところで営業の準備にかかる。

ここで営業できるようになったのは、実は二代目のおかげだった。

盛岡に着いた当日、たいして期待せずに冷麺を食べにきた佳代は、思わぬおいしさにびっくりした。以前東京で食べた盛岡冷麺とは喉ごしがまるで違うのだ。韓国冷麺ほど強すぎない心地よい弾力がある。なめらかな麺肌と、さらりとした旨みのあるスープも相まって、するするとお腹におさまってしまった。

これには感激して、たまたま厨房にいた二代目に思わず声をかけてしまった。調理屋っていう仕事をやってるんですけど、これ、すっごくおいしいですね、と。

それがきっかけになった。女一人の妙な商売に興味を抱いてくれた二代目が気さくに厨房に入れてくれ、麺生地のこね方からスープの取り方まで快く見せてくれた。そして同じ調理人として波長が合ったこともあり、ひとしきり料理の話で盛り上がった。

お礼に翌日、賄いカレーを作ってお裾分けしたところ、旨い、と二代目は目を細め、

「よかったら、うちの向かいで仕事したらどうだい」

とすすめてくれた。食楽園の界隈はキャバクラ、居酒屋、スナックなど飲食店が軒を連ねているから、きっと店の人たちに喜ばれる。

「おれの目が届く場所ならトラブルなく商売できるはずだし、みんなに宣伝しておくよ」

とまで言ってくれ、実際、翌日から営業してみると、二代目が触れ回ってくれたらしく、周辺の店主や従業員が店の半端な食材を手に続々とやってきてくれた。

立ち仕事の接客業の人が多いだけに、注文されるメニューは丼物やカレー、揚げ物とい

った手早く食べられるガッツリ系が中心だった。二代目に教わった通り、濃い目で強い味に仕上げたところ、旨い賄いめしを作ってくれる姉ちゃんだ、と口コミが広がり、スーパーで出会った美加ちゃんにも、おそらくは、その流れから伝わったに違いない。

午後二時、いつものように『いかようにも調理します』の木札をサイドミラーに掛けた。時折、雪がちらつく天候の中、午後八時まで営業する。ただし今日はそれだけでは終われない。営業終了後に美加ちゃんが訪ねてきて、中華麺を試食する約束になっているからだ。

昨日、スーパーの店頭で再度試食しようとしたときに邪魔が入った。試食ばっかやってないで、こっちも手伝いな、と美加ちゃんが店員のおばさんに怒られた。

不器用ながらも頑張っている若いバイトを頭ごなしになじるなんて、あんまりだと思った。しょんぼりしてしまった美加ちゃんの姿にもほだされてしまい、

「閉店後にきてもらえれば、改めて試食してあげられるよ」

そう言い残してきたのだった。

すっかり日も落ちた午後八時半。厨房の後片づけをしているとドアをノックされた。スライドドアを開けると、雪がちらつく中、ダウンジャケットにブーツを履いた美加ちゃんが傘をささずに立っていた。

「あら、どうしたの？」

傘をささずにいたから聞いたのではない。美加ちゃんの後ろにもう一人、似たような年格好の女の子がいたからだ。

この土地では雪が降っても傘をさす人はいない。学生や会社員、年配者はもちろん、着飾った若い女性ですら傘をささずに歩くのがふつうなのだ。

「友だちの麻衣《まい》です」

白い息を吐きながら美加ちゃんが紹介してくれた。ショートヘアの美加ちゃんに対して麻衣ちゃんは長い髪を後ろで結んでいる。今夜はコンビニのバイト帰りだという。

そう言われて思い出した。

「確か、牡蠣《かき》グラタンと牡蠣フライを注文してくれたよね」

数日前、コンビニの制服を着てやってきた女の子だった。牡蠣づくしの注文だったことから印象に残っていた。

「嬉しい、覚えててくれたんですね。あのとき、バイトを抜けだして注文しにきたんですけど、おいしかったです。あとで美加と二人で食べて感激しました」

麻衣ちゃんが顔を綻ばせた。

「ありがとうございます。さあ、寒いから上がって」

厨房車に招き入れると、

「わあ、中はこうなってるんですか」

美加ちゃんが物珍しそうに厨房を見回してから、

「これ、よろしくお願いします」

試食用の中華麵を差しだしてきた。スープもペットボトルに詰めてきたという。

早速、お湯を沸かして麵を茹でた。狭い厨房に三人もいるとさすがに窮屈だけれど、その窮屈さが逆に親密感を増してくれる。

「これ、実は美加のお父さんが打った麵なんですよ」

麵が対流する鍋の中を見ながら麻衣ちゃんが言った。

「え、そうだったの？」

「美加のお父さん、いまオリジナルの中華麵を開発してて、美加がスーパーの店長に頼んでお客さんに試食してもらってるんです」

「ああ、そういうことだったんだ」

てっきり取引先のメーカーが開発したものかと思っていたのだが、それで店員のおばさんが怒っていたのだ。個人的に持ち込んだ麵の試食に余計な時間をかけるな、と。

「美加ちゃんのお父さん、製麵所やってるの？」

興味が湧いて尋ねた。

「そうじゃないんですけど」

美加ちゃんは言葉を濁した。すかさず麻衣ちゃんが、

「実は美加のお父さんって」

言いかけた途端、

「麻衣っ」

美加ちゃんが制した。これ以上は触れないほうがよさそうだった。

「それじゃ今夜は、醤油味ともうひとつ、変わった味のもつくって試食しようか」

佳代はさりげなく話を切り替え、冷蔵庫に作り置いてあるラタトゥイユを取りだした。

ズッキーニ、茄子、パプリカ、トマトなどの野菜を大蒜《にんにく》をきかせたオリーブ油で炒めて煮込んだフランスの家庭料理。イタリア風に言えばカポナータ。簡単に作れて冷えてもおいしいから、野菜が余るといつもささっと作って冷蔵庫に入れておく。とろりと煮込まれた野菜の旨みをトマトの酸味と大蒜の香りが引き立ててくれて、パンやパスタに合うのはもちろん、ご飯のおかずにもいい。

そのラタトゥイユを煮汁とともに、オリーブ油を引いたフライパンに入れて温める。煮汁を少々煮詰めたら茹で上がった中華麺を湯切りして投入し、フライパンを煽って和えるように手早く麺に絡ませる。炒めるわけではないから、煮詰めた煮汁となじんだらそれでいい。あとは好みでナンプラーで香りづけしたり、バジルを千切って振ったりして、最後にサワークリームをかけ回して酸味を加えたら出来上がり。

「わあ、おいしそう。何ていう料理ですか？」

美加ちゃんに聞かれた。

「料理ってほどのもんじゃないけど、あたしは〝ラスタ〟って呼んでる」

作り方からもわかるように、中華麵を使ったパスタ料理だから、ラーメンとラタトゥイユのパスタで、ラスタ。

「思いつきの自己流料理だけど、賄いで食べるとけっこうおいしいからたまに作るの」

「おもしろーい」

これには二人とも大喜びで、待ちかねたようにラスタを頰張り、これヤバくない？　と顔を見合わせている。佳代は醬油味のラーメンから先に手をつけた。醬油味スープもオリジナル開発だという。

が、残念ながら、改めてじっくり味わってみても、やはり店頭で試食した印象とほぼ変わらなかった。店頭と違って茹で立てだから麵を啜ると小麦の香りが心地よく鼻に抜けるのはいいとしても、中華麵っぽくない妙に中途半端な麵としか言いようがない。モチモチの食感にこだわっている点もわからなくはないが、中華麵とは別物になっている。おかげで、せっかくおいしい醬油味スープなのにしっくりこない。スープとの関係がぎくしゃくしてしまっている。

「やっぱダメですか」

今回は正直に感想を伝えたところ、美加ちゃんがうなだれた。

「ダメっていうか、なんかこう、中華麺じゃない感じなんだよね」

そう言い直すと、美加ちゃんは弁明するように言った。

「実はこれ、『ゆきめぐみ』を使ってるんです」

「ゆきめぐみ？」

「白い穂が特徴の小麦の粉だから、ゆきめぐみ。岩手の地小麦なんですけど、この粉で絶品麺を作りたいと思ってるんです」

「つまり地産地消ってこと？」

「そんなお役所が言うようなことじゃなくて、とにかく、地元の特産になるような絶品麺に仕上げなきゃいけないんです」

思い詰めた顔をしている。

「けど美加、ラスタにするとマジおいしいよ。こっちだとヤバい」

落胆している美加ちゃんを気づかってか、麻衣ちゃんがラスタを褒めた。そう言われて佳代もラスタを食べてみて驚いた。

「ほんとだ、こっちのほうが合うかもね」

お世辞ではなかった。同じ麺なのに、確かに違った印象に感じる。とろりと煮詰められたラタトゥイユのしっかりした味とモチモチの食感が、思いがけなくしっくりくる。

それでも、絶品とまでは言えなかった。うどんとパスタを足して二で割ったような麺だから、逆にラタトゥイユに合ったのかもしれないけれど、ふつうの中華麺を使うより断然おいしい、とまでは言いきれない。

この感想も佳代はちゃんと伝えた。すると美加ちゃんは、再びラスタと醬油味ラーメンを交互に口にしてから顔を上げて言った。

「佳代さん、また試食してください。つぎは絶対に、うんと言わせますから」

冬場に入ってからというもの、夜はいつも寝袋で寝ている。

厨房車は鉄の箱だから外気温の影響を受けやすい。風雨や雪は防げても思いのほか寒く、マットレスを敷いて分厚い布団を掛けたぐらいでは寝つけない。そこで東京を出発した直後に耐寒温度マイナス三℃の寝袋を買い、仙台ではそれで寒さをしのいだ。

ところが、盛岡に来てからはその寝袋でも寝つけなくなった。なにしろ盛岡の平均最低気温は一月がマイナス五℃以下、三月でもマイナス二℃以下と青森よりも低く、本州で一番寒いというから驚く。これはまずいと耐寒温度マイナス十五℃の極寒冬山用に買い換えて、ようやく安眠できるようになった。

美加ちゃんたちが帰ったところで、佳代は今夜も極寒冬山用に潜り込み、東京の和馬に電話した。最後に電話したのが盛岡に着いた直後だったから、しばらくぶりの電話だ。

和馬は押上周辺の情報を探り続けていた。

「迷宮入りの可能性、大だな」

和馬が苦笑いした。佳代が東京を発ってからも、和馬は押上周辺の情報を探り続けているのだが、難航しているらしかった。

若かりし日、島根県松江市でコミューンの夢に破れた佳代たちの両親。上京後しばらくして暮らしはじめた押上のアパートには、たくさんの男たちが出入りしていた。両親が留守のときに佳代の面倒を見てくれたり、母親と二人で食事しているところを見咎められて不倫を囁かれたり、さまざまな出来事があったらしいが、それほど彼らと両親は深い関係にあった。

なのに、いったい彼らはだれだったのか。佳代の本当の父親が含まれていた可能性もあるけれど、それにしても、どこのだれだったのか。それがいまもってわからない。が、彼らが両親の行方の鍵を握っていることは間違いない。彼らを捜し当てれば、きっと何かが見えてくる。そう確信したことから、当分、佳代は盛岡担当、和馬は謎の人たち担当と決めて動くことにしたのだった。

「やっぱ盛岡担当が頑張んなきゃダメってこと?」

がっかりしながら佳代は言った。謎の人たちの情報にはかなり期待していたからだ。

「まあ、諦めずに踏ん張り続けるつもりだけど、ただ、ひとつ面白いことに気づいたんだ。盛岡担当が大喜びするようなヒントがあった」

「もったいぶってないで言いなさい」

思わせぶりが嫌いな佳代が急かすと、

「宮沢賢治」

得意げに答える。

「宮沢賢治だったら毎日水汲んでるけど」

「なんだよそれ」

「なんでしょうねえ」

思わせぶりに言い返した途端、

「ふざけんなよ、姉ちゃん」

苛ついている。思わせぶりが好きなくせに、自分がそうされると腹を立てる。こういうところは小学生の頃からちっとも変わっていない。

思わずくすくす笑いながら、賢治清水の話をした。

「へえ、そんなのがあるんだ。だったら姉ちゃんも気づけよ」

「またそれ？　早く言って」

「イーハトーブ」

「なにそれ」

「宮沢賢治の理想郷を表現した造語だよ。岩手をもじってイーハトーブ」

学校で習ったじゃん、と言い添える。

「知らない。どうせ中卒だし」

「いじけんなよ。早い話が、盛岡で農業を学んだ賢治は、農民たちの理想郷づくりを夢見てたんだ。で、後年になって同じ岩手県の花巻《はなまき》に羅須地人《らすちじん》協会っていう私塾を立ち上げて、農民たちとともに農業と芸術に生きようとした。似てると思わない？」

「何に？」

「コミューンだよ。まあ厳密にはいろいろと違うと思うんだけど」

「どう違うわけ？」

「わからない。けど農業を軸にした理想郷ってことじゃ似てるじゃん」

「相変わらず詰めが甘いなあ」

「でもとにかく親父とお袋が影響されそうな話ではあるだろ？」

「まあ確かに。ただ、そのなんとか協会っていうのは花巻につくったんでしょ？　それならそれで、影響されやすい両親は花巻に直行してると思うんだけど」

「それはだから、まずは賢治が農業を学んだ盛岡からはじめよう。旨い湧き水もあることだし、みたいなとこじゃないの？」

「もう、適当なんだから。結局、まだなんにもわかってないってことじゃない」

再びがっかりしてなじると、和馬がなだめるように、

「どっちにしても、賢治関係を当たっていけば手がかりが見つかると思ったわけ。おれはおれでもうちょっと、あ、寒いのか？」

がっかりしたついでに、くしゃみをしてしまった。寝袋のチャックを開けたまま長電話していたせいだ。

「ごめん、もう寝るね。どうせ大した情報もなさそうだし」

「またそういう言い方する」

「とにかくこっちは、マイナス二℃以下で雪が降ってんのよ。じゃ、また」

さっさと電話を切ると、佳代はまた、クシャン、とくしゃみをした。


翌朝、目覚めると同時に、賢治清水に水を汲みにいった。夜は賢治清水の目と鼻の先、下《しも》ノ橋《はし》町に車を駐めて寝ているから、いつも気楽に汲みにいける。

まずは賢治清水で顔を洗った。外気が冷たいぶん水が温かく感じる。それでも、清冽に澄みきった水が頰に触れると素肌がキュッと引き締まって気持ちいい。ついでに渇いた喉にも流し込んでやって、ふうと息をついて顔を上げると、目の前に麻衣ちゃんがいた。

「やだ、どうしたの？」

昨夜とは打って変わって女子高の制服を着ている。胸元にリボンを結んだブレザータイプで、髪はさらりとロングに流している。

「賢治清水を毎朝汲んでるって言ってたでしょ。だから待ってました。お話ししたいことがあるんですけど」

「あたしはいいけど、学校は?」

「遅刻してもいいので、ぜひ聞いてください」

すがるような目を向けてくる。

「車に入ろっか。寒いし」

肩を叩いて厨房車に乗り込み、運転席と助手席に並んで座った。

「で、何かな?」

すぐに水を向けた。麻衣ちゃんは、ちょっと考えてから、

「美加は半年前まで、これと同じ制服を着てたんです」

胸元のリボンを触りながら言った。二人は同級生だったのに、美加ちゃんは中退して、いまの食品スーパーでバイトをはじめたのだという。

「でも美加のバイトは、あたしみたいなお小遣い稼ぎじゃないんです。お父さんが会社をリストラされちゃったから家計のために働きはじめたんです」

美加ちゃんのお父さんは地元の食肉商社で営業部長を務めていた。やり手として知られ

る人だけに、本人も周囲も定年まで勤め上げるものと信じて疑わなかった。ところが、韓国で発生した家畜伝染病の日本上陸によって状況が一変した。大規模な家畜の殺処分が行われた煽りで食肉業界が大混乱に陥り、会社の業績が悪化。その責任を取らされるかたちで、美加ちゃんのお父さんを筆頭に人件費がかさむ中高年管理職が狙い撃ちされた。

この不景気の時代、会社を追われた中高年の前途は険《けわ》しい。年頃の子どもを抱えた人が大半だというのに、まともな就職口などないに等しいからだ。それでも、この土地では当たり前の夫婦共働きの家庭であれば、いきなり収入がゼロになることはない。が、美加ちゃんは十年前に母親を亡くしている。つまり父一人娘一人の父子家庭だった。

そこで美加ちゃんは、

「あたしが働く」

と言いだした。バイトでも何でもやって少しでも家計の足しにする、と。

父親は反対した。当面は失業保険も出るし、高校ぐらい出ておきなさい、と押し留めた。

「担任の先生も残念がってました。美加はあたしなんかより全然勉強ができて、東京のいい大学に進むはずだったから」

それでも美加ちゃんは女子高に退学届を提出し、すぐに食品スーパーのバイトを見つけて働きはじめた。

これには父親としても思うところがあったのだろう。ある夜、バイトから帰宅した美加ちゃんに突如こう宣言した。

「もう職探しはやめにする。父さんは麵で出直す！」

てっきりラーメン屋でもはじめるのかと思ったら、父親の意図はまるで違っていた。盛岡は麵好きの土地柄だ。冷麵、じゃじゃ麵、わんこ蕎麦、と全国に知られる名物麵が三つもある。その麵好き心をとらえた画期的な麵を新開発して、美加ちゃんを女子高に復学させる。大学にも行かせる、と言うのだった。

「それは無茶だよ。いまから製麵なんて」

今度は美加ちゃんが反対する番だった。食肉業界の仕事だったらともかく、製麵はずぶの素人だ。おまけに資金も機械も工場もないのに、いきなり麵を新開発するなんて無謀すぎる、と大反対した。が、娘が一途なら父親も一途だった。

「世界初のインスタントラーメンを開発した安藤百福《あんどうももふく》を知ってるか？」

そう言って美加ちゃんを諭した。

信用組合の理事長だった百福は、四十八歳のときに倒産の憂《う》き目に遭い、自宅以外の全財産を失った。しかし彼はめげることなく四十八にして一念発起、自宅の物置でインスタントラーメンの開発をはじめた。そして一年後、ラーメンにはまったくの素人だった彼が、世界初の快挙を成し遂げた。

「百福の偉業を考えたら、父さんがやろうとしてることなど、まだまだちっぽけなもんだ。男がこれぐらい達成できなくてどうする。だから美加は制服をクリーニングに出して待ってろ。一年後には必ず復学させてやる」

そう告げると、どこからか中古の製麺機を譲り受けてきて小麦粉と格闘しはじめた。

「そこまで父親に腹を括られたらもう反対できないじゃないですか。だから美加も腹を括ったんです。お父さんが画期的な麺を開発できるまで本気で応援しようって」

麻衣ちゃんは唇を嚙んだ。親友の父娘が、どれだけ麺に賭けているか、それだけは佳代に知っていてほしかった。そう言うのだった。

話を聞いて美加ちゃんが羨ましくなった。父と娘、それぞれに大変な状況にあることはもちろんわかる。それでも、そこまで腹を括って二人で力を合わせている父娘が、本当に羨ましくなった。

佳代は自分の父親を思い出した。顔はもうおぼろげにしか覚えていない。ときどき捜索チラシに印刷された若い頃の写真を見て、この長髪にジーンズの汚らしい男が父親なんだ、と思い込もうとしているほどだ。

なにしろ子どもにはまるで関わろうとしない父親だった。佳代にはまるで興味がなかった、と言い換えてもいい。幼い頃に抱き上げられたり、手をつないで遊んだりした記憶はほとんどないし、家で団欒《だんらん》したことも学校行事を観にきたこともなかった。

やはり、あの父親は本当の父親ではなかったのだ。改めてそう思い知らされる。元大家さんの里中さんに貯金通帳を預けていたことには驚かされたが、お金さえ渡せば許される、と考える程度の父親だったのだ。

五百万円。佳代が両親捜しのために貯めた金額と同じ金額なのが皮肉だったけれど、それで親子の絆を繋ぎとめられると思っていたのだとしたら、あまりに情けない。考えるほどに美加ちゃんとお父さんの関係が羨ましくなった。

「麻衣ちゃん、美加ちゃんに伝えてくれるかな。あたしにできることがあれば何でもやるよ、って。いまのあたしには、美加ちゃんみたく応援したくても応援できる父親がいないから」

佳代はそう言って微笑みかけ、わざわざありがとう、と麻衣ちゃんに礼を言った。

「とんでもないです、佳代さんこそありがとうございます。美加に伝えます。きっと喜ぶと思います」

はにかんだ笑みを浮かべ、麻衣ちゃんは長い髪をゆらして頭を下げた。

食楽園の前に到着すると、すでに二代目は店先の掃除を終えかけていた。

麻衣ちゃんと話し込んでいたぶん、いつもより遅れて五差路の定位置に駐車した佳代に気づいて、

「佳代ちゃん、今日はどうかした?」

と声をかけてきた。毎日決まった時間にやってくる佳代だけに、具合でも悪いのかと心配してくれている。

「すいません、ちょっと寝坊しちゃいました」

頭をかいて照れ笑いした。

「そうか、だったらよかったけど、佳代ちゃんの料理を楽しみにしてる人はたくさんいるんだし、体には気をつけるんだぞ。今年はまだまだ雪が続くらしいし」

白髪まじりの髪に手櫛を入れながら気づかってくれる。

「ありがとうございます。けど三月が終わってもまだ雪だなんてびっくりしました」

「ここ数年は雪が減ってたのに、今年は特別降るんだよなあ。うちの店じゃ冬でも冷麺が売れるんだけど、やっぱ暖かくなれば売れ方が違うし、早く春になってほしいよな」

空を見上げて舌打ちした。

「そういえば二代目は、ゆきめぐみっていう小麦粉、ご存知ですか？」

ふと佳代は尋ねた。雪の話で思い出した。

「もちろん知ってるよ。岩手イチ押しの地小麦粉だ」

「食楽園でも使ってますか？」

冷麺は基本的に蕎麦粉だが、盛岡冷麺は小麦粉を使う特徴がある。

「いや、うちでは使ってない。国産小麦はグルテンっていう粘り物質が少なめなんで、冷麺にはコシが弱くて向かないんだよ」

「中華麺には？」

「冷麺よりは向いてるかもしれない。だけど旨い中華麺に仕上げるのは難しいみたいでさ。いまのところはパンに使う人のほうが多いんじゃないかな」

ただし隣県の山形では、いろいろと工夫して山形ラーメンをこしらえている人もいるそうで、いまでは山形産ゆきめぐみもけっこう出回っているという。

「だから、もともとは岩手生まれの小麦なのに山形に負けてるじゃないか、って嘆いてるやつもいるみたいだし」

二代目は笑った。

「ていうことは、ゆきめぐみでもおいしい中華麺が作れなくはないってことですよね」

念のため尋ねてみた。二代目は腕を組んだ。

「まあ作れなくはないと思うが、ポイントは粘り気だろうな。グルテンが少ない品種だけに、澱粉《でんぷん》なんかで粘り気を加えれば中華麺らしいコシが出しやすい。しかし加えすぎれば、ゆきめぐみらしさは薄れていく。理想的には、ゆきめぐみだけで打つことだが、結局、粘り気との兼ね合いをどうするか、だな」

「そうですか」

佳代は唇をすぼめた。美加ちゃんのお父さんの大変さが改めてわかった気がした。すると二代目が佳代の目を覗き込む。

「中華麵を開発するつもりなのか？　だったら無農薬でゆきめぐみを栽培してる夫婦を紹介できるけど」

「いえ、あたしじゃなくて」

「もちろん無理強いするつもりはないが、一度会ってみたらどうだい。苦労人の夫婦でね。全国を放浪した挙げ句に盛岡に辿り着いて、無農薬栽培の農園を開いたんだ」

え、と思った。

「そのご夫婦、お名前は？」

「梶原《かじわら》さん。まだ三十代の夫婦なんだけど二人の子どもを抱えて頑張っててさ」

落胆した。盛岡に流れ着いて農園を開いた夫婦。和馬から聞いた宮沢賢治の話と重ね合わせて、もしや、と期待したが、世の中、そう簡単ではない。

「だけど食楽園の麵も最初は苦労されたんでしょう？」

さりげなく話を変えた。ゆきめぐみの話は終わりにしたかった。

「いや、苦労したのは初代の親父だよね。蕎麦粉で打つ冷麵を小麦粉で打ったのも、この土地の人の口に合うように試行錯誤した結果だし、新しいことをやるのは骨が折れるもんだからさ。二代目としても味を守り続ける苦労はあるけど、一から開発した初代の大変さに比べたらとてもとても」

肩をすくめている。謙虚《けんきょ》な人だと思った。この謙虚で面倒見がいい人柄だからこそ二代目となっても成功しているに違いなく、なんだかふと、両親捜しのことを打ち明けたくなった。両親捜しについては迂闊に話さないようにしているけれど、この人には聞いてほしい、という衝動に駆られた。

「実はあたし」

佳代は運転席に置いてある捜索チラシを持ってくると、調理屋稼業をやっている本当の理由を打ち明けた。

開店前の忙しい時間にもかかわらず、二代目は黙って話を聞いてくれた。そして最後に小さくため息をつき、

「佳代ちゃんも若いのに苦労人だなあ」

しみじみと遠くを見た。

二日後の午後、注文された鯖を煮ているところに制服姿の麻衣ちゃんがやってきた。両手にスーパーのレジ袋を提げていた。どっちの袋もパンパンにふくらみ、茄子やトマト、ズッキーニといった野菜がぎっしり詰め込まれている。

「どうしたの、そんなにたくさん」

佳代が声を上げると、

「ラタトゥイユ、作ってください」

「ありがとう。そんなに気に入ってくれた？」

「マジでおいしかったです。あ、けど今日は美加に頼まれてきたの。美加も、すごくおいしかったから野菜不足のお父さんにたくさん食べさせたいって」

午後八時までに作っておいてくれれば、スーパーのバイトを終えた美加ちゃんが取りにくるという。

「そう、それは嬉しいな。美加ちゃんのお父さんには頑張ってほしいから、腕によりをかけて作るね」

山ほどの野菜を受けとり、おどけて敬礼してみせた。

「けど、佳代さんのラタトゥイユって、どうしてあんなにおいしいんですか？　美加も自分で作ってみたらしいんですけど、どうしても佳代さんのラタトゥイユにならないって」

長い髪をかき上げながら首をかしげる。

「別に、ふつうの作り方だよ」

オリーブ油で大蒜を炒めて香りを出したら、野菜を順に炒めていく。あとはタイムやローズマリーを入れてじっくり煮詰めるだけだから、取り立てて難しいことはない。

「ほんとにそれだけですか？　信じらんない」

「ほかに違う点って言ったら、ああ、水かな。煮詰めるとき、ふつうはワインを加えたりするんだけど、あたしは賢治清水をちょっと加えてる。けど、その程度じゃ大した違いじゃないか」

「そんなことないです。そこまで賢治清水にこだわってるなんてびっくり」

「ていうか、あたしはどこに行っても、その土地の湧き水で調理することにしてるの。土地の水で作ると、土地の風土に合った、土地の人の口に合う料理になると思うから」

「さすがだなあ」

「ううん、あえて言うほどのことでもないんだけどね」

佳代はぺろっと舌をだして微笑んだ。やけに感心されて照れ臭くなった。

そんなことがあって以来、二日に一度は麻衣ちゃんがラタトゥイユを注文しにくるようになった。

午後になると麻衣ちゃんが学校を抜けだして野菜を届けにくる。午後八時を過ぎるとスーパーのバイトを終えた美加ちゃんがやってくる。そして、大きなタッパー三つにたっぷり詰めたラタトゥイユをリュックに入れて帰っていく。そんなパターンが一週間ほど繰り返された。

が、さすがに二週間目に入ったところで佳代は尋ねた。

「いくら野菜不足のお父さんでも二週間続けてラタトゥイユじゃ飽《あ》きちゃうでしょ」

ところが美加ちゃんは首を振る。

「全然飽きませんよ。もう、うちの定番の味になっちゃいました」

微笑みながら佳代に千円札を差しだすと、またお願いします、と会釈して、さっさと雪道を帰っていく。

「あ、美加ちゃん、おつり」

慌てて釣り銭箱から五百円玉を取りだした。が、美加ちゃんはひょいと振り返り、

「お父さんが、いつもどっさり作ってもらってるのに五百円じゃ申し訳ないって」

おつりは受けとってください、と言ってまた歩きだす。

「それはダメ。料理一品五百円。一人前でも五人前でも一品は一品」

佳代は五百円玉を手に厨房車から降り、小走りに美加ちゃんの後を追った。

その瞬間、踏み固められたつるつるの雪道に足をとられ、あ、と思う間もなく足元をすくわれ、すてんとその場に転げた。

いたたたっ。腰を押さえてうずくまった。転んだ拍子に腰を強打した。手にしていた五百円玉が宙を飛び、ころころと雪道を転がっていく。

一時間後、佳代は病院にいた。

美加ちゃんが携帯でお父さんを呼びだしてくれ、車で救急病院に搬送してくれた。

すぐにレントゲンを撮って精密検査をした結果、第一腰椎《ようつい》にヒビが入っているとわかっ

た。腰まわりをしっかり固めて最低一か月は入院して安静にする。退院後もコルセットを

つけて通院治療の必要がある。医師からそう告げられた。

情けなかった。この歳で腰を痛めて入院するなんて、松江のスミばあちゃんに笑われて

しまう。

「申し訳ありません、娘のせいで」

美加ちゃんのお父さんが恐縮している。四人部屋の病室のベッドサイドで美加ちゃんも

しゅんとしている。

「とんでもないです、あたしの不注意なんですから」

コルセットで固定された腰を庇《かば》いながら佳代も謝った。

実際、気が急くあまり雪を忘れて無防備に足を踏みだした佳代のせいだった。雪国では

車の運転だけでなく歩くときもコツがいる。腰を落として足裏を雪面に置きにいくように

踏み締めないと、まず滑って転ぶ。土地の人たちは無意識にそうして歩いているのだけれ

ど、佳代は意識しないとできない。

「厨房車は、とりあえずうちの駐車場に入れておきました。田舎の家だから余裕はあるの

で、仕事のことは忘れてゆっくり治療に専念してください」

初めて会った美加ちゃんのお父さんは、がっしりとした体躯《たいく》の若々しい人だった。リス

トラされた中年男のイメージとはまるで違い、太い眉の下の目には力強い輝きがあった。

「父さんは麵で出直す！」

この人が宣言したのならきっと出直せる、と思わせてくれるだけの迫力を感じた。

入院した翌日には和馬が東京から駆けつけてきた。

『入院したけど、わざわざくることないからね』

そんな携帯メールを打っておいたのだけれど、上司に無理を言って二日間休みをとってきたという。

「ダメじゃない、二日も休んじゃ。クビになっても知らないから」

小声で叱りつけた。大きな声を出すと腰に響くからだ。

「二日休んだくらいでクビにならないって。こんなときぐらい心配させろよ。姉貴まで失ったら、おれは天涯孤独《てんがいこどく》になるんだぜ」

ベッドの脇で和馬がむくれた。

「馬鹿ね、これぐらいじゃあたしは死なないって」

「まあ殺しても死なない鉄の姉なのはわかってるけど」

「なにその言い草。心配してきたんじゃないの？」

「盛岡の捜索がどうなるか、心配でさ」

「やだ、べつにあたしサボってたわけじゃないよ」

病室なのも忘れて姉弟でやり合っていると、

「ごめんよ佳代ちゃん、彼氏と仲いいところ邪魔して」

食楽園の二代目がひょっこりやってきた。ゆうべも騒ぎを聞きつけ、店を放りだして病院まで付き添ってくれたというのに、またきてくれるとは思わなかった。

「彼氏なんかじゃないです。口の減らない弟」

苦笑しながら和馬を紹介すると、

「おお、だったらちょうどよかった。こんなときになんだけど朗報がある」

二代目は微笑んだ。先日話してくれた無農薬のゆきめぐみを作っている梶原さん夫婦に、佳代の両親の写真を見せてみたのだという。

「そしたら、そっくりな二人を知ってるって言うんだよ。十年前、盛岡に流れ着いたとき世話になった農園にいたって」

「ほんとですか」

思わず体を起こしかけて、うっと顔をしかめた。腰に力を入れると途端に痛みが体を突き抜ける。

「その農園でも無農薬栽培を実践してて、ゆきめぐみのほかに野菜や果物も栽培してるらしいんだ。いま梶原さん夫婦が農場を営んでいられるのも、その農園のおかげらしい」

「ていうことは、その農園主が？」

胸が高鳴った。

「いや、農園主じゃないんだ。ご両親は当時、たまたま農園を手伝ってたらしいんだ」

いまはもういないそうで、これには落胆したが、それでも朗報は朗報だった。

やはり両親はコミューンの流れで盛岡にきていた。これぞ和馬と二人で想像していた通りの展開で、すぐにでも農園主に会いにいきたくなった。

「けど、これじゃなあ」

コルセットで固められた腰に目をやって佳代は嘆息した。間が悪いとはまさにこのことで動くに動けない。

すると和馬が身を乗りだした。

「ぼくが行きます。ぜひ梶原さんを紹介してください」


翌日、和馬は朝一番で梶原さんが経営する『梶原農園』に出掛けていった。

佳代もなんとか同行したいと最後まで粘ったものの、医者からも絶対安静と止められ、結局、午後になって再び病院に戻ってきた和馬から報告を聞くことになった。

梶原さんは、もともとは横浜出身で、大学時代からバックパッカーとしてアジアやアフリカ、中近東の国々を放浪していた人だった。大学中退後も放浪生活を続け、立ち寄り先のブータンで出会った同じバックパッカーの奥さんと現地で結婚した。

そして結婚を機に二人は帰国し、今度は夫婦で日本各地を転々としはじめた。発展途上国の食料事情を目の当たりにしてきた二人は、いまこそ日本は自給自足の農業に転換すべきだと考え、各地の農村で働いて歩いたのだ。が、なかなか理想の農業には出合えず、最後に辿り着いたのが盛岡だった。小見山《こみやま》さんという農業家が経営している『農園コミュ』という農園が、無農薬の地小麦栽培で注目されていると知って、ぜひ弟子入りさせてほしいと押しかけたのだった。

小見山さんは、かつて宮沢賢治が学んだ盛岡高等農林学校、現在の岩手大学農学部に入学後、全国各地で農村体験を積んだ。が、その後は大学に戻ることなく二十年前に盛岡市郊外の上田地区に農園コミュを開いた。その経営手法は独自のもので、無農薬で栽培した地小麦、地野菜、地果物など高品質な農作物を既存の流通には乗せずに自前の直販ルートで売っている。

そんな農園コミュで、押しかけ弟子の梶原さん夫婦は栽培法から経営術までみっちり修業を積み、三年後、念願の梶原農園を立ち上げて独立を果たした。

「てことは、梶原さんの修業中にうちの両親も修業してたってこと?」

佳代は聞いた。両親も修業しながら、松江と横須賀で失敗したコミューンを再び立ち上げようとしていたのかもしれないと思った。

「いや、おれもそう思ったんだけど修業じゃなかったみたいなんだ。ていうか、うちの両親は農園主の小見山さんにとっては恩人だったらしくて」

「恩人？」

意味がわからなかった。

「小見山さんが農園コミュを開けたのは、うちの両親のおかげらしいんだ」

「やだほんとに？」

佳代は驚き、いたたたっ、と声を上げた。驚きのあまり腰に力を入れてしまった。そんな佳代に噴き出しながら和馬は続けた。

「詳しい事情は梶原さん夫婦も知らないらしいんだけど、マジで恩人らしいんだ。うちの両親がいなかったら農園コミュは存在しなかった。小見山さんがそう言ってたって」

「けど、梶原さん夫婦は弟子だったわけでしょ？　なぜ詳しい事情を知らないわけ？」

「弟子にも教えてくれなかったって」

「どうして？」

「さあ」

「さあって、だったらすぐ小見山さんに会いにいかなきゃ」

新聞記者のくせにそれぐらい頭が回らないかなあ、と嘆息していると、

「じゃあドイツに行けってこと？」

「ドイツ？」

「オーガニックの先進国ドイツへ視察旅行に出掛けてんだって。帰国は来週末」

腰の負傷が厄介なのは、傷口がふさがれば完治、というふうに区切りよく治らないところにある。

最初の二、三日は寝返りも打てないほどの激痛に苦しんだものの、それから十日間、ひたすら安静にしていたら痛みを感じにくくなってきた。だからといって油断して姿勢を変えたり無防備に咳《せき》やくしゃみをしたりすると、また激しい痛みに襲われる。多少症状が改善されても安心できないのが困ったところだ。

が、今日ばかりはそうも言っていられない。いよいよ小見山さんが帰国するからだ。先週、無理して休みをとってくれた和馬は動けない。となれば佳代が会いにいくほかないわけで、こうなったら安静どころではない。

「お願い、どうしても会いにいきたいの」

美加ちゃんに懇願した。入院中に美加ちゃんたちにも両親捜しのことを打ち明けた。

「無理ですよ。まだまだ安静ってお医者さんも言ってたじゃないですか」

「それでもお願い。お父さんの車でもタクシーでもいいから、とにかく小見山さんに会いにいきたいの」

「気持ちはわかりますけど、ダメです。退院してからでも行けるじゃないですか」

「けど」

「とにかく、いまは安静第一。絶対ダメ」

美加ちゃんはそう言い放つなり病室を出ていった。

が、佳代は諦めなかった。こうなったら自力で会いにいこうと、午後の回診が終わったところで看護師の目を盗んで行動を開始した。同室の患者さんは三人とも検査や入浴で出払っている。行くならいましかない。

よいしょとベッドから起き上がった。腰に激痛が走ったが、これくらいで諦めるつもりはなかった。病棟の入口まで耐えればタクシーが待機しているはずだ。気合いを入れ直してもう一度、息を詰めて体を動かしたそのとき、だれかが病室に入ってきた。

知らないおじさんだった。皺が刻まれた日焼け顔。同室の患者さんのお見舞いだろうか。無視して再び動き出そうとした途端、おじさんが思い詰めた表情で佳代のベッドに向かって歩いてくると、

「佳代さんでしょうか」

と聞いてきた。訝しく思いながらも、

「はい」

と答えると、不意におじさんは相好《そうごう》を崩し、

「大きくなったねえ」

佳代の手を握り締めてきた。

わけがわからなかった。手を握られたまま、きょとんとしていると、

「覚えてないだろうねえ。あれからもう二十年、いや四半世紀以上になるか。押上のアパートで、よく抱っこして寝かしつけたものだった」

感慨深げに佳代の目を見つめ、

「私、小見山です」

と名乗った。

看護師の手を借りて面会室に移動した。病棟六階の眺めのいい角部屋。午後のこの時間、五卓あるテーブルは全部空いていた。

窓際のテーブルに向かい合って座った。窓からは盛岡市街が一望できる。今日は朝から青空が広がっているけれど、ビルが連なる街はいまだ白い雪に覆われている。

美加ちゃんから電話をもらったのだという。農園コミュから小見山さんの携帯番号を教えてもらった美加ちゃんが帰国時間に合わせて電話して、佳代さんが会いたがっている、と伝えてくれた。驚いた小見山さんは、長旅の帰りにもかかわらず盛岡に帰り着くなり病院に飛んできてくれた。

「まさか佳代ちゃんと再会できるなんて思いもしなかったから、本当にびっくりしちゃってねえ」

小見山さんが目を細めて微笑んだ。車椅子に座っている佳代も、腰に響かないよう微笑み返し、

「でも、なぜうちの両親と？」

先を急いだ。一刻も早く真相を知りたかった。

小見山さんはふと遠くを見た。そして、これは弟子たちにも封印してた話なんだが、と前置きしてから話しはじめた。

「最初はコミューンで出会ってね。コミューンっていうのはわかるかな？」

佳代がうなずくと、

「当時、私は大学で農業を学ぶことに限界を感じていてね。そこで、理想の生き方を求めて生まれ育った盛岡を離れたんだ。当時の言葉でドロップアウトというやつなんだが、流れ着いた先が松江のコミューンだった。で、そこにボニーとクライドがいた。ボニーとクライドもわかるね？」

佳代はまたうなずいた。

男女合わせて二十人ほどのコミューンだったという。メンバーは京都や大阪、東京といった大都市からやってきた若者たちで、東北の地方都市からやってきたのは小見山さんぐらいのものだった。

その二十人が自給自足の生活共同体を標榜して無農薬の米や野菜を栽培した。農作業の

合間には絵を描いたり陶芸に打ち込んだりして、のびのびと自由な日々を愉しんだ。当然ながら収穫物やお金などの財産はすべて共有。石油エネルギーに依存しない暮らしを徹底してシンプルに生きることを目指した。

すべてを共有する集団だけにリーダーも決めなかった。全員対等、男女平等、来るもの拒まず去るもの追わずが基本だから、何事もメンバー全員の合議制で決め、初期のうちはそれでなんとか成り立っていた。

ところが、一年、二年と年を経るごとにコミューンの創設メンバーが別な生き方を求めて松江を離れていき、それを機にコミューン内の空気が変わりはじめた。リーダーこそいないものの、創設メンバーは仲間たちの心の拠《よ》り所になっていた。それが一人また一人と去っていったことでメンバーたちは新たな拠り所を求めた。そして気がついたときには、ボニーとクライドがそうした存在になっていた。

なぜボニーとクライドだったのか。それはいまも小見山さんにはわからないという。主義主張を声高に訴えるでもなく、流れに身をまかせて穏やかにその場にいるだけの二人なのに、いてくれるだけで心を落ち着かせてくれる不思議な存在だった。

「ただ、そういう存在がみんなから頼られるのは平和なうちだけなんだろうね。やがて共有生活に綻びが見えはじめたものだから、次第にコミューン内がざわついてきた」

いくら自給自足といっても、食べ物さえあればいいというものではない。農作物を売りさばいて現金収入も得なければ生活は成り立たない。ところが当時は、まだまだ農産物の自主流通は難しい時代だったから、そうは簡単に売りさばけない。

　そこで小見山さんたちは積極的な販路開拓に乗りだしたのだが、それが亀裂の原因となった。我々はビジネスをやるためにコミューンに参加したんじゃない、というメンバーたちと対立が生じ、ほどなくしてコミューンの分裂にまで発展した。

「そうなると、もはやボニーとクライドの存在感だけではまとまらなくなってしまった。早い話が、主義主張を声高に訴える人じゃないと乱世はまとめきれないんだろうね。だからコミューンが崩壊してメンバーが散りぢりになったときは、ボニーとクライドの二人は、崩壊を防げなかったことを心の底から悔やんでいた。そしてそれが、その後の二人の生き方に繋がったんだと思う」

「その後の二人の生き方、ですか」

　佳代は首をかしげた。あの無責任な生き方に、どう繋がったというのか。

　すると小見山さんは、そうか、佳代ちゃんは知らなかったか、と呟いて言葉を継いだ。

「それからも二人は、元メンバーの拠り所であり続けようとしたんだよ。いつかもう一度、理想の生活共同体を復活させようと、二人に共鳴してくれた元メンバーとコンタクトを取り合いながら、新たなコミューンを立ち上げる資金を蓄《たくわ》えはじめた。つぎは自前の農地を購入して再起しようと考えて」

びっくりした。あの二人がそんなことをやっていたなんて信じられなかった。

「でも実際、夫婦二人で夜の仕事に就いて頑張ってたんだよ。ボニーは目がクリッとしたかわいい女性だったから、けっこう稼げたみたいだしね」

小見山さんたち元メンバーが押上のアパートに出入りしていたのは、その頃だったという。小見山さんたちもバイトで資金調達に励んでいたのだが、コミューン復活に向けて奔《ほん》走《そう》していた両親に代わってバイトの合間に幼い佳代の面倒を見ていた。が、日夜奮闘したにもかかわらず、なかなか資金が目標額に達しない。それでも諦めずにあの手この手を使って頑張っていたのだから、本当にすごい夫婦だ、と小見山さんは言う。

「ただその後、私は親父が倒れてしまったものだからボニーとクライドから離れて盛岡に帰郷せざるを得なくなってね。そこで私は私なりに頑張って盛岡に農園を開いたんだが、ボニーとクライドと一緒に頑張った経験がなかったら、まず成功できなかったと思う。その意味で二人は私の恩人なんだよね。その後は何年も会ってなかったんだけれど、いまから十年ほど前だったか、二人が盛岡にやってきて再会を果たせた。それで話を聞いてみたら、私と音信不通だった間も、資金源にするライブハウスを開こうとしたり、横須賀で実験的にミニ・コミューンを立ち上げてみたりしていたって言うんだ。しかも途中からは佳代ちゃんたちと離ればなれになってまでやってたって言うんだから、それはもう相当な覚悟だったんだろうと思う。だから、いまでもあの二人は私の恩人であり、お手本でもあるんだよ。あの情熱と執念とエネルギーは、いったいどこから出てきたんだろうなあ」

小見山さんは宙を見据えて腕を組んだ。

松江のばあちゃんだ、と佳代は思った。松江のコミューンが崩壊したとき、助けを求めてきた二人にばあちゃんは毅然としてこう告げた。

「新しい世界をつくる言うてはじめたんだがや？　それがうまくいかんからて、すぐ逃げよるくらいやったら、最初からやらなんだらよかったがな」

二人は、この言葉通りに生きる道を選んだ。ばあちゃんの重い言葉を情熱と執念とエネルギーに繋げて奮闘していた。そういうことではなかったのか。

ただ一方で、二人はそれでよかったのかもしれないけれど、佳代たちはどうなるのだろう。二人の理想のために犠牲になった佳代たちのことは、何も考えなかったんだろうか。

釈然としない思いを小見山さんにぶつけた。答えはあっさり返ってきた。

「自分の子もコミューンの一員だと考えていたんじゃないかな。自分の子ではあるけれど、みんなの子でもあるのだから、親といえどもそこに存在しているだけでいい。そう考えていたんだと思う。コミューン復活にかける情熱のあまり、佳代ちゃんには大きな負担がかかったかもしれないけれど、それでも、あの夫婦は、いつも子どものそばに存在しているつもりでいたんだと思う」

「だけど」

言いかけて佳代は言葉を呑み込んだ。理屈としてはわからないではない。わからないではないけれど、やはり釈然としなかった。自分の子ではあるけれど、みんなの子でもある。この言葉には、父親問題を曖昧にしようとする意図が感じられるからだ。

考えてみれば、コミューンのメンバーのだれかが佳代の本当の父親だとしたら、小見山さんだって父親の可能性がある。その可能性も含めて、みんなの子どもだった、と小見山さんが弁明しているのだとしたら、ますます釈然としないじゃないか。

やはり聞いておくべきだ。そう思い至った佳代は、呑み込んだ言葉を改めて口にした。

あたしは、みんなの子である前に、だれの子なのか知りたい、と。

小見山さんは一瞬言葉に詰まった。が、すぐに佳代の目をまっすぐ見た。

「誤解を恐れずに言ってしまえば、当時、男女の関係も共有されていたことは否定しない。ただ、ひとつわかってほしいのは、もともとこの国は性に大らかな国だった。東北の村々でもついこの間まで男女は自由に結ばれていたし、生まれてきた子は村のみんなで大切に育てていた。欧米流の性のモラルからすれば異端かもしれないけれど、私も、そしてもちろん佳代ちゃんのお父さんも、それと同じ考えでいるんだ。だから、あのお父さんは佳代ちゃんのお父さん以外の何者でもない。と同時に、佳代ちゃんは私も含めたみんなの大切な子どもでもある。そうとしか言いようがないんだよ」

退院の日、美加ちゃんの自宅に招待された。

退院時刻の朝十時。美加ちゃんのお父さんが車で迎えにきてくれ、そのまま市の郊外の自宅まで連れていってくれた。

四月も下旬とあって残り雪もすっかり解け、道すがら、そこかしこに桜が咲いていた。盛岡にやってきて以来、雪景色しか見ていなかった佳代の目には別世界に映る。

かつては農家だったという美加ちゃんの家は、古いながらも広縁のついた立派な佇まいだった。その庭先には久しぶりに対面する佳代の厨房車が待っていてくれた。

美加ちゃんと麻衣ちゃんに出迎えられて、二人の肩を借りて座敷に上がった。座敷には大きな座卓が置かれていて、刺し身の盛り合わせや天ぷら、煮物、お鮨など退院祝いの料理がどっさり並べられていた。

「おう、元気そうだな」

座卓の一角に食楽園の二代目が座っていた。今日は店を従業員にまかせてきたそうで、早くもビールを飲んでいる。

「佳代さんの席はここ」

上座に置かれた座椅子に導かれた。まだコルセットが外せない佳代のために、楽な席を用意しておいてくれた。

ほどなくして小見山さんもやってきた。美加ちゃんが招待してくれたらしく、一緒に連れてきた二人を紹介してくれた。

「こちらが押しかけ弟子の梶原くん夫婦」

髭もじゃの旦那さんと小柄な奥さんに握手を求められた。かつて佳代の両親と働いていた二人だけあって、

「目元が奥さんにそっくり」

と口を揃えて言ってくれた。

早速、二代目以外のグラスにもビールが注がれ、

「佳代ちゃん、退院おめでとう！」

みんなで乾杯してくれた。すかさず美加ちゃんのお父さんが立ち上がり、

「ご歓談の前に、本日は最初にアトラクションがあります」

美加ちゃんと麻衣ちゃんに目配せした。二人が皿盛りの料理を配膳しはじめる。料理を見た佳代は、あ、と声を上げた。

〝ラスタ〟が盛られていたからだ。

「先般、会社をリストラされたわたくし、実は麺屋として再出発を決意いたしました。ところが、早々に新開発した麺に佳代さんからダメ出しされてしまい、鋭意、改良を進めてまいりました。その成果が、これです。なんとか退院に間に合いました。佳代さん考案のラスタに仕立てた新しい麺を、この機会にご試食いただければと思います」

思わず佳代は頰をゆるめた。わざわざラスタにしてくれた心づかいが嬉しかった。

嬉しさのあまり、だれよりも先に箸を手にしてしまった。そして、ひと口食べて目を見張った。太麵ストレートに製麵したスパゲティのごとく丸い形状の麵だった。かん水の香りがするから中華麵ではあるけれど、モチモチした食感と小麦の旨さをちゃんと残しつつ、中華麵でもパスタでもない独自の味わいになっている。以前はうどんとパスタを足して二で割った感じだったものが、これは中華麵とパスタを足して二で割った感じ。それだけにラタトゥイユとの相性は素晴らしくよく、まったく新しいおいしさだと思った。

ほかの人たちも最初は怪訝な顔をしていたが、食べはじめた途端、おいしいを連発している。これって何麵なんだ？　と口々に言い合っている。

再び美加ちゃんのお父さんがしゃべりはじめた。

「以前、わたくしの麵は佳代さんからこう評されました。中華麵っぽくないしラスタにもイマイチ。こんな中途半端な麵はない、と。それならば、中華麵かラスタか、どちらかに近づけようと考えた結果、新しい麵で勝負するのだから新しい料理に近づけるのが筋だ、と見定めて誕生したのが、このラスタ用の麵なのです」

そういうことだったのか、と思った。あのとき、ラタトゥイユばかり注文された理由がようやくわかった。思わず美加ちゃんを見ると、照れ臭そうに頭を下げられた。すかさずお父さんが続けた。

「そこで、今日は佳代さんにひとつお願いがあります。もし、この麺を気に入ってもらえたとしたら、佳代さんにはラスタを商標登録してもらい、この麺を〝ラスタ麺〟として販売させていただけないでしょうか」

そう言って佳代の目を見つめると、

「ちなみに小麦粉は、盛岡産の無農薬ゆきめぐみを使っています。今回、梶原農園さんと専属栽培契約を結ばせていただきました」

梶原さん夫婦がにっこり微笑んで会釈《えしゃく》した。補足するように二代目が口を開いた。

「盛岡名物の三大麺は、それぞれ独自の改良によって誕生した麺なんだよな。朝鮮半島の麺を改良した冷麺。中国の麺を改良したじゃじゃ麺。日本の麺を改良したわんこ蕎麦。しかし今後は、中国とイタリアの麺を改良したラスタ麺も加えて、盛岡四大麺として売っていくべきだと思うんだよ」

二代目の提案に拍手が湧いた。

が、佳代はまだ戸惑っていた。賄いついでに思いついた料理に、ここまで真剣に取り組んでくれたなんて申し訳ないような気分だった。そんな気持ちを佳代の返事を待っているみんなに伝えたくなった。そこで、ゆっくりと座椅子から立ち上がると、

「ありがとうございます。なんだかもう突然のことで、とても恐縮しています。ただ、大変申し訳ないのですが、いまのお父さんのご提案は受け入れられません」

はっきり告げた。みんなが、え、と表情を強張《こわば》らせている。その思いを引きとるように佳代は受け入れられない理由を口にした。

「だって、このラスタ麺を完成させたのはあたしではありません。お父さんが完成させたんです。だからこれは間違いなく、商標も何もかもお父さんのものです」

途端に二代目が首を横に振った。

「佳代ちゃんのものでいいんだよ。今後はラスタ麺の第一人者として、盛岡四大麺を一緒に盛り上げてほしいんだよ」

そう言われて、はっとした。

二代目は佳代がまだ盛岡に居続けると思っている。いや、みんなもそう思っているに違いない。しかし、佳代はあと一か月ほどで盛岡を発つつもりでいる。当面は美加ちゃんの家にお世話になって通院治療しなければならないけれど、完治の目途《めど》がついたら再び両親の足跡を追わなければならない。

先日、小見山さんから新たな情報をもらったからだ。

横須賀のミニ・コミューンに失敗した両親は、元メンバーの小見山さんを頼って盛岡にやってきた。そして、農園コミュで働きながら再起を目指していたのだが、そのときひょんなことから有島武郎《ありしまたけお》の逸話を知って感銘を受けた。

小説家として知られる有島武郎は、当時、北海道狩太村《かりぶと》、現在のニセコ町に資産家の父親から受け継いだ広大な農場を所有していた。が、晩年になってその農場を小作人たちに解放。大地主制に虐《しいた》げられていた小作人たちに共有させ、理想の農業を目指した。この画期的な試みには、その後、農業指導者として世にでた宮沢賢治も大いに影響されたと両親は聞き及び、そうだ、ニセコに行こう、と思い立った。

「何事も影響されやすい二人らしいよなあ」

これには和馬も電話の向こうで大笑いしていたものだった。

でも佳代は笑えなかった。自分の親ながら二人とも、心底、生真面目で不器用な人たちなんだなと、逆に切なくなった。京大に進んだほどだから勉強はできたのだと思うけれど、その頭でっかちさが、いったん何かにのめり込むと滑稽《こっけい》なほど一途に突っ走ってしまう。そこが愛すべき点でもあるのだけれど、いまの佳代には哀しく思えた。

「じゃあ、二人はニセコにいるんですか？」

そのとき佳代は小見山さんに聞いた。両親捜しの旅も、いよいよ大詰めかと緊張したものだったが、小見山さんは申し訳なさそうに答えた。

「どこかで中古の自動車を手に入れてきて盛岡を発ったんだが、その後の消息がわからないんだよ。佳代ちゃんたちにも連絡がいってなかったとなると、どうしてしまったのか」

小見山さんは目を伏せた。

それがいまから十年ほど前のことで、念のため小見山さんは押上のアパートにも連絡してみたそうだが、佳代たちはすでに転居した後だった。全国に散っているコミューンの元メンバーたちに尋ねても消息を知る者はおらず、結局は音信不通のまま、いまに至っているという。

やっぱあたしが追いかけるしかないんだ。佳代は思った。両親に対する思いはまだまだ複雑だけれど、小見山さんの話を聞いて多少とも気持ちに変化が生じた。いま両親はどうしているのか。何を考えているのか。ここまできたら追い続けるしかない。

「けど佳代さん、また戻ってきてくれますよね」

退院祝いの宴席。意を決して旅立ちを告げた佳代に、美加ちゃんがすがるように言った。その目はいつのまにか潤んでいる。続けてお父さんも口を開いた。

「このラスタ麵にはもうひとつ、佳代さんの思いが詰まっているんですよ。『土地の水で作ると、土地の風土に合った、土地の人の口に合う料理になる』。佳代さん、麻衣ちゃんにそう言ったそうですね。その話を聞いて、麵に賢治清水を使うことにしたんです。それによって麵にどんな変化が生じたかはわかりません。でも、水を替えたことで味も食感もガラッと変わったことは事実です。このヒントも佳代さんがくれました。だからこれは佳代さんの麵です。ぜひまた盛岡に戻ってきてください」

期待と懇願が交錯した目で佳代を見つめる。梶原夫婦も二代目も同じ目をしている。そして、みんなの思いをひとつにまとめるように最後に小見山さんが言った。

「ラスタ麵は、佳代ちゃんの両親の思いが、めぐりめぐって生まれた麵なんだよ。だからボニーとクライドは私も含め、ここにいるみんなの恩人なんだ。それだけは、どうか忘れないでいてくれるかな」

佳代は黙っていた。黙ったままもうひと口、ラスタ麵を啜った。

素朴で力強い小麦の香りが鼻腔に抜けた。

最終話

紫の花

目覚めると陸地が見えた。

夜半に青森を出港して四時間。さざ波の立つ濃紺の海原《うなばら》の彼方に朝の陽光を浴びた港が広がっている。

函館《はこだて》だ。

目をこすりながら佳代は呟いた。船窓越しの遠目にも、フェリーの船着き場がはっきりと見える。

すっかり眠りこけてしまった。夜明けまで起きているつもりだったのに、船体のゆったりとした揺れがなぜか心地よく、大広間のような客室の窓際にぴたりと身を寄せて夢の中にいた。

「無事だったか、ねえちゃん」

しゃがれ声が聞こえた。

振り返ると無精髭《ぶしょうひげ》だらけのおじさんがいた。白髪まじりの刈り上げ頭に角ばった顔。ぽこんと腹が突きでた体をカーペット敷きの床にごろりと横たえ、佳代を見上げている。

佳代は体育座りをしたまま、こくりとうなずいた。真夜中に厨房車とともに乗船して車両甲板に駐車し、客室がわからなくてうろうろしているとき、こっちにこい、と案内してくれたおじさんだった。デッキから階段を上がる途中、ふと立ちどまり、

「客室にはむさ苦しい男しかいねえ。うかうかしてっとやられちまうぞ」

にやりと笑ったおじさんでもある。

事実、客室には、いかつい男ばかりが二十人ほど乗り込んでいて、肘枕《ひじまくら》を突いたり仰向けになったり思い思いに寝転がっていた。いずれも長距離トラックの運転手らしく、若い女性客がよほどめずらしいのだろう、ちらちらと視線を投げてきた。

おかげで佳代は客室の隅にちょこんと座り、身が縮む思いでいたのだが、いかついのはどうやら見かけだけらしかった。迂闊にも寝込んでしまった佳代の身には何も起こらないまま平和なうちに一夜が明けた。

「下船の仕方はわかるよな」

またおじさんに聞かれた。黙って首を左右に振ると、

「船尾から乗船した車をそのまんま前進させれば、船首から降りられる。うまくできてんだろ？　フェリーってやつは」

得意げに笑う。笑うと目尻に皺が寄ってとろんと下がり、こわもての髭面が一気に人なつこくなる。

するとおじさんは、よっこらしょと身を起こし、

「函館はどこ行くんだ？」

たたみかけてきた。ゆうべは客室に落ち着くなり横になって高鼾《たかいびき》をかいていたおじさんだけに、いま頃になって興味津々の面持ちで話しかけてくる。

「とりあえず市場に行こうかと」

ちょっと考えてから答えた。

「観光だったら駅前の早朝市に行けば、蟹《かに》やらイクラやらの丼が食えるみてえだぞ」

「いえ、観光じゃないんです」

おじさんの言葉を遮ってそう告げると、

「ひょっとして同業者か？」

ハンドルを回す仕草をする。近頃は女性のトラック運転手も増えている。

「いえ、そうじゃなくて」

調理屋という仕事をやっていて、車両甲板には厨房車が積んである、と説明した。

「おもしれえことやってんなあ。儲かんのか？」

「全然。好きでやってるだけですから」

頭をかきながら微笑んでみせると、

「だったら新河町の『自由海市場』に行くべきだな。売ってる魚がまるで違うから、地元の人間はそっちに買いにいくんだ。函館の魚のことなら自由海市場に行きゃ全部わかるし、旨い朝めしが食える食堂もある」

せっかくだから連れてってやるという。

「そんな、わざわざ申し訳ないです」

「遠慮すんな、函館にきたときゃ、いつも腹ごしらえに立ち寄ってんだ。そうだ、どうせならねえちゃんに、とっておきの朝めし、ご馳走してやるよ」

根っから面倒見のいい人なのか、おじさんにとっては若いねえちゃんだから気に入ったのか、すっかりその気になっている。

正直、困った。

佳代が市場に行こうと思ったのは、魚を買うためでも朝ご飯を食べるためでもなかったからだ。


盛岡で農園主の小見山さんから、両親は北海道のニセコへ旅立った、と聞いたときは、両親捜しもいよいよ大詰めに近づいたと喜んだものだった。

ところが、腰の通院治療のために一か月間、盛岡に留まって頑張っているときに和馬から電話が入った。

「ニセコに親父とお袋らしい人間はいないみたいだな」

和馬はあっさり言い切った。

「なんでわかるの？」

驚いて問い返した。以前は何かというと、新聞記者は探偵じゃないんだぜ、とふてくされていたくせに、なぜ今回は簡単にいないとわかるのか。

「姉ちゃん、ニセコ町の人口って何人か知ってるか？」

「知るわけない」

「約四千五百人。世帯数でいうと約二千世帯。うち農業人口は約五百人。農家戸数でいうと約百七十戸」

「へえ」

「へえじゃないって。全世帯でも二千、そのうち農家は百七十しかないんだぜ。だから、その中に親父たちが含まれてるかどうか調べるなんてことは超簡単だった」

「でも、たとえば偽名を使ってるとか、そういう可能性だって」

「あり得ない。都会と田舎の町は違うんだ。札幌《さっぽろ》だったらいざ知らず、二千世帯の町なんて狭い世界だからさ。偽名を使った怪しげな夫婦が長年潜《ひそ》んでいられるなんてことは、まずあり得ない」

「けど」

佳代は言葉に詰まった。いまさらそんなことを言われても困ってしまう。

「だったらニセコの隣町とかにいる可能性は？」

「その可能性はある。隣町の倶知安《くっちゃん》町か、そのまた隣の共和町か、あるいはちょっと離れた小樽《おたる》に行くか、もっと離れた札幌か、さらに離れた函館か、あるいは津軽《つがる》海峡を越えた青森にいる可能性だってある。早い話が、まだまだ大詰めには程遠いってことになる」

「なによそれ、いまさら意地悪なこと言わないで」

「意地悪で言ってるわけじゃないよ。おれだってニセコの近隣にいてほしいと思う。けど、そうは簡単にいかないって言ってるわけで、それはわかってくれよ」

諭すように告げられた。

これにはまいった。一刻も早く腰を治してニセコへ出発しよう。ニセコに行けば両親に会えるかもしれない。それだけを心の支えに頑張ってきたというのに、本当にショックもいいところだった。

が、それでもニセコを目指すしかない。佳代はすぐ気持ちを切り替えた。いつまでもショックを受けていても仕方がない。両親の目的地がニセコだったことだけは事実なのだ。

まずは地図を広げた。ここは両親の気持ちになって考えるしかないと思った。とりあえずは両親がニセコを目指したルートを想定し、その沿線を聞き込みながら辿っていけば二人の足跡が残されているかもしれない。

十年前のことだけに、めったに足跡など見つからないとは思うけれど、ほかに方法はない。きっと見つかると信じてコツコツ聞き込んでいくしかないと思った。

ルートはすぐに見当がついた。盛岡から青森までは、山間部を抜ける道は避けて比較的山越えが少ない国道4号線を北上したに違いない。津軽海峡をフェリーで渡ったら、函館からは国道5号線を辿っていけば、そのままニセコに到着できる。

総距離にして約四百キロ。高速道路を使えば、フェリー渡航の約四時間を計算に入れても丸一日あれば着ける距離だが、両親は高速を使わなかったはずだ。

理想郷のためには家族の生活費ですら切り詰める二人だった。小見山さんの農園でお世話になっていたときも質素な生活態度は変わらなかったという。しかも佳代と同様、おんぼろ中古車で出発したらしいから、さほどスピードは出せなかったろうし、時間がかかっても一般道を辿ったはずだ。

一般道だとストレートに走っても二日はかかる。ただ、あの夫婦のことだから、旅行気分で寄り道しながらゆっくり北上した気がする。五十キロほど走ったら一泊。また五十キロほど走ったら一泊。そんなペースでゆるゆると進んでいったのではないか。

もしそうだとすれば、十年前のこととはいえ、だれかの記憶に残っている確率が多少は高くなる。そこでポイントとなるのが、沿線のどこで聞き込むか、だ。これについては和馬にも相談した結果、「道の駅」「鮮魚市場」「お風呂施設」の三つに絞り込んだ。

車の旅を安く上げるには車中泊に限るから、二十四時間駐車できてトイレと水道が完備された道の駅はまず利用しないはずがない。大半が特産物販売店も併設しているから、地元の人との接触もあったに違いない。鮮魚市場も車の旅には便利な場所だ。地方の田舎町で朝ご飯を食べようと思ったら、早朝からやっている鮮魚市場の食堂ぐらいしかないし、ここもまた地元の人との接触が多い。そして最後のお風呂施設も車の旅には欠かせない。

ただ東北地方にはあまり銭湯が残っていないから、銭湯の発展形としてよく見かけるスーパー銭湯や日帰り温泉をターゲットにした。日帰り温泉まで含めるとかなりの数になるが、街道筋に近い施設に限定すれば無理なく聞き込めるはずだ。

こうしてルートと聞き込みポイントを決め込んだところで、通院治療の一か月が経過した。経過は良好だが車の長旅はすすめられない、と担当医師からは警告されたが、それは無視するしかない。世話になった美加ちゃんやお父さん、麻衣ちゃん、『食楽園』の二代目といった人たちに別れを告げて盛岡市を出発した。

それからは岩手町、二戸《にのへ》市、五戸《ごのへ》町、十和田《とわだ》市、野辺地《のへじ》町、青森市と国道4号線を北上しながら、沿線各地の道の駅、鮮魚市場、お風呂施設を聞き込んでまわった。その間、調理屋の仕事は休業し、両親の捜索チラシを手に、聞き込み一本に絞って頑張った。

が、やはり十年という歳月は厳しかった。青森市までの約二百キロ近くを一週間もかけて聞き込み行脚《あんぎゃ》したものの、めぼしい手がかりは得られなかった。

両親が入手した中古車は佳代の厨房車と同じく軽のワゴン車だと聞いている。が、いまどき軽のワゴン車などいくらでも走っている。おまけに、捜索チラシの写真は三十年以上も前のものだけに、その写真から通りすがりの旅人を思い出してもらうのは至難の技だ。

この調子では、ニセコまで聞き込んでいったところで成果は期待できないかもしれない。本州の北端、青森市でも空振りに終わった佳代は、さすがに肩を落として青函《せいかん》フェリーに乗り込んだのだった。

函館港のフェリーターミナルに上陸すると、フェリーで出会ったおじさんが一足先に下船して待っていてくれた。

「釜谷《かまたに》ってんだけど、オカマじゃねえからな」

そう言って名前を教えてくれた釜谷さんが、ターミナル前に広がる駐車場に大型トラックを停め、こっちだこっちだ、と運転席から手を振っていた。

トラックの横腹には『釜谷運送』と書かれている。個人営業だろうか、と思いながら後方に厨房車をつけると、ファンッと警笛を鳴らしてトラックが発車した。

結局、朝食の誘いに乗ってしまった。函館に上陸したら、まずは函館駅前の早朝市を聞き込んで歩こうと思っていたのだが、親切にされた手前もあり、聞き込みは後回しにすることにした。

ターミナルを出発したトラックは、海沿いの大通りをしばらく走った。すでに本州は入梅の季節だが、梅雨のない函館の空は気持ちよく晴れ上がっている。やがて右前方に見えてきた函館駅の手前で左折。ゆったりした三車線の一方通行路を進み、ほどなくして釜谷さんは路肩に寄せた。佳代も厨房車を駐めて降りると、目の前に自由海市場があった。ちょっとした食品スーパー程度のこぢんまりした建物だった。釜谷さんに促されて建物に入ると、海産物を所狭しと並べた専門店がぎっしり軒を連ね、早くも仕入れにきたお客がうろうろしている。

早朝の時間帯のお客は大半がプロの料理人だという。長靴を履いたいかつい男たちが、六月に解禁になったばかりの朝獲りイカやボタン海老、ウニ、毛蟹といった北国の魚介類を鋭い目つきで品定めしている。

「どうだ、料理人にはたまらねえ市場だろ？」

釜谷さんが佳代を振り返って言った。

「ほんと、たまらないです」

佳代は微笑んだ。なるほど、地元の人間が買いにいく市場と釜谷さんが言っていただけのことはある。裸電球に照らしだされた色とりどりの魚介類は上物ばかりで、どれもピカピカに光り輝いている。

魚がピカピカなのは当たり前じゃないかと思うかもしれないが、上物の魚はその輝きがまるで違う。魚が何かを訴えかけてくるように鮮烈な光を放っている。

「いまどきは不景気なもんだから、魚の目利きも覚束《おぼつか》ねえ観光客に、ろくでもねえ魚を安い安いって売りつけてる市場も少なくねえ。おれも悪口を言えた義理じゃねえが、市場ってのは、やっぱこうでなくちゃな」

得意げに売り場を見渡すと、釜谷さんは顔見知りらしい魚介専門店のおばちゃんやおにいちゃんに、おはようっ、おはようっ、と声をかけながらどんどん奥へ進んでいく。

一番奥まで進んだところに食堂が三店並んでいた。いずれも営業時間は午前五時から午後二時。釜谷さんは、その左端にある店『自由海亭』の暖簾をひょいとくぐるなり、

「タエちゃん、いるかい？」

と声を張った。

「はーい」

ころころに太ったおばちゃんが厨房から出てきた。白い三角巾にエプロンを着けている。

「ねえちゃんに〝魚介めし〟を食わせてやってくれっかな」

「はいよっ」

さくっとした返事とともに厨房に戻っていく。

テーブルが四つとあとはカウンターだけの店内は、仕入れを終えた料理人らしき男たちで混み合っていた。釜谷さんは男たちを押しのけてカウンターに腰を落ち着けるなり、

「おう、ケン坊、おめえの鮨屋、まだ潰れてねえのか」

食事を終えたばかりの男に憎まれ口を叩いた。

「馬鹿野郎、いま鮨屋御殿をぶっ建てる算段してんだよ」

負けずにケン坊が言い返すと、

「へっ、鮨屋コテンって倒産すんだろが」

とおやじギャグを飛ばし、がははと笑っている。いつも鮮魚を配送しているのか、釜谷さんはけっこうな顔らしい。

「はいよ、お待たせ」

ほどなくして料理が出てきた。

「ほれ食え」

釜谷さんに促された。佳代は初めて見る料理をしげしげと見つめた。

大きな皿に炊き込みご飯のような料理が豪快に盛りつけられている。こんもりとよそわれたご飯の上に、ぶつ切りにして煮込まれた白身魚や海老、イカ、帆立といった魚介類がごろごろと転がっている。一見すると炊き込みご飯のようだけれど、立ちのぼるほの甘い香りに心地よく鼻腔がくすぐられた。

「自由海亭の名物〝魚介めし〟だ。早く食え」

釜谷さんにまた促され、早速、ご飯を頰張った。

「おいしい！」

思わずにんまり笑ってしまった。人間、おいしいものを食べると笑みがこぼれる。

魚介の旨みがたっぷりしみ込んだご飯だった。東南アジアっぽい香味を含んだ魚介の煮汁もかけてあるから、ご飯だけでもいくらでも食べられそうだ。

ご飯にのせた魚介は、ブイヤベースのような煮上がりだった。皿の端に添えられたスパイシーな辛子味噌をつけて魚介とともにご飯を頰張ると、さらにピリッとした旨みがふくらむ。

これはいったいどういう料理だろう。

思いがけないおいしさに驚いていると、

「ま、これが自由海市場の実力ってやつよ」

釜谷さんが、どうだとばかりに鼻をふくらませた。

釜谷さんと別れて、あ、と気づいた。

自由海市場で聞き込んでくるのをすっかり忘れていた。せっかく聞き込みポイントに足を運んだというのに、釜谷さんの話と魚介めしに夢中になるあまり失念してしまった。

青森までの聞き込みで成果がなかったからといって諦めるわけにはいかない。ニセコに着くまでは聞き込みを続けて、それでもだめならつぎの一手を考えよう。昨日も和馬と電話で確認し合ったばかりだ。

駅前の早朝市を聞き込んだら、もう一度自由海市場に行ってみよう。二度手間になるけれど、そうするしかないと思った。

早朝市は観光客で溢れ返っていた。自由海市場のまず十倍はある敷地にずらり並んだ海鮮専門店を目当てに、若い女性グループや子ども連れの家族、中高年の団体といった観光客が群れをなして行きかっている。

「蟹が安いよ安いよ！」

「おねえさん、ウニ丼食べてってウニ丼！」

呼び込みの声もひっきりなしに飛びかい、観光客の奪い合いになっている。

青森に至るまでも何か所か朝市をめぐってきたが、これほど巨大でこれほど観光地化が進んでいる市場は初めてだった。

早朝とは思えない喧噪《けんそう》の中、それでも五、六軒の海鮮専門店を聞き込んで歩いた。が、それだけで佳代は、聞き込んでも無駄だと悟った。この騒ぎでは、お店の人もいちいちお客のことを記憶していられるわけがない。捜索チラシを見せても、さあ、と首をひねられて終わりだった。

これではどうしようもない。早々に切り上げて自由海市場に舞い戻った。

あれから一時間以上経った売り場には、プロの料理人は減って近所の主婦らしいおばさんが顔を見せはじめていた。そろそろプロの仕入れ時間は終わりなのだろう。駅前とは打って変わった和《なご》やかな空気が流れている。

佳代には、こっちのほうが市場らしくて馴染めた。釜谷さんの言葉ではないけれど、やっぱ市場はこうでなきゃ、と思いながら自由海亭の暖簾を分けると、

「あら忘れ物？」

タエさんは佳代を覚えていてくれた。

「うかがいたいことがありまして」

いま大丈夫ですか？　と確認した上で捜索チラシを差しだした。

「両親を探してるんです」

「えらく若いご両親ね」

「いえ、これは三十年以上前の写真で」

「ああ、そういうこと」

ごめんなさいね、と照れ笑いしてから、タエさんは再び写真に目を落とした。

「十年ほど前、ニセコを目指して北海道にきたはずなんですが」

説明しかけると、タエさんは独り言のように、あら、と呟いた。

「ご存知ですか？」

思わず問いかけると、タエさんはふと目を逸らし、

「ああ、でも他人の空似かも」

口をすぼめて首を振った。そこにお客さんがやってきた。すかさずタエさんは、いらっしゃいませ、と声をかけ、

「ごめんなさいね」

レジの脇にそっとチラシを置いて、お客さんのもとへ飛んでいった。

続けて別のお客さんもやってきたものだから、それからしばらくタエさんは接客と調理にかかりきりになった。さっきは若い女性も厨房にいたのだが、この時間はタエさん一人きりになるらしく、注文をとったり魚介めしを盛りつけたり忙しそうにしている。

佳代はレジの前で待った。盛岡を出発して以来、初めての好感触だった。他人の空似かも、と言いながらも何か知っていそうだった。

もちろん期待してはいけない。期待してはいけないのだけれど、それでも胸が高鳴った。

やがて注文をさばき終えたタエさんが戻ってきた。が、佳代の期待を打ち砕くようにタエさんは申し訳なさそうに言った。

「ごめんなさいね、やっぱり違うみたい」

昼近くまで函館港の埠頭《ふとう》でぼんやりしていた。厨房車を駐めた傍らで膝を抱え、函館湾を渡ってくる潮風にさらされていた。

正直、タエさんの一言はこたえた。十年前の通りすがりのお客のことなど、ふつうは覚えているはずがない。それでも、わずかな手がかりでも残されていればとコツコツ聞き込んできただけに心が折れそうになった。

携帯電話を取りだした。和馬と話したくなった。が、電源が切れているか電波が届かないところにいる、と電子音声に告げられた。

ほかのだれかと話そうか。携帯の電話帳を開いた。これまで辿ってきた土地ごとにグループ分けした名前をひとつひとつ眺めた。

盛岡の美加ちゃん、食楽園の二代目。押上の鉄雄、元大家さんの里中さん。松江の水名亭のスミばあちゃん、元仲居で調理屋になった家坂さん。京都の宇佐美の麻奈美さんと勝彦さん。横須賀のケンズダイナーのマスターと米兵のジェイク。新井薬師のユウヤくんと文房具店のカミナガさん。

どの人とも、もう一度会いたい、話したい、と思った。なのに一方で、どの人もなぜか遠い人に思えてきて、名前を確認しただけで結局、だれにも電話できなかった。

携帯をしまい込んで、また海を見た。初夏の陽射しが降りそそぐ波間に、いま振り返ったばかりの人たちの顔が浮かんでは消えた。

いろんな人にめぐり会えたおかげで、あたしはここにいる。それは確かだった。なのに、ここで挫《くじ》けてしまっては、せっかくみんなとめぐり会えた意味がなくなってしまう。

よし、午後はお風呂施設をローラー作戦で聞き込んでみよう。不意にそう思い立った。青森までは街道筋に近い施設だけ聞き込んできたが、たとえ他人の空似だろうが函館に似た人がいたのなら、函館のお風呂施設をすべて聞き込んでみるべきかもしれない。

「よしっ」

今度は声に出して自分に気合いを入れ、佳代は立ち上がった。

その瞬間、携帯電話が振動した。着信を見ると知らない番号からだった。だれだろう。迷ったものの、通話ボタンを押して出てみると、

「佳代ちゃん、どこにいる？　おれだ、釜谷だ。オカマじゃねえぞ」

しゃがれ声でポンポンたたみかけられた。

「埠頭にいます」

不思議と、ほっとした気分になった。

「タエちゃんから事情を聞いた。ちょっと話してえんだ。いま倉庫で荷下ろししたとこだから、そうだな、おれがそっちに行くわ」

捜索チラシには盛岡を発つとき、佳代の携帯番号も書き込んでおいた。それをタエさんから聞いてかけてきたらしい。

「わかりました」

そう答えて十分としないうちに、さっき別れたばかりの釜谷運送のトラックが埠頭に姿を現した。

ついてこい、と運転席から手招きされた。

厨房車に乗り込み、けさ方のように後に続いた。海沿いの大通りをしばらく走ると、やがて通り沿いに『北産冷凍倉庫』と看板を掲げた建物が見えてきた。釜谷さんはその正門にトラックを乗りつけ、制服姿の守衛に片手を挙げて挨拶するなり敷地内に入っていく。

正門の奥には駐車場が広がっていた。トラックやトレーラーが何台も駐車してある合間に釜谷さんはトラックを駐めた。佳代もすぐ隣に駐めて厨房車から降りると、釜谷さんは倉庫の脇の事務棟へ歩いていった。

事務棟の入口には禿げ頭のおじさんがいた。

「応接室、借りっぞ」

釜谷さんが告げると、

「なんだい釜ちゃん、応接室に若いねえちゃん連れ込む気かよ」

佳代をちらちら見ながら冗談めかして言う。

「馬鹿野郎、大事な商談だ」

釜谷さんは笑い飛ばし、ずかずかと中に入っていくと応接室と記されたドアを開けた。

「おれは風来坊《ふうらいぼう》なもんだから、この倉庫屋を根城にしてんだ。ま、おれの家だと思ってくつろいでくれ」

にやりと笑って佳代を招き入れた。

ふだんはあまり使っていないのだろう。応接室は妙にカビ臭かった。

床は板張りで十畳間ほどの広さがある。が、古びた応接セットと八年前のゴルフコンペのトロフィーが飾られたサイドボードが置かれているほかは、やけにがらんとしている。

釜谷さんが廊下の自販機でペットボトルのお茶を買ってきてくれた。それを佳代にすすめてから向かいのソファに腰を下ろし、

「親御さんを捜してるんだってな」

穏やかに切りだした。

「チラシ、ご覧になったんですか？」

「いや、それは見てない。タエちゃんから電話で相談されただけなんで」

「相談？」

「事情を聞いてきてくれないかと頼まれた」

顎をさすりながら佳代を見つめる。

念のために持参してきたチラシを広げて差しだした。釜谷さんは黙って手に取り、じっと見つめている。これはちゃんと説明したほうがよさそうだ。佳代はそう判断して、両親を捜して函館までできた経緯と、ニセコまで足跡を追っていくつもりでいることを話した。

釜谷さんは黙って聞いていた。時折、うんうんとうなずいたり、腕を組んだりしながら聞き終えたところで、

「えらく失礼な質問をしてもいいかな」

と身を乗りだした。一瞬迷ったものの首を縦に振って促すと、釜谷さんはチラシの写真を指さし、

「佳代ちゃんが本当にこの二人の娘さんだっていう証拠はあるだろうか」

と睨みつけてきた。確かに失礼な質問だった。

「証拠なんてありません。でも、本物の娘でなきゃ、こんなに苦労して捜してません」

そう答えるなり睨み返し、しばらく睨み合いになった。が、ほどなくして釜谷さんはふっと目元を綻ばせ、

「本当に失礼した。許してくれ」

五分刈りの頭を深々と下げた。

「タエちゃんとしても、万が一でも二人に迷惑が及んではいけないと思って言葉を濁したらしい。その点はわかってやってほしい」

言い含めるように言ってまた頭を下げる。

「つまり、あの、タエさんは、あたしの両親をご存知だっていうことですか？」

意味がわからなくて尋ねると、釜谷さんは改めてチラシを手にした。

「自由海亭の魚介めしは、この二人から教わったんだそうだ」

佳代は固唾《かたず》を呑んだ。思いがけない話だった。

「十年前、二人が一週間ほど函館にいたときに教わったそうだ。詳しいことはおれも聞いてない。だが、タエちゃんの人生を大きく変えてくれた大切な二人らしい」

ただ、そのときに聞いた二人の過去は不可解なものだった。いや、二人にとっては必然

的な成りゆきだったらしいのだが、少なくともタエさんには理解しがたい生き方だった。二人と接したのは、ほんのわずかな期間だったから、その深淵には触れていないし、二人もそこには触れさせない頑なな空気に包まれていた。

それだけに、十年もの月日が過ぎて突如、娘だと言って訪ねてきた佳代をタエさんは警戒した。迂闊な人間に迂闊なことはしゃべらないほうがいい、と口を閉ざした。が、うなだれて帰っていく佳代の後姿を見た瞬間、もし本当に娘さんだったら、とタエさんは急に後悔した。そこで、まずは本当に娘さんかどうか確かめてみようと考え、釜谷さんに頼んだのだった。

「そんなわけなんで、タエちゃんのことも許してやってほしい。佳代ちゃんの目は嘘をついてる目じゃねえ。そう伝えるつもりだ」

佳代は黙っていた。何か言わなければ、とは思うのだけれど、うまく言葉が出てこなかった。両親は、ちゃんと函館まできていた。それだけは確かな事実だと思うと胸が熱くなった。

「ちなみに、明日は日曜だから市場が休みだそうだ。もしよかったら佳代ちゃんとゆっくり話したい、とタエちゃんが言ってるんだが、どんなもんだろう」

「それはもちろん、こちらこそよろしくお願いします」

ようやくそれだけ口にできた。すると釜谷さんがたたみかけてきた。

「それと、もうひとつ頼みがある。袖《そで》触れ合うどころか、ここまで触れ合っちまったからには、おれにも手伝わせてもらえねえかな。ご両親が車で移動してたんなら、道内の運転手仲間に声をかければ何か情報が得られるかもしれねえ。さっきも言った通り、どうせ風来坊の身だ。ひと肌、脱がせてくれねえか」

坂道の途中で後ろを振り返った。

いま歩いてきた長い坂道が函館山の麓《ふもと》まで一直線に延び、その先には青々とした函館湾の海が広がっていた。ミニチュアのような船舶が行きかっている。佳代が乗ってきた青函フェリーも見える。

やはり坂の下に厨房車を置いてきて正解だった。車で一気に上ってきたのでは、この清々しい気分は味わえなかった。

函館山の中腹に立つマンションの三階。そこがタエさんの家だと聞いてきた。釜谷さんが書いてくれた地図を頼りにさらに坂道を上がっていくと、海側に格子のベランダがついた四階建てのマンションが現れた。

エレベーターで三階に上がり、外廊下を歩いていくと、待ちかまえていたごとくタエさんがドアを開けて出迎えてくれた。三角巾とエプロンを着けていないと別人のようだったが、ふっくらした頬と、ころころした体型はそのままだ。

函館湾が一望できる六畳間に通された。二年前に息子が独立して以来、一人暮らしだそうで、お気に入りの部屋なのよ、とタエさんが微笑む。佳代が坂道を上ってくるところも、ここから見えていたという。

「いまもこのマンションに住んでいられるのは、あなたのご両親のおかげなの。今日はゆっくりしていってちょうだいね」

そう言いながらコーヒーを淹れてくれると、早速、タエさんは両親との出会いを語りはじめた。

タエさんが両親と会ったのは十年前、自由海亭の閉店を考えはじめた頃のことだった。もともと夫と二人でやっていた店だったが、その三年前に夫が病に倒れて他界してしまい、当時小学生だった息子を抱えたタエさんが一人で店を切り回すようになった。それから一年ほどは未亡人になったタエさんを気づかうお客たちのおかげでなんとか乗り切れた。が、もともとが夫の気風《きっぷ》のよさで持っていた店とあって、二年三年と月日が流れるうちに軒を並べる二店に客が流れはじめた。

危機感を抱いたタエさんは、メニューにテコ入れしたり値下げしたりして手を尽くした。それでも経営は好転することなく、ついには閉店寸前まで追い詰められた。

「そのとき息子はまだ中学生だったから、もう本当にどうしようって頭を抱えてたんだけど、そんなときに自由海市場の前にお弁当屋さんがやってきたのね。ピースマークをつけたワゴン車で」

「ピースマーク?」

「ベンツのマークに一本足したみたいな平和のマークよ。そのワゴン車を市場の前に駐めて、二人で作ったお弁当を売ってたんだけど、それがあなたのご両親だった」

驚いた。

「ひょっとして食材を持っていくと調理してくれたんですか?」

佳代の商売のことはまだタエさんに話していないが、まさかと思った。

「いえ、そうじゃなくて食材はご両親が調達してたんだけど、ワゴン車の中でお弁当を一品だけ作って売ってたの」

佳代の調理屋とは違うようだったが、それでも不思議な気分だった。両親もワゴン車で調理しながら移動していた。

「じゃあ、そのお弁当が?」

「そう、魚介めしだったの」

タエさんが大きくうなずいた。初めて食べたときは、こんな炊き込みご飯もあるんだと、おいしさにびっくりすると同時に不安になったという。弁当屋とはいえ自由海亭にとってはライバルだ。こんなものを売られてはもうダメだ、と閉店を覚悟した。

ところが、思わぬ話が耳に入ってきた。あと十日も営業したら弁当屋は別の場所に移動するというのだ。そうと聞いた瞬間、タエさんは閃いた。この味を盗もう。どうせ閉店の運命にあるのなら、魚介めしを新メニューに取り入れて勝負しよう。

それからは毎日、魚介めしを買って試作に打ち込んだ。魚介を煮た煮汁でご飯を炊くのはわかっていたから、調味料や炊き方を変えて、いろいろ試してみた。だが、うまくいかない。近い感じにはなっても、アジアを彷彿《ほうふつ》とさせるほの甘い香りがどうしても出ない。

それでも意地になって魚介めしを買っては試作を繰り返しているうちに、

「ご贔屓いただいているのに申し訳ないんですが、明日、函館を発ちます」

佳代の両親からそう告げられた。タエさんは慌てた。簡単に盗める味だと思っていたのに、結局、盗みきれなかった。

こうなったら泣きつくしかない。

困り果てた末にタエさんは腹を括った。恥を忍んで、店が潰れそうなんです、どうか魚介めしを新メニューに加えさせてもらえないでしょうか、とすべてを明かして申し出たところ、捨て身の懇願にほだされたのだろう、

「そういうことでしたら、ぜひお役に立ちたいです」

両親は快くレシピを教えてくれた。

もともと魚介めしは、佳代の両親が横須賀時代に知り合った米兵が好きだった〝海南鶏《ハイナンチー》

飯《ファン》〟をヒントに作ったものらしい。丸ごとの鶏を煮た煮汁でインディカ米を炊いて鶏と一緒に食べる、別名シンガポール・チキンライス。その米兵の母親がシンガポール出身だったことから彼のお袋の味だった。

その丸鶏に替えて魚介を煮た煮汁を使い、インディカ米に替えて日本の米を炊く。そして炊き上がったご飯に魚介をのせ、さらに残りの煮汁をかけることで独自の魚介めしが生まれた。

日本料理でいえば鯛めしにも似ているが、魚介と米を一緒に炊くのではなく、魚介は別に煮て、その出汁だけ利用してご飯を炊くところが違う。しかも一番のポイントは、パンダンリーフというハーブを入れて炊くから、炊き上がるとほの甘い香りがふわりと立ちのぼること。

パンダンリーフは、やしの木に似たタコノキ科の植物の葉で、インドネシアではダウンパンダン、タイではバイトーイと呼ばれている。日本でも東南アジア食材店で入手できるが、それほど一般的なものではないため、食堂経営のタエさんも知らなかった。早速探してきて使ってみたところ、砂糖や味醂とは違った独特の甘い香りが広がった。タエさんが出せなかった、食べた人がやみつきになる香りの正体は、これだったのだ。

「おかげで自由海亭は立ち直れたの」

タエさんが目を潤ませた。移動弁当屋で評判だった魚介めしが自由海亭に直伝《じきでん》された、という噂がプロの料理人たちに伝わり、客足が戻りはじめたのだ。

　プロが認めれば素人のお客もついてくる。独自の魚介料理だけに、並びの二店ときちんと棲《す》み分けできたところも功を奏し、市場内の三店が共存共栄できるようになった。

「あのレシピを教えてもらえなかったら、この窓からの景色とお別れして、息子と夜逃げするしかなかったの。あなたのご両親は本当に、本当に、恩人なの」

　恩人という言葉を聞いたのは二度目のことだった。佳代が知らない両親が、またここにいた。

　ただ、そうと聞いて佳代としては言わずにいられなかった。でもあたしは、その二人に置き去りにされたんです、それまでも留守がちな両親だったけれど、中学卒業の間際から帰宅しなくなったんです、と。

「置き去り？」

　タエさんが首をかしげた。佳代の両親からは、長らく家を空けているけれど、いつの日か家族で暮らしたい、と言われたという。

「ほんとですか？」

　いつの日か家族で暮らしたいなんて、本気でそんなことを言ったんだろうか。

「でも確かにそう言ってたわよ」

　夫婦で理想郷のために奔走しているさなかに、一緒に奮闘してきた主要メンバーが盛岡の実家に帰ってしまった。それを契機に、ほかのメンバーも離脱しはじめたことから、もう一刻の猶予もならないと気を引き締め、ますます本腰を入れて理想郷となる場所を探そうと決意した。しっかりものの娘は中学卒業が決まって自立できる年頃になっていたし、周囲に娘たちを見守ってくれている人たちもいた。そこで思いきって、頼んだよ、と娘に告げたところ、いってらっしゃい、と明るく送りだしてくれた。以来、家族一緒には暮らせていないけれど、それは子どもたちも理解してくれている。いまは離ればなれだけれど、なけなしの貯金も子どもたちに託《たく》し、いつの日か家族で理想郷に暮らせる日を夢見て頑張り続けている。両親はタエさんに、そう力説していたという。

信じられなかった。両親の頭の中ではそんなストーリーになっていたなんて、呆れるあまり笑いそうになってしまった。

盛岡に帰った主要メンバーとは、小見山さんのことに違いない。そして、両親が帰宅しなくなった日の朝、

「頼んだよ」

と母親から告げられた記憶も残っている。が、それに対して佳代は、単なる出掛けの挨拶として、いってらっしゃい、と言ったにすぎない。それがなぜ、「長く家を空けている」けれど「子どもたちも理解してくれている」になってしまうのか。無茶苦茶もいいところだ。が、それをタエさんに言ったところで仕方がない。やはりあの夫婦は、ふつうの尺度で

は計り切れない意識でもって生きている。それを再認識した思いとともに、

「そういうことだったんですか」

佳代は小さくうなずき、窓の外を見やった。

山麓に広がる函館湾には相変わらず、のんびりと船舶が行きかっている。


北海道の郊外の道が、こんなに気持ちいいとは思わなかった。

函館とニセコを結ぶ国道５号線。函館市街を離れると途端に信号が少なくなり、道幅も広いから快適に走れる。

そのぶん、地元の人たちはかなり飛ばす。佳代の厨房車は頑張ってもせいぜい時速六十キロ程度しか出ないのだが、遅い遅い、とばかりに百キロ近いスピードで追い越しをかけ、猛然と抜き去っていく。

釜谷さんと待ち合わせた道の駅は、渡島《おしま》半島中部の海沿いに位置する森町《もりまち》の北、国道５号線沿いにあった。駐車場に降り立つと、気持ちよく晴れ上がった空に、新日本三景にも選定されている渡島駒ヶ岳《こまがたけ》が立ち上がっていた。釜谷さんからは道の駅の物産センターにいるように言われていたが、駒ヶ岳の勇壮な姿に見とれているうちに釜谷さんのトラックもやってきた。

「すいません、お仕事中に」

トラックに駆け寄って会釈した。

「気にすんな、荷物なんざ運びたいときに運びゃいいんだから」

釜谷さんが陽気に笑った。

タエさんの家を訪ねた直後に、釜谷さんにお礼の電話を入れた。堅苦しいお礼なんかいらねえよ、と釜谷さんは照れ笑いしてから、それよか、ちょっと会って話したいんだがな、とこの場所を指定してきた。あれから釜谷さんは、運転手仲間に佳代の両親の情報を募ってくれた。すると早速、注目すべき情報が寄せられたというのだった。

「眺めがいい場所で話すか」

トラックを降りた釜谷さんは、そう言うなり道の駅に入り、そのまま屋上に上がった。

そこは周囲の景色を一望に見渡せる展望ラウンジになっていた。

改めて屋上から眺める駒ヶ岳は素晴らしかった。活火山らしい荒々しい姿が圧倒的な存在感で迫ってくる。ところが、釜谷さんは駒ヶ岳とは逆側に向き直るなり、内浦湾《うちうら》の遥か彼方にそびえる山を指さし、

「羊蹄山《ようていざん》だ」

と呟いた。はっとした。羊蹄山の麓にはニセコがある。有島武郎に魅せられた両親が目指した町。そう思うと胸が締めつけられた。言葉にできない感慨がこみ上げた。するとまた釜谷さんが口を開いた。

「実は、佳代ちゃんのお父さんとお母さんも、ここから羊蹄山を眺めたかもしれねえんだよな」

え、と釜谷さんの顔を見た。

「ちょうどいまぐらいの季節に、ここの駐車場にワゴン車の弁当屋がいた。それを覚えてたやつがいてよ」

運転手仲間の一人だった。彼は当時、国道5号線沿線の自販機に缶飲料を補充する仕事をしていた。この道の駅にも補充に立ち寄っていたのだが、ある日突然やってきた移動弁当屋から魚介めしを買って、すっかり気に入ってしまった。

「両親のワゴン車はピースマークをつけてたらしいんですけど」

「ああ、やつもそれが印象的だったと言ってた」

ところが、移動弁当屋が営業していたのは十日ほどで、ある日を境に見かけなくなった。

「それが残念で、彼はしばらく周辺の駐車場を探し歩いてたってんだから、味の記憶ってのは残るものなんだな。十年前に何回か食べただけだってのに、いまもあの味は忘れられないそうだ」

その運転手はいま、自由海亭の常連になっているという。あの味がこんなところにあった、といっぺんでファンになったらしい。

「そうですか。そうだったんですか」

佳代は唇を嚙んだ。両親の魚介めしが、運転手、自由海亭のタエさん、釜谷さん、そして佳代にまで不思議な縁《えにし》をつないでくれた。頭でっかちで影響されやすく一途で無茶苦茶な両親が、こんな縁を残してくれていた。

ますます両親のことがわからなくなってきた。というより、あたしは両親のことを何もわかってなかったんじゃないか。そんな思いにも駆られ、気持ちの整理がつけられなくなってきた。

「自分の親のことってのは、わかってるようでいてわからない。それはだれだって同じことだ」

釜谷さんが慰めるように言った。

「けどあたしは、両親のことは絶対に許せないと思ってたんです。なのに、いろんなところでいろんな話を聞くうちに、なんていうか」

言葉を探していると、

「許せる気持ちになってきた、か？」

目を覗き込まれた。

「ていうか、許せるじゃなくて、受け入れられる。そんな気持ちになってきたんです」

「なるほどなあ」

釜谷さんは屋上のコンクリート床に腰を下ろした。そして胡坐《あぐら》をかいて、しばらく眩しい目で空を見上げていたかと思うと、独り言のようにしゃべりはじめた。

「おれの両親は、もうこの世にはいねえ。息子のおれのせいで、この世にいなくなっちまってな」

もともと釜谷さんは茨城の出身で、実家は港町の魚市場で仲買店を営んでいた。家族経営の小さな店とあって、釜谷さんも高校卒業と同時に両親とともに働きはじめた。

当初は文字通りプロ相手の仲買店だった。ところが十五年ほど前から市場内の雰囲気が変わってきた。流通業界の再編によって市場を通さない直接取引が広がった影響でプロ相手の売上げが減少しはじめ、危機感を抱いた仲買店が都会から訪れる観光客相手の商売に切り替えはじめたのだ。

しかし釜谷さんの両親はプロ相手の商売にこだわり、一見の素人は相手にしなかった。これに釜谷さんは反発した。狭いマーケットだけ相手にしていてもジリ貧は目に見えている。素人も柔軟に受け入れて手広く商売していかなければ、うちの店に未来はない。そう両親を説得して銀行の融資を得て店内を大改装し、素人受けする商売に打って出たのだが、この転換が裏目に出た。プロ相手の商売が長かっただけに素人を舐めてかかったのがいけなかったのか、以前にも増して売上げは落ち込み、融資の返済もままならないほど状況は悪化した。

それでも釜谷さんは諦めなかった。こうなったら東京の観光業者に直接営業をかける、と両親に言い残し、単身上京して都内を駆け回りはじめた。

そのさなかに悲劇は起きた。融資の返済に行き詰まった地元の両親が、将来を悲観して命を絶ってしまったのだ。

「典型的な馬鹿息子ってやつよ。自分一人が空回りして、周囲の状況が何にも見えてなかったってわけで」

結果的に釜谷さん自身も自己破産した。もはやそれ以外に方法がなかった。そして、すべてを失った釜谷さんは故郷を離れて北海道に渡り、宅配便のドライバーとなった。やがて、こつこつ働いて貯めたお金を元手に中古のトラックを購入。以来、風来坊のトラック運転手として一人で生きてきた。

「そんなおれからすると、こういう言い方をしていいかどうかわからねえが、親を許すの受け入れるの言ってられる佳代ちゃんは、まだまだ幸せじゃねえかと思うんだよな。おれはもう永遠に、親から許してもらえねえ息子なんだからよ」

道の駅の駐車場で一夜を過ごした佳代は、翌朝、和馬に電話を入れた。

「いよいよニセコへ向かうからね」

開口一番、そう宣言した。

「やっぱ行くんだ」

「それはそうよ。ここまできたら最後の最後まで追いかける」

森町からは距離にして八十キロほど。北海道の道路事情からすれば早くて二時間、かかっても三時間あれば着けるはずだ。

和馬の話では小さい町らしいから、到着したら早速、お風呂施設からはじめて駅、役場、警察署、消防署などの公共施設、さらには弁当が売れそうな場所も含めて隈《くま》なく聞き込もうと思っている。現在はニセコにいないとしても、両親の最終目的地だったことは間違いないから、魚介めしの味を覚えている人だっているかもしれない。

そう考えると、出発前から胸が高鳴るのだけれど、ただ、ひとつだけ和馬と話しておきたいことがあった。

「もしニセコで両親に再会できたら、どうするつもりだ？」

昨日、釜谷さんから別れ際に問われたことが、ずっと頭の隅に引っかかっていた。再会できたらどうするか。そんなことはまるで考えていなかったから、結局、そのときはちゃんと答えられなかった。

「ちなみに、あなたはどう思う？」

釜谷さんの話をした上で和馬に聞いてみた。

「どうって言われても、涙の再会ってのとは違う気がするし」

「怒るっていうのは？」

「それも違うなあ」

和馬も答えに窮した。実際、こんなに苦労して捜してきたというのに、いざ対面となったら、どんな顔をして、どんな言葉を口にすればいいのか、まったく想像できなかった。

それでも、和馬と話しているうちに、ひとつだけ両親に聞いてみたいことを思いついた。わざわざ聞くことでもないかもしれないが、里中さんから渡された貯金通帳のことだ。両親はどんなつもりであの通帳を里中さんに託したのか。佳代たちの生活費にするにしても、将来への蓄えにするにしても、あるいは、別離生活を強いた慰謝料だとしても、五百万円では見合わない。ほかに何かの意味があるのではないかと思えてならなかった。

「あの夫婦の葬儀代と墓代ってことなら見合うけどな」

和馬は冗談めかしてそう答えた。

「ああ、案外言えてるかも」

佳代はふふっと笑った。言われてみればそれが一番現実的な考えかもしれない。だったら五百万円は弔《とむら》い代にしよう、と二人で申し合わせたところで、

「ニセコで何かわかったら電話してくれよな。また出張仕事をつくって飛んでくから」

和馬はそう言い置いて電話を切った。

午前九時過ぎ、森町の道の駅を出発した。

今日も国道5号線は快適に流れていた。平均時速六十キロで矢印標識のポールが点々と

立ち並ぶ道路を、ひたすら北へ走った。初夏のこの季節には奇妙なオブジェにしか見えない矢印標識だが、冬場は降り積もった雪道から外れないための大切な標識になる。

内浦湾の海辺に沿って八雲《やくも》町、長万部《おしやまんべ》町と辿った。長万部の中心街を過ぎたところで内陸に入り、長万部川沿いの山道を登坂し、黒松内《くろまつない》町、蘭越《らんこし》町と山間の町を通過した。すでに標高は八百メートル以上。周囲には白樺《しらかば》の原生林が広がっている。

ところが、ここにきて厨房車が息切れしてきた。ニセコ行きに備えて盛岡で念入りに整備してきた厨房車も、海辺から一気に八百メートルも登坂してきただけに、さすがにきついのだろう。あとちょっと、あとちょっとだから、と念じつつ思いきり速度を落とし、ゆっくりゆっくり走り続けた。おかげで、ようやくニセコ町と記された標識が見えてきたときには、予定を大幅に超過して午後一時近くになっていた。

そろそろお昼ご飯にしよう。佳代も燃料切れしてきたことから、山道の路肩に厨房車を停めて近くの草原に腰を下ろし、道の駅で買ってきた名物いかめしの包みを開けた。

いかめしを頬張りながらふと目を上げると、森町からは遥か彼方に見えた羊蹄山が目前に迫っていた。別名、蝦夷《えぞ》富士と呼ばれる名山とあって、原生林に包まれたなだらかな稜《りよう》線《せん》が美しい。空気が澄み切っているからだろう、山肌の緑と空の青の境目がくっきり浮き立って見える。

景色をおかずにいかめしを食べ終えたところで携帯電話が鳴った。こんな山奥まで携帯

の電波が届いていることに感動しながら応答すると、

「着いたか？」

しゃがれ声で問われた。昨日別れたばかりの釜谷さんだった。

「ちょうどニセコ町に入ったところです」

「そうか。実はピースマークのワゴン車を知ってるやつがもう一人いるらしいんだ」

「ほんとですか！」

「いま本人からの連絡待ちなんで詳しいことはわからねえが、気合いを入れて聞き込んだほうがよさそうだな」

「はい、頑張ります」

思わず背筋を伸ばして答えると、釜谷さんから提案された。

「まずはニセコ駅に行ってみろ。冬場はスキー客で溢れる駅だから、弁当を売るには打ってつけの場所だ」

小さな駅だった。

無人駅ではないが、山小屋風の駅舎には女性駅員が切符売場に一人、隣の売店におばちゃんが一人、ほかには待合ベンチにお婆ちゃんが一人、ぽつんと座っているだけだった。

スキーシーズンではないからか、駅前もがらんとしている。駅舎の向かいには日帰り温泉施設があるのだが、そこも冬場がメインなのだろう、施設の前に広がる駐車場はほぼ空いている。

「十年ほど前なんですけど、ワゴン車の弁当屋を見かけませんでしたか？」

売店のおばちゃんに聞いてみた。

「さあ、あたしはまだ二年目だし」

おばちゃんは首をかしげた。女性駅員に聞いても二十代と思《おぼ》しき若い人だけに、やはり答えは同じ。日帰り温泉施設にも足を運んでみたが、

「ここは三年前にオープンしたんですよ」

受付の女性から告げられた。

うなだれて引き返してくると、駅舎の脇でタクシーが二台、客待ちしていた。この駅にいつお客がくるのか知らないが、一台は年配の運転手だったことから尋ねてみたものの、また首をかしげられた。すいませんでした、と会釈して踵を返した。すると背後から運転手に呼びとめられ、

「ひょっとして魚介の弁当か？」

と聞き返された。

「あ、はい、魚介めしっていう名前で」

振り返って答えた。

「いま思い出した。食ったことあるな」

「あの、十年ぐらい前ですよね」

念のため確認した。

「もうそんなになるかなあ」

「ピースマークをつけたワゴン車だったはずですけど」

ベンツのマークに似たやつだと説明すると、

「ああ、そうだそうだ、そんなマークつけてた。しかし、あれはうまかったな」

タクシー仲間でも評判になった弁当だという。

「こんな二人が売ってませんでした？」

捜索チラシの写真を見せた。

「こんなに若かったかなあ」

「いえ、これは若いときの写真で」

「うーん、やっぱ覚えてねえなあ」

ある日突然、駅前に現れて、ある日突然、いなくなった。不思議な弁当屋だったから、しばらくは仲間内の話題になったそうだが、売り手の顔は記憶に残っていないらしい。

「その後、どこへ行ったのかも？」

「そりゃわからねえよ。こっちだってお客がきたら駅前離れちまうし、気がついたらいなくなってたっていうか、あ、でも有島農場記念館でも見かけたか」

「有島農場記念館？」

「有島武郎は知ってるよな。彼の本だの遺品だのを展示してる記念館に、よくお客を乗せていくんだが、あのあたりで見かけた気もする」

「ありがとうございます！」

一筋の光明が見えた思いだった。ニセコ、ニセコとそればかり考えていて、迂闊にも有島武郎のことはまったく調べていなかった。が、二人は有島武郎に影響されてニセコを目指したのだ。有島農場記念館なんてものがあるなら行かないわけがない。

慌てて厨房車に乗り込んだ。

教わった通り駅前の坂道を上り、郵便局、役場、観光客向けのレストランなどが並ぶ町の中心街に入った。三百メートルほどの短い中心街を抜け、羊蹄山の麓に拓《ひら》かれた道をしばらく走ると、『有島農場記念館』の看板が見えてきた。看板を左折して雑木林の中の道をさらに進むと、左手に広がる緑の敷地の中に、とんがり屋根の塔を突き立てた建物、有島農場記念館が見えてきた。

駐車場に厨房車を入れ、正面のエントランスへ向かった。ガラスドアの先の受付に座っていた女性館員に声をかけた。

「十年ほど前のことをお聞きしたいんですが」

ピースマークをつけたワゴン車を見かけなかったかと尋ねた。

女性館員が訝しげな目になった。すかさず捜索チラシを差しだした。

「両親を捜してます。これは若い頃の写真なんですが」

女性館員はしばしチラシを見つめてから、ああ、と声を上げた。

「それならトキタさんのほうが詳しいので、農場にお願いできますか」


農場に入るなり佳代は目を見張った。

羊蹄山の裾野にどこまでも広がる農場一帯が紫の花で埋め尽くされていたからだ。どれくらいの広さなのだろう。視界に入る大地のすべてが紫色の絨毯《じゅうたん》に覆われている。

「何の花です？」

トキタさんに尋ねた。

「ジャガイモだな」

飄々《ひょうひょう》とした面持ちで答えてくれた。

深い皺が刻まれた七十代、いや八十代とも思える浅黒い顔。節くれ立った手を伸ばして指さしながら、このあたりはジャガイモの名産地で、毎年初夏になると大地が紫に染まるのだと教えてくれた。

記念館は、かつての有島農場の一画に建てられている。周辺はいまも現役の農場になっていて、女性館員に紹介してもらったトキタさんも農場主の一人としてジャガイモを育てている。

まずは事情を説明してから、未舗装の農道に木の枝でピースマークを描き、こんなマークがついたワゴン車を見たことはないかと質問すると、

「そういや、あんときもこの季節だったなあ」

トキタさんがジャガイモ畑を見やった。

十年ほど前の初夏のある日、ジャガイモ畑を見て回った帰りに、その妙なマークをつけたワゴン車が記念館の傍の農道に停まっていたという。観光客の車とは明らかに違ったから不思議に思って眺めていると、申し訳ありませーん、とジャガイモ畑の中から夫婦連れが姿を現した。二人ともロングヘアにぼろぼろのジーンズ姿。いつの時代から抜け出してきたのかと見まごうような恰好をしていた。

「実は農場をやりたいと思っていましてね」

髭を生やした夫のほうが話しかけてきた。理想郷を探し求めて各地をめぐり歩いた末に、ようやくこの土地に辿り着いた、と言うのだった。

またこういう人がやってきた。トキタさんはそう思ったという。このあたりには、ときどき、そうした人たちがやってくる。

「ここに理想郷なんてもんはないよ」

トキタさんは告げた。まあ、どこに行ったってそんなものはないと思うがな、とも言い添えた。

「でも、ずっと探し続けているんですよ」

これは妻のほう。そこでトキタさんは言った。

「探し求めることは悪いことじゃない。探すってことは、探しているもののことをずっと考え続けることだから、あんたたちは理想郷のことをずっと考え続けてきたことになるからね」

「ああ、確かに」

妻がうなずいた。

「だったら、もうそれでいいんじゃないかね」

「は？」

「あんたたちは理想郷ってもんをずっと考え続けてきたんだから、もう理想郷なんて探し求めなくてもいいんじゃないかと言っている」

夫婦は押し黙った。そんなことを言われたのは初めてらしかった。が、しばらくして夫が反論した。

「でも、探すだけで辿り着けなければ意味ないでしょう」

トキタさんは微笑んだ。

「理想郷ってものは辿り着くものなんだろうか。自然とそこにあるものじゃないかね」

「いや、でも」

言いかけて夫はまた口をつぐんだ。妻も当惑した面持ちで佇んでいる。

そよ風が吹いてきた。羊蹄山から吹き下ろしてくる高原の風だった。

夫婦が眩しそうに羊蹄山を見上げた。それから再びトキタさんに向き直ると、

「ちょっとこのあたりを見て回ってもいいですか？」

夫が尋ねた。

「ああ、かまわないよ。農場をやること自体は素晴らしいことだと思うし、まあゆっくり見てくるといいよ」

トキタさんは笑顔で応じた。すると夫婦は丁寧に会釈してから、二人肩を並べて紫の花が敷きつめられた畑の中を羊蹄山へ向かって歩いていった。

ピクニックにでも出掛けるような軽快な足取りだった。二人ともロングヘアをそよ風になびかせ、時折、顔を見合わせて微笑みを交わしながら、きらめく陽光のもと、どんどんどんどん歩いていった。

「で、それっきりだった」

トキタさんが言った。

「それっきり？」

佳代は問い返した。トキタさんはふと天を仰ぎ、

「そう、それっきり二人とも車には戻らなかった」

ワゴン車は放棄してどこかへ立ち去ったのか、散策の途中で不慮の事故にでも遭ったのか、山麓の原生林に迷い込んでしまったのか、あるいは神隠しというやつなのか、それはいまもってわからない。が、ピースマークのワゴン車は置き去りにされたまま、いつまで経っても二人が戻ってくることはなかった。

行方不明者として警察にも知らせたが、そもそも消えた二人の身元がわからないからどうしようもない。トキタさんがボケてしまって幻の夫婦と出会ったんじゃないか。そんなことを言う人までいた。

「でもワゴン車は残されていたんですよね」

佳代は自分でも驚くほど冷静に尋ねた。ナンバーから身元がわかるのではないか、と思った。

トキタさんは首を振った。

車の名義人を調べたところ、東京の中野区にいた。かつてその夫婦の仲間だった人が、自由に使ってください、と中古車を提供したことが判明した。

おかげで幻の夫婦でないことだけは証明されたものの、ほかに手がかりになりそうなものは見つからず、それ以上のことはなにもわからないまま事は収束に向かった。とりあえ

ずワゴン車は名義人によって廃車にされたが、あとはもう事件にしようにも事件にしようがなかった。そして結局、いまもって二人は謎の行方不明者のままでいるのだった。

「大変お世話をかけました」

佳代は丁重に礼を告げた。

なぜか、ふだんと変わらない態度でいられた。あまりにもあっけない顚末《てんまつ》に、激昂《げっこう》するでも落ち込むでもなく、自分の感情が胸の奥底で凍結してしまったかのようだった。

「せっかくだから、このあたりを見て回ってくるかね？」

トキタさんに聞かれた。悪い冗談とも取られかねない問いかけだったけれど、佳代は、ふふっと微笑み、

「あたしはちゃんと車に戻ります」

もう一度礼を告げてから踵を返し、どこまでも広がる紫の花を見やりながら厨房車に戻った。

運転席には乗らなかった。

後部のスライドドアを開けて厨房に入り、ドアを閉めた。その途端、腰から崩れ落ちるようにへたり込み、厨房の床に背中を丸めてうずくまった。

気がつくと佳代は、うえーんと声を上げて泣いていた。両手の甲を目元にあてがい、うえーん、うえーんと幼子のように泣いていた。

突如として生身の感情が解凍されたのか、胸の底からとめどなく激情がこみ上げてとまらなくなり、うずくまったまま何度も何度もしゃくり上げ、いつまでも泣き続けた。

さかもと公園は、ニセコの北西、道道66号線沿いにあった。

公園の入口に厨房車を停めると、目の前に水汲み場があった。木の切り株でこしらえた湧出口からは、ニセコ連山の雪解け水を源泉とする湧き水がこんこんと湧き続けている。かつて天皇がこの水を口にして甘露《かんろ》と評したことから名づけて『甘露泉』。久しぶりに厨房からポリタンクを取りだし、たっぷりと汲ませてもらった。

ここから農場までは、およそ四キロの道のり。途中、ニセコ町役場の近くに鮮魚店があるから魚介類はそこで仕入れられる。その先の道の駅では野菜や米も売っている。ニセコ連山の名水が予定通り汲めたから、あとは問題なく準備を整えられる。

お昼に魚介めしを振る舞うことになっている。トキタさんが快くジャガイモ畑の一画を開放してくれたことから、そこに厨房車を駐め、佳代の両親が商っていた味を再現して、みんなで堪能しようという趣向だった。

午前十一時、水と食材を積んで農場に入ると、すでに和馬も到着していた。ゆうべは無理やり仕事をつくった札幌に一泊。朝一番の電車でやってきた。

「なんだ姉ちゃん、男探しでもはじめんのか？」

和馬と顔を合わせるなり冷やかされた。今日は押上以来、しばらくぶりに化粧をしてきたからだ。

「たまには女だってとこを見せないとね」

佳代は明るく笑ってみせた。が、本当のことを言えば、これまでの自分にけじめをつけたかった。今日からは毎日化粧をしようと思った。

そんな佳代の変化を感じとったのか、

「けど、これで親子四人、この地を踏んだことになるんだなあ」

和馬が感慨深げに言った。

「この地を踏んだからには、その後の運命がどうなるかわからないけどね」

冗談で返した。が、和馬は冗談と受けとらなかったらしい。

「両親二人ともここに永住してるって考えりゃいいんだよ。おれも移住してくるかな。東京の猛暑にはうんざりしちまったし」

たった一人の身内をいたわるように言うと、両手を挙げて大きな伸びをした。

実際、東京とは比べものにならないほど心地よい夏だった。今日の最高気温は二十八℃と予報されていたけれど、湿度が低いから戸外にいても、からっとした暑さで心地いい。駅から和馬を乗せてきたタクシーの運転手も、ジャガイモ畑で伸びをしている。両親の貴重な情報をくれたあの年配の運転手だ。

「もうちょっと時間がかかりますけど、お仕事、大丈夫ですか？」

佳代は声をかけた。

「なに、午後まで電車は着かねえから、ここで涎垂《よだれ》らして待ってるよ」

運転手は笑って舌なめずりしてみせた。

ほかにも今日は、風来坊の釜谷さん、自由海市場のタエさん、森町の情報をくれた釜谷さんの運転手仲間、有島農場記念館の女性館員と、今回世話になった全員に声をかけた。

本当は、盛岡、松江、京都、横須賀など各地でお世話になった人たちも招待したいところだった。が、実は、その人たちにもいずれ魚介めしをご馳走できる手筈になっている。

今後も〝佳代のキッチン〟を続ける、と決めたからだ。

といっても、今後も両親捜しを続けるわけじゃない。トキタさんの言葉を借りれば、ずっと両親を捜し続けてきた佳代は、ずっと両親のことを考え続けてきた。その結果、時間はかかってしまったけれど、少なくとも、あの両親を受け入れられるまでになれた。

トキタさんは両親に対して、

「理想郷ってものは辿り着くものなんだろうか。自然とそこにあるものじゃないかね」

と諭したという。いまとなっては生死もわからない両親だけれど、でも、もはや佳代にとってはそういう存在でいいのではないか。

それはまさに盛岡の小見山さんが、

「あの夫婦は、いつも子どものそばに存在しているつもりでいたんだと思う」

と言ってくれたことの裏返しで、両親はいつも佳代のそばに存在している。そう感じていれば、それでいいのではないか。本当の父親がだれだろうが、佳代のそばにはあの父親が存在している。それで十分なのだ。

「じゃあ姉ちゃん、もう再会は諦めたってこと？」

和馬から問われた。

「諦めたわけじゃないよ。どこかで運よく再会できればそれもよし、再会できなくてもそれもよし。どっちにしても、これからは両親捜しが目的の調理屋をやるわけじゃないし」

ここにきてようやく、そんな気持ちになれた。これまでも、調理屋は天職だという思いがないわけではなかった。それでも、両親捜しのためにやっている商売、という側面があったために、いまひとつ中途半端だった。

でも、これからは違う。

あたしは調理屋で生きていく。

そう決意したのだ。

生真面目さと一途さは両親ゆずりと思っていたけれど、頭でっかちさも似ていたのかもしれない。そう気づかされた瞬間、佳代の中の何かが吹っ切れた。

「姉ちゃんも成長したよな」

和馬にからかわれた。あなたも多少は成長したんだろうね」

「なによ、その上から目線。まあ気持ち的には楽になったかも」

「だったらそれも成長じゃん」

「そういうもんか？」

「そういうもんだよ」

「ただささ」

「なに、まだ文句ある？」

「じゃなくて、あの五百万のことだよ。姉ちゃんの再スタートに生かしたらどうだろう」

「それはダメ。あれはやっぱ両親の弔い代。知ってる？　有島武郎って最後は心中して死んだんだよ」

「あれは不倫心中だろ。一緒にすんなよ」

「とにかく、あのお金は不祝儀用。あたしが調理屋に失敗して野垂《のた》れ死んだら、その弔い代にあててもいいし」

「また縁起でもないことを言う」

「大丈夫だって。たとえ死んでも、実の姉は実の弟のそばに存在し続けるんだから」

「はいはい、わかりました」

最後は結局、そんな話で落ち着いた。

ファンッと警笛が鳴り響いた。

厨房の外を見ると、釜谷さんのトラックが停まっていた。調理に夢中で気づかなかったが、助手席にはタエさんが座っている。

「あらいい香りじゃない。この香りが立ってくれば絶対においしいって、ご両親から教わったのよね」

タエさんが褒めてくれた。

「ありがとうございます」

厨房車から降りてぺこりと頭を下げると、釜谷さんのトラックの後ろに、さらに二台トラックが停まって二人の男が降りてきた。

「こいつは道の駅で食った魚介めしが忘れられねえタツヤ。こっちはワゴン車を運んでくれたユウイチ」

「ああ、その節はお世話になりました」

再び佳代は頭を下げた。

佳代がニセコ町に入ったあの日、釜谷さんが、ピースマークのワゴン車を知ってるやつがいる、と携帯に電話をくれた。あのときはユウイチさん本人とは連絡が取れなかったのだが、あとになって、廃車にされた両親のワゴン車をユウイチさんが運搬してくれたとわかった。流し台とコンロとピースマークがついたワゴン車などめったにないから、ユウイチさんもよく覚えていたのだという。

「それじゃ早速、はじめますね」

ちょうど魚介めしも炊き上がったことだし、こちらへどうぞ、とジャガイモ畑の一画に設えた筵《むしろ》敷きの宴席に案内した。ほかのみんなにも声をかけ、記念館の女性館員も含めて全員が一堂に会した。

正直、緊張した。〝佳代の魚介めし〟を披露《ひろう》するのは初めてだからだ。と同時に、佳代の魚介めしは、今後、佳代のキッチンの名物メニューにする予定でいるから、ここで失敗はしたくなかった。

本気で調理屋をやるにあたって、実は商売のやり方を変えることにした。食材を持参すれば何でも作る、というシステムは以前と同じだけれど、それだけで商売として成立させるのは厳しい。そこで、魚介めしだけは食材を持参しなくても買える名物メニューとしてプッシュし、商売の柱にしようと思った。つまりは、佳代の調理屋と両親の弁当屋を合体させて営業しようというわけだ。

その意味で今日は、お礼の会食であるとともに名物メニューのお披露日会でもある。それだけに食材の仕入れから調理まで、いつになく気合いを入れたし、ニセコ近隣では入手できないパンダンリーフは和馬に探させ、事前に郵便局止めで送ってもらった。

さ、いよいよだ。

佳代はエプロンの紐を締め直した。エプロンにはピースマークがプリントしてある。湯気が立つ羽釜《はがま》を、よいしょと持ち上げた。昨日買ったばかりの真新しい羽釜。そのまみんなの目の前まで運び、筵の真ん中にどんと置いた。続いて和馬が魚介を煮た大鍋を運んできて羽釜の隣にどんと並べる。

みんなの視線が佳代の手元に注がれた。

羽釜の木蓋をつかみ、ゆっくりと開けようとしたその瞬間、

「泣くな佳代」

小声で叱られた。釜谷さんだった。知らないうちに佳代の目には涙が滲んでいた。

うん、と小さくうなずき、顔を上げた。潤んだ視界の先に紫の大地が広がっていた。

佳代は奥歯を噛み締め、こみ上げるものを堪えながら木蓋を開け放った。

魚介とパンダンリーフのほの甘い香りをたたえた湯気が、ニセコの空へふわっと立ちのぼった。

注・本作品は、平成二十二年十二月、小社より四六判で刊行されたものに、著者が文庫化に際し、加筆・訂正したものです。

なお、この物語はフィクションであり、実在の人物や団体等には一切関係ありません。

佳代のキッチン

一〇〇字書評

切り取り線

購買動機（新聞、雑誌名を記入するか、あるいは○をつけてください）

- □（　　　　　　　　　　　　）の広告を見て
- □（　　　　　　　　　　　　）の書評を見て
- □ 知人のすすめで
- □ タイトルに惹かれて
- □ カバーが良かったから
- □ 内容が面白そうだから
- □ 好きな作家だから
- □ 好きな分野の本だから

・最近、最も感銘を受けた作品名をお書き下さい

・あなたのお好きな作家名をお書き下さい

・その他、ご要望がありましたらお書き下さい

住所	〒				
氏名		職業		年齢	
Eメール	※携帯には配信できません		新刊情報等のメール配信を 希望する・しない		

この本の感想を、編集部までお寄せいただけたらありがたく存じます。今後の企画の参考にさせていただきます。Eメールでも結構です。

いただいた「一〇〇字書評」は、新聞・雑誌等に紹介させていただくことがあります。その場合はお礼として特製図書カードを差し上げます。

前ページの原稿用紙に書評をお書きの上、切り取り、左記までお送り下さい。宛先の住所は不要です。

なお、ご記入いただいたお名前、ご住所等は、書評紹介の事前了解、謝礼のお届けのためだけに利用し、そのほかの目的のために利用することはありません。

〒一〇一‐八七〇一
祥伝社文庫編集長　坂口芳和
電話　〇三（三二六五）二〇八〇

祥伝社ホームページの「ブックレビュー」からも、書き込めます。

http://www.shodensha.co.jp/bookreview/

祥伝社文庫

佳代《かよ》のキッチン

平成25年7月30日　初版第1刷発行
平成28年4月15日　第8刷発行

著　者　原《はら》　宏一《こういち》
発行者　辻　浩明
発行所　祥伝社《しょうでんしゃ》
東京都千代田区神田神保町3-3
〒101-8701
電話　03（3265）2081（販売部）
電話　03（3265）2080（編集部）
電話　03（3265）3622（業務部）
http://www.shodensha.co.jp/

印刷所　図書印刷
製本所　ナショナル製本
カバーフォーマットデザイン　芥 陽子

 ISBN978-4-396-33859-6 C0193